JN124489

悪役令息に転生したビッチは
戦場の天使と呼ばれています。

登場人物紹介
アンジェロ
Angelo
前世日本人の公爵令息。
過去の振る舞いから疎まれていたが、
前世の記憶が蘇ってから
お人好しな性格になり、
周囲に見直されていく。
ノルン
Norn
フテラ教に仕える騎士。
アンジェロの悪い噂を聞いて
彼を毛嫌いしていたが、
実態を知って
次第に惹かれるようになる。

イーザム
Eatham
東の前線の治癒士。
のんびりしているが実力は高い。
オレリアン
Aurelian
アンジェロの兄。
弟とは疎遠に思われたが……？
ヴィヴィ
Vivi
フテラ教会推薦の治癒士。
ミハル
Michal
治療小屋で働く村人。
アンジェロのよき先輩。
ガリウス
Gaiust
東の前線で傭兵をまとめる、
頼れる団長。

プロローグ

「アンジェロ・ベルシュタイン。貴様はここにいるマリアを虐《しいた》げるだけでは飽き足らず、我が国の国教であるフテラ教をも侮辱《ぶじょく》した。その罪は重いぞ！」

目の前にいる茶髪のイケメンは、俺を指差してそう告げると、隣にいる美少女の肩を抱き寄せた。

「…………え？　なにこれ？」

いきなり繰り広げられたよくある断罪イベントを目にした俺は、アホみたいな声を出していた。

それと同時に、目の前にいる二人を見つめてなぜかズキリと痛む胸。

――なんだこれ？　夢か？

「――っ貴様、これだけの証人がそろっているのにまだシラを切るつもりか？　貴様がどれだけマリアを傷つけたと思っているのだ！」

俺の呟きが聞こえたのか、茶髪のイケメンは声を震わせ怒りを露《あら》わにする。

イケメンの言葉通り、俺は何十人もの人に取り囲まれていた。

――なんなんだよ、いったいなにが起こってるんだ……

誰か助けてくれる人はいないのかと辺りを見渡すが、冷ややかな視線が突き刺さるばかりだ。

置かれた状況がまだ呑み込めないが、ハッキリ言ってピンチであることは間違いない。

理解したと同時に、顔から血の気が引く。

「はっ。ようやく自分のしたことの重大さがわかったかアンジェロ。だがもう遅い！　私の妃《きさき》となるマリアを傷つけ、フテラ教を侮辱《ぶじょく》したお前は極刑……と、言いたいところだが、ヨキラス教皇はとても寛大なお方だからな。お前に慈悲《じひ》をくださるそうだ」

茶髪のイケメンはそう言うと、隣に立っている男へ視線を向けた。

教皇と呼ばれた男性は、琥珀色の目を細め、こちらを見下ろす。

極刑というワードに絶望の表情を浮かべる俺と目が合うと、教皇は柔らかな笑みを向けてくる。

真っ白なローブに身を包んだ、中性的で綺麗な顔立ちの彼。その微笑みを美しいと思うより先に、全身に鳥肌が立った。そして、得体の知れない恐怖も……

怯えたまま教皇を見つめていると、彼はゆっくり口を開いた。

「アンジェロ・ベルシュタイン。貴方には、東の前線地帯での奉仕活動を命じます」

「前、線？　奉仕……活動……？」

俺が首をかしげると、茶髪イケメンが口を挟んでくる。

「そうだ。権力を振りかざし好き勝手やっていたお前も貴族のはしくれ。治癒《ちゆ》魔法くらいは使えるだろう？　戦いに巻き込まれて命を落とさぬよう、せいぜい頑張るんだな！　まぁ、公爵家の落ちこぼれがそう長くもつとも思えんが」

告げられた言葉を聞き、集まっていた観衆から歓喜の声が上がる。

イケメンの隣にいた美少女はこちらに哀れみの視線を向けたが、すぐに逸らした。

そして教皇は、変わらずニタニタと気持ちの悪い笑みを浮かべている。

——前線って、つまり戦場に行けってことか？　いや待て。そもそも俺はいったい……何者なんだ？

そう考えた瞬間、頭の中に大量の記憶が流れ込んできた。

突然の出来事に、俺は頭を抱えてうずくまる。

——な、なんだこれ。

幼い頃からはじまり、学生時代、社会人になり夢中になって仕事をして……そして、突きつけられた余命。

俺は……俺は……さっき、病室で最期を迎えたはずだ。

自分の最期の場面を思い出した瞬間、俺の脳みそは焼き切れるような痛みとともに限界を迎えた。

目の前の景色がゆがみ、俺の意識は途絶えた。

第一章

着慣れない上等な服を身にまとい、王宮を出る。

先導する男のうしろをついていくと、馬車の前に着いた。

「アンジェロ様、この馬車にお乗りください」

「……はい」

促されるまま馬車に乗ると男も乗り込み、俺の隣に座る。

この男は、教会から派遣された神殿騎士だ。名目上は護衛だが、俺が途中で逃げ出さないように監視の役も担っているらしい。

すらりと伸びた手足と見上げるほどの長身。輝くばかりの艶《つや》やかな長い黒髪をひとつに結んでおり、綺麗なお顔にとてもよく似合っている。

そう、顔はものすごくいい。だが、この男は愛想もなく仏頂面で、俺の護衛についてから一度も笑顔を見せたことがない。

俺に話しかけるときは、機械のように淡々と用件を伝えるだけだし、とても人間味を感じられない。

前線という名の処刑場に送られるのだ、どうせなら俺好みの男をつけてもらいたかった。

たくましい体とクッションのように柔らかな胸筋、男くささはあっても笑うと可愛らしい、そんな感じのほうが……と、いかんいかん。

つい、いつもの癖で妄想しながら観察していたら、護衛の男が怪訝《けげん》そうな表情で睨《にら》みつけてきた。

男から視線を外すと馬車が走り出す。

窓の外を、見慣れない風景が通りすぎていく。木造と石造りの低い建物が並び、もちろん車なんて一台も走っていない。

日本の文明的なものは一切ない。雰囲気としては中世のヨーロッパって感じなのだろうか。

遅ればせながらあらためて自己紹介をしておこう。

アンジェロ・ベルシュタイン、十八歳。

それが今の俺だ。

あの断罪シーンの最中、頭の中に流れ込んできた大量の記憶に押し潰された俺は、気絶してしまった。周りのやつらはショックのあまり気を失ったと思い、たいそう喜んでいたらしい。

そう。

今の俺は流行《はや》りの『悪役令息』に生まれ変わったようだ。

前世と今世の記憶を整理するのになかなか時間がかかり、俺は二日ほど寝込んでいた。

まず、前世の俺は小川斗真《おがわとうま》。享年三十八歳。

看護師としてバリバリ働いて稼いだ金を、酒と男に注ぎ込んでいた。恋愛対象は男で、パートナーは持たず一夜限りの関係を好んだ。

好きなタイプは、たくましくて可愛らしく笑う、包容力のある男性だ。

仕事もプライベートも充実していたが……そんな生活は、三十七歳のときに吐血したことで一変した。病が発覚したときには、すでに手遅れだった。そこから一年ほど闘病生活を送り、そのまま帰らぬ人となったのだ。

死ぬ間際、たしか神様に願った気がする。

生まれ変われるなら、病気をしない丈夫な体に生まれ変わりたい。

できれば外見は可愛い男の子で、気に入った男たちと楽しくSEXさせてくれ!! と。

そんな最低な願いごとをした罰《ばつ》で、俺はこんな目に遭っているのだろうか?

そして、今世のアンジェロ・ベルシュタインは公爵家の次男。

外見はめちゃ可愛いキュートな男の子だ。

きらめくふわふわの金髪に碧色《あおいろ》のクリクリおめめ。可愛らしいさくらんぼの唇は透き通るような白い肌を際立たせていた。華奢《きゃしゃ》な体つきも庇護《ひご》欲《よく》をそそる。

そう! まさに地上に舞い降りた天使!!

見た目の要望は完璧に神様に届いていた。

だが、今世の過去の記憶を思い出せば思い出すほど……アンジェロは、嫌われ者だ。

使用人たちから向けられる視線は冷たく、両親はアンジェロのことを腫《は》れ物に触るように扱っていた。

そんなこんなでアンジェロは、よく泣きよく怒る、感情のコントロールができない子供だった。

通っていた学園でもアンジェロは浮いており、ひとり寂しく過ごしていた。

だが、あの茶髪イケメンに断罪される原因となったマリアの件……それについては記憶が曖昧《あいまい》だった。

たしかにマリアを泣かせたことはある。目の前で涙を見せるマリアの記憶もあるのだが、詳細がよくわからない。

幼少期を中心に、アンジェロの記憶はところどころ欠落している。欠落している部分は、まるで誰にも見せたくないというように守られているのだ。

俺が表に出てくる前の『アンジェロ』は、今どこにいるのかわからない。

消えてしまったわけではないようだが、どちらかというと、俺と混ざり合って心のどこかに隠れてしまっているようだった。

記憶の中のアンジェロはたしかにわがままなところがあるが、心の中で感じるアンジェロはとても臆病《おくびょう》で、皆が思っているような悪役令息とは違う気がした。

しかし、十八歳の貴族の坊ちゃんに三十八歳の平凡なおっさんが入り込んだこの状況は、いかんせん慣れない。

いきなり話し方や性格が変わったら、ショックのあまり頭がおかしくなったと思われて牢屋にでも入れられそうなので、俺はアンジェロの記憶を頼りに、なるべく変わりなく過ごすことに決めた。

一人称も『俺』から『僕』に変えたし、言葉遣いも現代日本の言葉を使わないように必死だ。

ひとまず極刑は免《まぬが》れたので、これ以上罪を重ねないためにも今は大人しく罰《ばつ》を受けるのが最善だろう。わがままを言わず反省しているふりをして、どうにかやりすごしている。

そして、今から俺が奉仕に向かう前線都市は魔獣が湧《わ》いて出る過酷な場所だ。

前線というから人同士の争いかと思ったら、この世界ではそんなことをしていたら魔獣に食い尽くされてしまうらしい。

魔獣はどこからともなく現れ、人の血肉を好み、村や街を襲《おそ》う。

それを食い止めるため各地に作られたのが、要塞型の前線都市だ。

なかでも俺が向かう東の前線は大型魔獣や危険な魔獣が多く出没するらしく、東の前線に送られると聞けば屈強な戦士でも逃げ出すことがあるらしい。

そんな場所に華奢《きゃしゃ》で可憐で可愛いアンジェロ《おれ》を向かわせるなど、結局は極刑と同じじゃないか。

心の中でぶつくさ文句を垂れていると、監視役の神殿騎士が声をかけてきた。

「どうしましたか、アンジェロ様。前線に行くのが恐ろしいのですか？」

「え、えぇ……まぁ……」

「今ならまだ、教皇に慈悲《じひ》を乞《こ》うこともできますよ」

真顔でそう言ってくる神殿騎士を見つめ、俺は少し考えてから頭を横に振る。

あのニタニタ顔に近づくだけでも嫌なのに、慈悲《じひ》を乞《こ》うくらいなら前線を選ぶほうがマシだ……と、教皇のことをろくに知らないはずの俺でも、なぜか心の底から思えた。

——きっとアンジェロも教皇のことが大嫌いなんだろうな。俺もお前と同意見だよ。

教皇ヨキラスは、綺麗な顔をしているがどこか薄気味悪い。

そんな気色の悪いやつのもとで死ぬよりも、戦場でたくましい男たちに囲まれて死んだほうがマシだ。それにもしかしたら、俺のことを不憫《ふびん》に思った神様がご褒美をくれる可能性だってある。

「……大丈夫です。僕はこのまま前線へ向かい罪を償《つぐな》います」

「そうですか。では、出発しましょう」

そうして馬車は、俺にとって死刑台に等しい東の前線へ走り出したのだった。

王都から馬車に乗って、一週間。

薄っぺらくて可愛らしいアンジェロのお尻は限界を迎えていた。

馬車が揺れるたびに「ひやぁぁっ！」と、間抜けな声が出るのを必死に我慢する日々。

そんな俺とは対照的に、目の前にいる神殿騎士は凛《りん》とした姿勢で座ったまま涼やかな顔をしている。尻は痛くないのだろうか？

俺は痛くて痛くてずっと眉間に皺《しわ》を寄せているというのに。

すました綺麗な顔を見ていると、なんだかイラついてくる。

道中は特にトラブルも起こらず、俺は馬車の中という密室で無口で仏頂面の男と永遠にも感じる無言の時間を過ごす。

重苦しい空気に我慢できずに話しかけても、相変わらず愛想のない返事しかない。

だが、苦痛だらけの馬車の旅も、ようやく終わりを告げようとしていた。

「アンジェロ様。前線都市メンニウスに到着しました」

「そうですか。ありがとうございます」

アンジェロのお尻を痛めつけていたでこぼこ道は、前線都市に近づくにつれて舗装された道に変わっていき、揺れが少なくなる。

馬車の窓から見える風景も、草原、森、草原、森のループを外れ人や馬車が増えはじめる。

そして、要塞と呼ぶにふさわしい石造りの城壁が見えると、嬉しさのあまり尻の痛みがほんの少しやわらいだ気がする。

見上げるほどの大きな門をくぐり、賑《にぎ》わいのある街並みに心が躍《おど》った。

って、いかんいかん。

俺は罪を償《つぐな》うためにここに来たんだから、目をキラキラさせてちゃいけないんだ。

前線都市は魔獣がはびこる恐ろしい場所だと聞いていたが、今のところそんな雰囲気は感じない。

想像と違う活気のある街を見て、俺は胸を撫で下ろした。

――ここでの奉仕活動なら、やっていけそうだな。

馬車が止まり、降りるように促される。乗り込んだときよりも軽い足取りで前線都市に降り立ち、う～んと背伸びをした。

新しい生活がスタートする場所をぐるりと見渡し、俺に続いて降りてきた神殿騎士に笑顔で質問をする。

「思っていたよりもにぎやかな街なんですね。それで、僕はどこで奉仕活動を行うのですか？」

「奉仕活動を行う場所は、ここから馬車であと三日ほど向かった先にあります」

「……えっ？　ここ、ではないんですか？」

「はい。前線はまだ先です」

——う、嘘だろぉぉぉ！

体力もお尻も限界を迎えた俺は思わず頭を抱える。

「そんなに落ち込まれるのならば、今からでも教皇に慈悲《じひ》を……」

「もらいません！」

「そうですか」

すでに何度目かになるやりとりをして、今日は前線都市メンニウスで休むことになった。

神殿騎士に宿へ連れられ、夕食を食べたあとは部屋へ案内される。ベッドのみの質素な部屋だが、馬車旅で野宿が続いた俺にとっては天国に思えた。

ベッドへ飛び込み、ゴロリと寝転がると大きなため息を吐く。

「風呂、入りてーなぁー……」

自分がこれからどんな悲惨な目に遭うかなんて考えもせずに、俺は呑気に風呂のことを考える。

そして、いつまでたっても慣れない馬車旅の疲れをとるために、ゆっくりと瞼《まぶた》を閉じた。

再び馬車に揺られて三日。

前線都市メンニウスを出発してしばらくすると、路面はまたどんどん悪くなり、馬車の揺れはひどくなっていった。

こんなんじゃ本当に尻が使い物にならなくなる。

せめて前線で死ぬ前に、屈強な男たちにぐっちゃぐちゃに抱かれたいぃぃ……

そんな下品な願いごとをしたらまた罰《ばち》が当たりそうだが、前線での希望などそれくらいしかないのだから許してほしい。

少しでも揺れを軽減しようと中腰になってみたり無駄な努力をしていると、馬車の速度が遅くなり、そして止まった。

小窓から外を覗くと、そこは簡素な造りの小屋が並ぶ、小さな村のような場所だった。

痛む尻を庇《かば》いながらヒョコヒョコと情けない姿勢で馬車を降りると、赤髪の大柄な男性がこちらへやってくる。

罪を償《つぐな》うためにやってきた俺に嫌味でも言いにきたのかと身構えると、彼はニッと笑みを浮かべ両手を広げた。

「お前が新しく来た治癒士《ちゆし》だな。遠いところからよく来てくれた。歓迎するぞ」

「……え？」

たしかに治癒士《ちゆし》として奉仕してこいと言われたけれど、断罪された俺をこんなに歓迎してくれるはずがない。

きっと人違いだろう。

「あの、申し訳ないのですが、僕はここに奉仕活動に来た身でして、そんなに歓迎していただくほどの者では……」

「そんな堅苦しい挨拶はいいから。さぁさぁ、仕事場に案内するぞ」

「あ？　う？　えぇ？」

赤髪の男性は上機嫌な様子で俺の手を引いた。

どうなってんだと振り返るが、監視役の神殿騎士は馬車から荷物を降ろしたりと俺のことなど気にもしていない。

事情が呑み込めない俺は、混乱しながらも赤髪の男性についていく。

たどりついたのは、他の建物よりも大きいロッジのような建物だ。

中に入ると、白髪の老人が椅子に腰かけていた。

「ほらイーザムさん。お待ちかねの新人が来たぞ」

「おぉ……おぉぉぉぉお〜！　やっとか！　何度言っても来る気配がなかったから忘れられとると思っとったぞ」

イーザムと呼ばれた老人は目尻に深く皺《しわ》を刻むと、歓喜の声を上げる。

「ほれ坊主。さっそく仕事じゃ仕事。あそこに怪我人を収容しておる治療小屋があるから、パパッと治癒《ちゆ》魔法をかけてやってくれ。儂《わし》は見ての通りのおいぼれじゃからな、これからはお前さんに任せて隠居生活に入るぞ〜」

イーザム爺さんは他の小屋よりも少し大きな建物を指差してそう言った。

——いやいやいや、ちょっと待て。治癒《ちゆ》魔法って……俺そんなことできないぞ！

アンジェロの記憶を必死にたどるが、治癒《ちゆ》魔法の使い方など見つからなかった。

魔法とは縁もゆかりもない日本育ちの俺も、もちろん使い方など知らない。

「あの、本当に申し訳ないのですが……僕にはできません」

「ん？　そんなわけないじゃろ。遠慮せずお前さんの好きに治療していいんじゃぞ。ここのやつらは、多少雑に扱ってもお貴族様のように文句は言わんからの」

「ほ、本当にできないんです！　というか、魔法ってどうすれば使えるんですか？」

「「……………はぁぁ!?」」

俺の言葉に、イーザム爺さんと赤髪の男性はハモるように大声を上げる。

「誰じゃ！　こんな使えないヘッポコを連れてきたのは！」

「知らねーよ！　教会推薦の治癒士《ちゆし》が来るって聞いたから俺はてっきりこいつだと思ったんだ。神殿騎士の護衛までついてたんだぞ。普通、疑わないだろ」

二人の冷たい視線がギロリと俺を刺す。

そ、そんな目で俺を見たって、俺だって被害者なんだぞぉぉ……

しかし文句を言える立場ではない俺は「すみません、すみません」と、ひたすら頭を下げる。

しばらくすると、騙されたと興奮ぎみだった二人も徐々に落ち着きを取り戻してきた。

イーザム爺さんは、めんどくさそうな口調で声をかけてくる。

「まぁ……来てしまったのだから使わないと損じゃな。最近はミハルだけで雑用をこなすのも大変になってきたようじゃし。ほれ、ついてこい」

イーザム爺さんはそう言って、俺を治療小屋へつれていく。

小屋の扉が開くと、血液と人の体臭が入り混じったなんとも言えない臭いが襲《おそ》いかかり、俺は顔をしかめた。

「王都から来たお上品な坊主にはちと辛いかのぉ～。だが、これに慣れんと仕事はできんぞ～」

「はい、大丈夫です……」

そう言われ、小屋の中を案内される。人ひとりが通れるくらいの通路を挟んで簡易ベッドが並んでおり、その上には怪我人が寝かされていた。

腕、足、腹、顔……、ベッドに横たわる怪我人たちは、体中どこかしらに包帯を巻いている。

「ここにいるのはまだ軽いほうじゃ。奥の部屋は重傷のやつらを休ませておる。まぁ、まずはこやつらの世話を頼むぞ。そういえば、お前さん。名前はなんと言うんじゃ？」

「は、はい！　俺……じゃなくて、僕はアンジェロです。アンジェロ・ベルシュタインです」

俺がその名前を口にした瞬間、イーザム爺さんと周りにいた怪我人たちが眉をひそめた。

「ベルシュタインって……あのベルシュタイン公爵家の次男坊か？」

「なんだってこんなところに……」

ざわつく声と、俺に集まる冷ややかな視線。

イーザム爺さんは「ふ～む……」と腕を組み考えるそぶりをして、俺の肩をポンッと叩く。

「お前さんの事情はよく知らんが……ここに来たからには公爵家の者だろうと容赦《ようしゃ》なくこき使うからな」

「は、はい。よろしくお願いします」

ニッ、としわくちゃの笑顔を見せるイーザム爺さんのうしろから、俺のことを警戒する視線がいくつも突き刺さる。

その様子は、とてもじゃないが歓迎ムードとは言い難い。

――ハハ……、こりゃ前途多難だな……

こうして悪役令息のレッテルを貼られた俺の、先行き不安な第二の人生がはじまった。


治療小屋では今のところ使い物にならない&悪名高いアンジェロ・ベルシュタインがいると患者が落ち着かないと判断され、俺はイーザム爺さんに連れられて治療小屋の隣にある、また別の小屋にいた。

小屋の扉を開くと、大量の布や治療に使うらしい物品に加え、ゴミらしきものが散らばっていて足の踏み場もない。

ゴミ置き場かなにかか？

「あの……ここはいったい……？」

「ここは儂《わし》の書斎兼物品庫じゃ。お前さんにはまず、この小屋の掃除を手伝ってもらおうと思ってのぉ～。見ての通り儂《わし》は整理整頓ができん。だが、部屋が汚いと仕事がしづらいし、薬を見つけ出すにも一苦労での。以前はミハルが整理をしてくれていたんじゃが、最近は忙しくてそこまで手が回らんのじゃよ。そこでお前さんの出番というわけじゃ！」

イーザム爺さんは可愛らしくウィンクするが、この汚部屋はそんな簡単に綺麗にはならんぞ。

「わ、わかりました」

「おっ。お前さん、噂のわりには素直じゃな。儂《わし》は治療小屋で仕事してくるから、頼んだぞ～い」

イーザム爺さんは、ひらひらと手を振りながら治療小屋へ戻っていった。

残された俺は部屋の惨状を前に大きなため息を吐いたあと、「よしっ！」と気合いを入れる。

とりあえず、今やるべきはこの小屋を綺麗にして整理整頓すること。

いきなり魔獣がはびこる戦場に放り出されないだけマシだ。

そう思いながら、腕まくりをして汚部屋という小さな戦場に挑む。

まずは部屋の全容を把握するために、散乱した物を一旦外に出していくが、量が半端ない。

物を運び出すだけで、ひ弱なアンジェロの体は息が上がる。ふぅ……と一息つきながら外へ視線を向けると、遠くからこちらをチラチラと見る兵士たちの姿が目に入った。

治療小屋にいた兵士たちのリアクションから察するに、俺はなかなかの有名人のようだ。流れている噂の内容がどんなものかは気になるが、怖いので今は追及しないでおこう。

床に置いてあった荷物やゴミをあらかた外に出し終えると、明らかなゴミは麻袋に詰め込み、イーザム爺さんの私物だろうものと診療に必要そうなものとで分けていく。

整理の途中、医学書らしきものを見つけて手にとった。

解剖生理の本や治療薬の載った本などを見るに、医学の面においては日本よりも劣るように思う。

だがここは魔法が使える世界。

その劣った部分は魔法の力で補っているようだ。

本を読みはじめるといくら時間があっても足りないので、一旦棚へ戻し、また部屋の掃除に取りかかる。

気になる本は、いつか貸してもらえないか聞いてみよう。

小さな楽しみを胸に黙々《もくもく》と整理を続けていると、汚部屋は本当の姿を取り戻してきた。

荷物に埋もれ隠れていた机が姿を現し、埃《ほこり》まみれの床も箒《ほうき》で掃き、雑巾で拭きあげると、なかなか綺麗だ。

残りは棚の上部にある謎の荷物たちの整理。

背の低いアンジェロでは届かないので、脚台《きゃくだい》を持ってきて棚の上の箱に手を伸ばしていると、横からスッと手が伸びてきた。

「なにをしているのですか？」

不機嫌な低い声に恐る恐る振り向くと、眉間にこれでもかと深い皺《しわ》を寄せた神殿騎士の青年が荷物をとってくれていた。

――えーっと、名前なんでしたっけ？

会話もあまりしていないし、なんなら名前を呼ぶこともなかったので、初めて顔を合わせたときに騎士が名乗ったシーンを必死に思い出す。

「あ……ノルン、さん……？　ありがとうございます」

「いえ」

お。訂正してこないということは正解なんだな。

ホッとしながら、ノルンがとってくれた箱を受け取る。

箱に入っていたのは、添木のようなものだった。これは必要な物だと思い、外で埃《ほこり》を払って部屋に戻ると、ノルンは仏頂面をさらに険しくしていた。

「どうしたんですか？」

「……こんなところでなにをしているのですか？　アンジェロ様」

あ。そういえば質問を無視しちゃってたな。

「なにって、掃除ですかね？」

「掃除……？」

素直に伝えると、ノルンは納得いかないという顔をした。

そんな怪しいことをしてるわけじゃないんだから怖い顔するなよ。

「失礼ですが、アンジェロ様は掃除ができるのですか？」

ノルンは怪訝《けげん》そうな表情で俺を見下ろす。

本当に失礼なやつだなと、俺は唇をムイッと尖《とが》らせてノルンに反論した。

「掃除くらいなら僕でもできます」

「ですが、ここには大切な薬品や医療器具もあります。素人《しろうと》のアンジェロ様が無闇に手を出せば、迷惑をかけるのではないですか？」

ノルンは部屋を見渡し、最後に俺が持っている箱に視線を向けると、眉根を寄せて箱に手を伸ばしてくる。

俺は意地になって、箱を自分の胸元に引き寄せた。

「安心してくださいノルンさん。こう見えて僕は整理整頓が得意なんです。それに、医療については少しばかり知識がありますので」

「アンジェロ様が医療に……？」

ノルンの眉間の皺《しわ》がいっそう深くなったとき、「おい！」と腹に響くような低い声が聞こえた。

恐る恐る振り向くと、最初に出会った赤髪の大柄な男性が、ノルンに負けじと渋い顔をして立っていた。

なんだか怒っている様子だが、俺にはその理由がさっぱりわからない。

――もしや、俺のいない間にこの仏頂面がなにかやらかしたんだろうか……

なんでしょうかと返事をして男性を見上げると、鋭い視線が向けられる。

「おい。こいつは罪人と聞いたが……それは本当か？」

俺を指差し、ノルンに質問をする赤髪さん。

残念ながら怒っていらっしゃる原因は俺のようだ。

ノルンは冷静な口調で返答する。

「教会から通達がきているはずですが。罪人アンジェロ・ベルシュタインが前線地帯で治癒士《ちゆし》として奉仕活動を行うと」

――お、おい！　罪人ってストレートに言いすぎじゃないか!?　いや、まぁたしかにそうなんだけどさ、言い方ってもんがあるだろう。

ノルンの言葉を聞き、赤髪さんは眉をピクリと動かし、冷ややかな目で俺を見た。

その殺気に満ちた視線に、俺は肉食動物に狙われた小動物のようにプルプル震えてしまう。

「こいつはどんな罪を犯したんだ？」

「アンジェロ様は、公爵家の名を盾に王太子様の婚約者を虐《しいた》げ、加えてフテラ教を否定、侮辱《ぶじょく》しました。その罪により、前線での奉仕活動を命じられたのです。自分の罪を認めることができずに仮病を使い出発が遅れたため、知らせていた日程よりも遅れてしまいましたが」

──バカやろう！　仮病なんて使ってないからな！　前世と今世の記憶が入り混じって、ガチで熱が出てうなされたんだよ！

できることなら、この澄《す》まし顔の足でも蹴ってやりたいところだが、そんなことしたら『アンジェロがまた癇癪《かんしゃく》を起こした！』なんて言われそうだから、とりあえずしょんぼりしておく。

心の中でノルンに蹴りをいれ、赤髪さんのほうへチラリと視線を向けると、彼は間の抜けた顔をしていた。

「あ？　いじめとフテラ教の侮辱《ぶじょく》って……そんなことでここにきたのか？」

「へ……？」

「──っ！　貴方はフテラ教を侮辱《ぶじょく》するおつもりですか？」

怒りを露《あら》わにするノルンを、赤髪さんは苦笑いしながらなだめる。

「あぁ、すまんすまん。そういうつもりじゃなかったんだ。王都で暮らすお前たちと前線で暮らす俺たちとじゃあ、祈る神様が違うんでな」

「……わが国の国教はフテラ教です」

「それは知ってる。ただ、前線で戦う俺たちにとって、忠誠を誓い祈りを捧げる相手は、コイツらだけなんだ」

赤髪さんはそう言うと腰に下げていた剣を指差した。

「俺たちはコイツに命を捧げてるからな」

そう言われるとさすがにノルンも反論できないのか、口をつぐんだ。

ニッと歯を見せながら笑う赤髪さんの姿に、俺はトゥンクと胸をときめかせる。

――やっべぇぇぇ。なにその笑顔！　すっげー俺好み！　今すぐ抱かれたい……

頬を赤くしながら赤髪さんを見上げると、笑顔のまま自己紹介してくれる。

「名乗るのが遅くなったな。俺の名前はガリウス。この東の前線地帯の傭兵たちを取り仕切っている傭兵団長だ」

「ア、アンジェロ・ベルシュタインです。よろしくお願いします」

ガリウスさんに続いて名乗り、頭を下げると、彼は驚いた表情を見せた。

「貴族様が俺みたいな下級人間に簡単に頭を下げるとはなぁ。フテラ教を侮辱《ぶじょく》するだけあって、変なやつだな、お前」

ガリウスさんは俺を見ておかしそうに笑う。

変なやつと認識されるのは少し辛いが、敵意を向けられるよりはマシなので、エヘヘ～と笑ってごまかすことにする。

そして、いまだに笑顔を見せないノルンが、考えながらガリウスさんに問いかけた。

「ここを取り仕切っているのは、騎士団ではないのですか？」

「あ～騎士団様はこんなとこには来ないぞ。あいつらはちょっと顔を出したら、安全な塀《へい》の中に逃げていくからな。前線で戦うのは、俺たちみたいな金のない傭兵ばかりだ」

ガリウスさんの言葉を聞いたノルンは、一瞬だけ苦虫を噛み潰したような表情をしたが、またいつもの澄《す》まし顔に戻る。

「そう、ですか。わかりました。ところで、アンジェロ様の奉仕活動はいつはじまるのですか？治癒士《ちゆし》としての奉仕を命じられているのですが」

「あ～そうだな。兵士としてなら俺の下についてもらって前線を巡るんだが、治癒士《ちゆし》ならイーザムの爺さんの指示に従えばいいんじゃないか？　あの爺さんからなにか言われたか？」

「この小屋を片付けろって言われました」

「ハハッ。さすが爺さん。じゃあ、今のお前の奉仕活動は爺さんの部屋の掃除だ。これでいいか？神殿騎士様」

ガリウスさんの言葉にノルンは不満げだが、俺は心から安心する。

兵士として前線に送り込まれなくてよかった……でも、もしそうなってたらガリウスさんとワンチャンあったかもしれないよなぁ～。

あのたくましい胸板に抱きしめられたら、さぞかし幸せな気持ちになるんだろう。

前線で戦い傷ついた俺を抱き上げ介抱し、それから二人の距離は縮まり……

な～んて不埒《ふらち》な妄想をしていると、ガリウスさんのうしろから、ひょこりとイーザム爺さんが顔を出してきた。

「なんじゃ、盛り上がっておるのぉ。部屋の掃除は終わったのか？」

「はい。だいぶ綺麗になったと思います」

「どれどれ」

イーザム爺さんは部屋をぐるりと見渡すと「ふ〜む」と、顎《あご》ひげを触る。

「お前さん、本当に公爵家の坊ちゃんか？」

「へ？　あー……そう、ですよ」

イーザム爺さんの質問に歯切れ悪く返事をする。

——え？　まさか、アンジェロの中身が変わったことに気づいたなんて言わないよな？

俺が冷や汗をかいていると、ガリウスさんが怪訝《けげん》そうな顔をしてイーザム爺さんに問いかける。

「どうしたんだ爺さん？　こいつが別人だって言いたいのか？」

「そうじゃのぉ〜部屋を綺麗にしろとは言ったが、医学の知識がない者にしては、使い勝手のいい物の配置になっとるなぁ〜と思っての。聞き分けもいいし、皆が噂しておった人物像とはかけはなれておるしな」

イーザム爺さんの鋭い言葉と視線に心臓が跳ねる。

そうです。前世では看護師やってたんで、そこそこ知識あります！　整理整頓も病棟のマダムたちに看護の基本だって言われて叩き込まれました！

中身は三十八歳のものわかりのいいおっさんなのでわがままも言いません！

なんて言ったら、悪役令息&頭がおかしくなった公爵家の次男坊としてさらに有名になりそうだ。

「え～っと、あのぉ……そのぉ……実は医学に興味がありまして。小さな頃から医学書などを読んだりしていたんです」

しどろもどろに答えるが、イーザム爺さんやガリウスさんは変わらず俺に疑いの目を向けてくる。

このままではややこしくなりそうな予感しかしない。

そう思っていると、隣にいたノルンがため息を吐いた。

「この方は間違いなくアンジェロ・ベルシュタイン様です。神殿騎士である私が身元の保証をいたします」

初めて役に立ったノルンの言葉に、俺はぶんぶんと頭を縦に振り『僕はアンジェロです』とアピールする。

「神殿騎士様がそう言うのなら本物ということか。なぁ、イーザム爺さん。こいつ治癒士《ちゆし》として奉仕に来たらしいが、面倒見るのが不安なら俺が預かるぞ」

ガリウスさんの言葉に俺はぎょっとする。ガリウスさんの下につくということは、ガチの前線に放り込まれるってことじゃあ……

安易《あんい》にガリウスさんとの不埒《ふらち》な妄想をしていたくせに、その妄想が現実味を帯びてくると、顔から血の気が引いた。

「ん～……いや大丈夫じゃ。今のところわがままも言わんで掃除もするし、結構使えるかもしれんから、儂《わし》のそばに置いておこうかの。もし、使えんときはガリウスが面倒見てやってくれ～」

「へいへい。じゃあ、アンジェロ。爺さんの指示に従って奉仕活動とやらをやってくれよ。くれぐれも面倒ごとは起こさないように頼むぞ」

ガリウスさんはドスのきいた声で念押しして去っていく。

「まぁ、公爵家の温室育ちにとってここでの生活は苦痛じゃろうが、ぼちぼち役に立ってくれよ〜」

「は、はい！　頑張ります」

「いい返事じゃ。では、本格的に儂《わし》の下につくと決まれば、お前さんの先輩になるミハルを紹介せねばいかんな〜。今日は夕飯当番じゃったか……よし、儂《わし》についてこい」

イーザム爺さんはそう言ってスタスタと歩いていき、俺は慌ててそのうしろを追いかける。

ついた場所は青空の下、わいわいとにぎやかな雰囲気とおいしそうな匂いが立ち込める食堂だった。

イーザム爺さんは辺りを見回すと、お目当ての人物を見つけたのか声をかける。

「ミハルは……お〜、おったおった。お〜い、ミハル、ミハル〜」

イーザム爺さんが歳のわりにデカい声で『ミハル』と呼ぶと、栗色の髪の青年が駆け寄ってきた。

青年は右足が悪いのか、少し足を引きずっている。

「イーザム様、どうしたんですか？　もしかして、誰か容態が悪くなったんですか⁉」

「んにゃ〜今日はお前さんの後輩を連れてきたんじゃ。ほれ、挨拶挨拶」

イーザム爺さんに促され、俺はミハルと呼ばれた青年に挨拶をする。

「今日からお世話になります。アンジェロです。よろしくお願いします」

前回の失敗を踏まえ、公爵家の人間だとバレないように家名を伏せてみたが……ミハルは顔を青くして俺を見つめてくる。

噂は速いもので、すでに俺の名は彼の耳にも届いていたようだ。

「え……？　僕の後輩って……ど、どういうことですかイーザム様!?」

「どうもこうもアンジェロは儂《わし》のとこで預かることになっての～。治癒士《ちゆし》として一緒に働くことになったんじゃが、魔法もわからんポンコツで使い物にならんのじゃよ。まぁ、片付けは上手にできるようじゃから、ミハルの後輩として仕事を教えてやってほしいんじゃ」

目尻にたくさんの皺《しわ》を寄せニコリと微笑む爺さんとは対照的に、ミハルの眉はこれでもかと下がり、困惑と恐怖の入り混じった顔をしている。

「イーザム様……僕は公爵家の方と関わるには身分が……」

「身分なんぞこの戦場じゃなんの意味もないから安心せい。それに、嫌がらせでもされようものなら、すぐにガリウスにチクればよい。そのまま前線行きじゃからなっ」

最後にどえらく恐ろしいフレーズを言い放ち、イーザム爺さんはどうにかせいと俺を見る。

ここで拒否されたら俺の前線行きは確定なので、すがるような気持ちでミハルに声をかける。

「わからないことばかりでご迷惑をおかけすると思いますが、どうぞよろしくお願いします」

きっと噂のせいで、アンジェロ《おれ》の評価はマイナスだ。

まずは第一印象だけでもプラスに持っていきたくて、丁寧に挨拶をして頭を下げる。

下げた頭を上げると同時に、アンジェロのきらめく笑顔を炸裂させると、ポンッと音がしたようにミハルの顔が赤く染まる。

「ふぇっ！　そ、そんな僕なんかに頭を下げないでください」

「ミハルさん。そんなこと気にしないでください。戦場では身分など関係ないんですよね、イーザム様？」

俺の言葉にイーザム爺さんは深く頷く。

「そうじゃぞ～。アンジェロは思ったよりも貴族らしくない変人じゃが、悪いやつではなさそうじゃからな。使えるように教育を頼んだぞ～。それと、ここでの生活もついでに教えておいてくれ～」

「えぇっ!?　イーザム様!?　そ、そ、そんなぁ……」

イーザム爺さんは言いたいことだけ言ってヒラヒラと手を振り治療小屋のほうへ戻っていく。残されたミハルは気まずそうに俺に視線を向けた。

「あの……そのぉ……よろしくお願いします……」

「こちらこそよろしくお願いします」

ぺこりと頭を下げるミハルはすでに半泣き状態。

ここでミハルを泣かせては、噂に尾ひれがついて虐《いじ》めただのなんだの言われるのは目に見えている。そして、俺はガリウスさんのいる前線に放り込まれ、魔獣の餌食《えじき》に……

さすがにまだ命は惜しい。

ここはひとつ、ミハルの同情を買えそうなエピソードトークで揺さぶりをかけるか。

「ミハルさんすみません。突然、僕なんかの世話を頼まれても困りますよね」

「あ、いえ……そんなつもりじゃ」

「大丈夫です。わかっているんです。これは僕が今まで公爵家の息子という立場に甘え、わがままを言ってきたせいだって。だから皆に嫌われて……ずっとひとりぼっちで……。でも、これからは心を入れ替え、人の役に立つことをしていきたいと思っています。最前線で国を守ってくれているミハルさんたちの手助けを、少しでもしたいんです！」

「アンジェロ様……」

アンジェロの過去を思い出しながら力説してみると、思いのほか悲しくなり、自然と目頭が熱くなる。

アンジェロは本当にひとりぼっちだったし、反抗したこともあったけれど、わがままを言っているというよりは必死になにかを伝えようとしていただけだった。

けれど、その思いは両親には届かず『わがまま』という簡単な言葉で片付けられた。

そんな辛い過去を思い出しながら目に涙を溜め、頑張って笑顔を作ると、ミハルはついに同情の視線を向けてくる。

「僕なんかがアンジェロ様の役に立てるのでしょうか……」

「もちろんです！　僕はミハルさんがいてくれるだけで心強いです！」

もじもじしているミハルの手をそっと握りしめてアンジェロの天使スマイルを向けると、彼はまた頬を赤く染める。

「よろしくお願いしますね、ミハルさん」

「は、はい……」

こうして俺は、前線という戦場でひとりめの味方を手に入れた。


ミハルは食堂に来たならと、夕飯に誘ってくれた。食堂といっても調理場以外は小屋らしいものもなく、木の板で作った簡素な屋根があるだけで、その下にテーブルや椅子が置かれている。

わいわいと賑《にぎ》わう食堂。

そして、俺好みのたくましい男たち。

思わずよだれが出そうになり、ゆるんだ口元を引き締める。

「前線の食事は当番制で作っています。いずれアンジェロ様にも回ってくるかもしれませんが、そのときは僕も一緒に調理に入るようにしますね」

「ありがとうございます、ミハルさん」

俺より少し背の高いミハルを見上げて笑うと、さっきよりも柔らかな笑みを返してくれる。ミハルは日に焼けた小麦色の肌と、頬から鼻にかけてそばかすがあるのがなんとも可愛らしい。歳は聞いていないが、童顔のアンジェロよりも少し大人っぽく見えるので二十歳くらいだろうか。

そんなことを考えながら男たちが群がる花園……いや、食堂へミハルとともに足を踏み入れると、ザッと視線が集まる。

冷めた視線を向ける者や、鋭く敵意を向ける者、興味ありげに俺を見つめヒソヒソと話をする者と反応は様々だった。

ミハルが俺を心配そうに見つめてくるので、「大丈夫ですよ」と笑いかける。

これくらいは想定内だし、なんなら出ていけと言われないだけマシだ。

ミハルのあとについていき、提供口につくとトレーとプレートとお椀を渡される。給食をついでもらうように列に並び、俺の順番がやってくる。

レードル大盛り一杯のスープに、プレートには手のひらサイズの分厚いステーキ肉が二枚、そしてパンが二つ。

なんとも男らしい戦場飯を見つめていると頭上から不機嫌な声が降り注ぐ。

「今日の昼飯はそれで終わりだ。前菜やワインなんて洒落《しゃれ》たものは出てこないぜ。まぁ、そもそもここの飯はお貴族様の口には合わないだろうがな」

――あははー。めっちゃ嫌われてる～。

配膳を担当する丸刈りの屈強な男は嫌味を言いながら睨《にら》んでくるが、病棟のマダムたちから腑《ふ》に落ちないお叱りのお言葉を浴びせられまくった男性看護師はそれくらいじゃへこたれないんだぞ！

「いえ。おいしくいただきますね」

丸刈りの男性にニッコリとアンジェロスマイルで返事をして、大盛りのトレーをもって安全地帯であるミハルのところへ向かった。

ミハルが席を確保してくれていたので、そこにトレーを置き椅子に座る。

改めて見ると、やはりなかなかの量だ。

俺はこの食事をどうやって腹に収めようか計画を立てる。

アンジェロは食が細いので、これだけの量を食い切れるか不安だが、ここで食事を残したら、お高くとまった貴族様はここの飯を食わないなんて噂されるに決まっている。

――ここは無理矢理にでも腹に突っ込むか。

フォークを肉に突き立て、アンジェロの可愛いお口をこれでもかと広げ肉を頬張る。

やや筋張っているが、味はいい。

硬いステーキ肉と格闘するように食べていると、視線を感じて顔を上げる。視線の先にいたミハルが、肉にかぶりつく俺の様子を目を丸くして見つめていた。

「どうしました？　ミハルさん？」

口の中に残った肉を呑み込み、問いかける。

「いえ……貴族の方も僕たちみたいに、こうやってお肉を頬張るんだなと思って」

――あっ……そうだよ！　俺は公爵家の坊ちゃんだった！

大きな肉にかぶりつくことに、貴族の坊ちゃんならためらうはず。なのに普通に食べてしまった。

焦ってごまかしの笑みを浮かべながら言い訳を考える。

「アハハ……皆さんの食べ方のほうがおいしそうに見えたので、思わず真似してしまいました」

「そうなんですね、お味はどうでしたか？」

「はい。とてもおいしいです」

「アンジェロ様のお口に合ってよかったです」

なんとかごまかせたようで、二人仲よくステーキ肉にかぶりつく。

食事をしながら、これから俺が行う仕事の内容を聞いた。

主な仕事は怪我人の身の回りの世話で、あとはイーザム爺さんの雑用係といったところだ。

ミハルの話を聞きながら、分厚いステーキ肉をなんとか腹に収め、パンをスープで流し込み、無事に完食した。

俺が全部食べ終えたのを見たミハルは、安心したように笑う。

綺麗に食べ終えた皿を返却しに行くと、俺に嫌味を言ってきた丸刈りさんの姿が見えた。

「ごちそうさまでした。とてもおいしい食事でしたよ」

トレーを差し出して笑顔でそう言うと、丸刈りさんはばつが悪そうにトレーを受け取った。

食事のあと、ミハルは寝泊まりする小屋へ案内してくれた。

俺は満腹の腹を抱えてよたよたとミハルのあとについて歩く。小さなロッジに到着した頃、空はすっかり茜色《あかねいろ》に変わっていた。

「こちらがアンジェロ様のお部屋になります。今日はゆっくり休んでください。そして、明日からよろしくお願いします」

「いろいろとありがとうございました、ミハルさん。こちらこそよろしくお願いしますね」

笑顔でミハルを見送り、部屋へ入ろうとする。

そのとき背後に人の気配を感じ、バッとうしろを振り返ると……ノルンがいた。

「うわっ！　驚かさないでくださいよ」

「…………」

相変わらずの仏頂面と返事のひとつもしない態度にさすがの俺もイラッとする。

「なにか用ですか？　僕は部屋で休みたいのですが」

ムスッとした顔でそう言うと、ノルンは静かに口を開いた。

「私の部屋もここです」

――はぁぁぁあ!?

思わず漏《も》れそうになった心の声をどうにか抑え込む。

扉を開けて中を見ると、部屋には二段ベッドが置いてあり、俺の荷物とノルンの荷物が運び込まれていた。

「ど、同室なんですね……」

「えぇ。アンジェロ様が勝手な行動をとらないように見張らなくてはいけませんので」

ノルンはそう言って気にする様子もなく部屋に入っていく。

――やっとこの仏頂面の男から解放されると思ったのにぃぃぃ！

文句を言いたいところだが、そんなことをすればやはりアンジェロはわがまま令息だったと言われるだけなので、ぐっとこらえ部屋の中へ入った。

二段ベッドと小さなキッチンがある、１ＤＫのこぢんまりとした造り。

ベッドの下段には、俺の荷物がある。

荷物をチェストに入れ、整理が終わった頃、窓の外は紺色に変わっていた。

ノルンは備え付けのランプに明かりを灯すと、腰に携えていた剣の手入れをはじめる。王都を発ってから、毎晩のように見ている光景だ。

それを横目に、いそいそと着替えを済ませて就寝の準備をしていると、目の前に水色のマグカップが現れた。

「え？」

マグカップからふわりと香る、芳《かぐわ》しい香り。

目を上げると、ノルンが無言でマグカップをこちらに差し出していた。

「あの、これは……」

「紅茶です。熱いので気をつけてお飲みください」

「ありがとう、ございます」

マグカップを受け取って礼を言い、ノルンが淹れてくれた紅茶を一口。

温かく、柔らかな口当たりの紅茶は、今日一日の疲れを癒《いや》してくれる。

「すごくおいしいです！」

「そうですか」

ノルンは俺の感謝の言葉をさらりと流すと、再度剣の手入れにとりかかる。

相変わらずの態度だが、ノルンの意外な優しさに触れて心も体も温まった俺は、用意されたベッドへダイブした。

布団は薄いが、しっかり天日干ししてあるのだろう。お日様の香りがなんとも心地よい。

明日からどうなるのだろうかと考える暇もなく、疲れと満腹感も相まって、俺はそのまま眠りについた。

そうして、前線での初めての夜は穏やかに過ぎていった。


窓から差し込む日差しとともに部屋のドアがノックされる。

ぼんやりした頭で体を起こし、寝ぼけた声で返事をする。

寝ぼけ眼《まなこ》を擦《す》りながら、のろのろドアを開けに行くと、そばかす男子が俺を見てクスリと笑う。

「おはようございます、アンジェロ様」

「……アン、ジェロ？」

俺が頭をかしげると、そばかす男子も不思議そうな顔をして同じように首をかしげ……って！

俺は今、生まれ変わってアンジェロになったんだった！

慌てて寝起きの間抜け面から、キラキラアンジェロスマイルを作って見せる。

「お、おはようございます、ミハルさん。すみません寝ぼけてしまって……」

「ふふ。一瞬、お名前を間違えてしまったのかと思いましたよ」

「アハハ～。あの、ミハルさんなにか用でしょうか？　仕事がはじまるのは鐘が二つ鳴ってからだと聞いたのですが……」

なんとかごまかせたようなので、ミハルが部屋に来た用件を確認する。

「朝食に一緒に行かないかなと思いまして」

「朝食！　行きます！　すぐに準備しますね」

昨日、お腹がはち切れそうなくらい食べたのに、朝になったら綺麗に消化していて、空腹感まであるのはさすが十八歳のピッチピチな体だけある。

四十手前の前世のときでは考えられん。

バタバタと準備をしていると、すでに準備万端のノルンがやってくる。

「おはようございます、アンジェロ様」

「おはよう、ございます」

ノルンの表情は険しく、昨日よりも雰囲気がピリついている。

声にも威圧感があり、俺はビクついてしまう。

「今日から本格的に奉仕活動がはじまります。前線は遊び場ではありませんので、わがままなどおっしゃらないようお願いします」

昨晩、紅茶をくれたときの優しいノルンはどこへやら。

トゲのある言葉に一瞬イラつくが、顔には出さずに返事をする。

「えぇ、もちろんです。僕ができることは少ないですが、精一杯やらせていただきたいと思います」

これでもかと笑顔を向けるが、ノルンの澄《す》まし顔はピクリとも変わらない。

「承知しました。私が監視していることをお忘れなきように」

んなこと言われなくても知ってるわい。

ノルンから見えないところでアンジェロの可愛いホッペを膨《ふく》らませ、ぷりぷり怒りながら支度をした。

準備ができたらミハルのもとへ駆け足で向かう。

ノルンは勝手についてくるから声などかけないでいいだろう。

ミハルと（ついでにうしろから仏頂面一名）ともに向かった食堂では、朝から筋肉たちが食事をもらいに列を作っていた。

俺得の筋肉パレードを眺めつつ食堂に足を踏み入れると、昨日と変わらず俺に集まる視線。

ミハルは俺のことを気にしながら、顔馴染みの傭兵たちに「おはようございます」と挨拶をする。

——挨拶は基本だよな。よし！　やってやる！

「おはようございます」

近くにいたミハルの知り合いらしい傭兵に、スマイル全開で挨拶してみた。すると相手は目を丸くして見つめてくる。驚いたまま返事がないので、会釈《えしゃく》だけしてミハルのあとを追い、筋肉たちに挨拶を繰り返していった。

今日も食堂当番は丸刈り嫌味太郎だ。俺を見るなり眉間に皺《しわ》を寄せるので、こちらから先制攻撃をしかける。

「おはようございます。昨日はおいしい食事をありがとうございました」

アンジェロの天使のようなきらめく笑顔で挨拶すると、丸刈り嫌味太郎は虚をつかれたように口ごもる。

そして、今日の朝食の量はアンジェロサイズにつぎ分けてくれた。

――丸刈り嫌味太郎から丸刈り太郎に昇格だな。

なんて思いながら、ミハルとおいしく朝食をいただく。

食事が終われば、いよいよ俺の治癒士《ちゆし》としての奉仕活動がはじまる。

この世界の医療がどんなものなのか、ドキドキしつつミハルに連れられたのは、治療小屋の裏口。

そこではリアカーに洗濯物や使い古したタオルや包帯が山積みになっていた。

「アンジェロ様、まずは洗濯場の場所を教えますね」

「は、はい……」

ミハルの言葉にぎこちなく返事をし、まずは雑用係としての仕事がはじまった。

第二章

洗濯物が山盛りのリアカーを、ミハルは右足を引きずりながら押す。けれど舗装されていない道で足の悪いミハルに任せるのは忍びなく、押し手を代わると申し出た。

「ミハルさん。僕が押しますよ」

「見た目よりも重たいですよ？」

「大丈夫です！」

な〜んてアンジェロの貧弱さを甘く見ていた俺は、リアカーを押しはじめてすぐに現実を思い知らされることになった。

でこぼこ道をヨタヨタ歩き、窪《くぼ》みでバランスを崩し……結果、見かねたミハルが手を貸してくれたのだった。

「すみません……」

「いいんですよ、アンジェロ様。ここからは僕が押していきますから」

「でも、ミハルさん足を痛めてるじゃないですか」

「あぁ、これは昔からですから。幼いときに魔獣に襲《おそ》われて怪我をしたときの後遺症なんです」

「魔獣、ですか……」

「ひとりで村の外に出るなって親にさんざん言われていたのに、幼い頃の僕はその言いつけを破って村の外にある森へ向かったんです。そこで、運悪くキラーウルフと遭遇して……そのときに、右足を噛み砕かれてしまいました」

失敗しちゃいましたと、サラリと話すミハルに俺は言葉をなくす。

いやいや、足を噛み砕かれたなんてフレーズは笑顔で言うもんじゃないぞ。

「でも、そのときにガリウスさんが助けに来てくれて、すぐにイーザム様が治癒《ちゆ》魔法で傷を治してくれたんです。本当だったら右足を失っていたほどの大怪我だったので、こうやって歩けるだけで僕は嬉しいんです」

「そうなんですね」

「はい。もう足が悪いのには慣れていますし、気を遣わなくても大丈夫ですよ、アンジェロ様」

明るい笑みを見せるミハル。

公爵家のアンジェロに遠慮しているわけでもなさそうだし、俺が変に気を遣ってもミハルが困るだけだと思い、わかりましたと頷いておく。

この前線で生きる人にとって、魔獣に襲《おそ》われることは日常なのだと改めて気づかされた。

それからミハルとともに二十分ほど歩くと、大きな川が見えてくる。

川の周囲には俺たちの他にも人がいた。ここは皆が使う洗濯場なのだろう。女性たちと小さな子供たちが楽しそうに話をしながら洗濯をしている。

「あそこの黄色い旗が立っている場所が、僕たちが普段使っている洗い場です」

「わかりました。あの、ミハルさん。質問なんですが、前線には子どももいるんですか？」

「あの子たちは近くの村の子です。この川は僕の住んでいる村にも一番近いので」

――村？　騎士団さえ寄りつかないこの危険な場所に、村があるのか？

「村って……ここは前線なんじゃ……」

「はい。でも前線都市メンニウスの城壁の外には、集落がいくつかあるんですよ」

「魔獣がいる危険な場所にですか？」

ミハルは苦笑いをする。

「城壁の外にいるのは、城壁内に住むことができない人なんです。城壁内はたしかに安全ですが、税金が高くて、住むにはお金がたくさんかかります。村はそういう貧しい人や、なんらかの理由で前線都市から追い出された人たちが集まってできたんです。城壁内に住むなんて、夢のまた夢ですね。でも、ここら辺りはすごく安全なんですよ！　ガリウス団長が率いる傭兵団の本拠地ですから！」

そう言ってミハルはまた笑う。

さっきから気を遣わせてばかりの俺のことを、ミハルはきっと能天気な公爵家の坊ちゃんだと思っているだろう。

少し想像すれば、ここにいる人たちにもなにか訳があるとわかるはずなのに、俺はなんてことを聞いてしまったんだ。

情けないやら申し訳ないやらでいっぱいになり、俺はしょげた顔をしてミハルに頭を下げる。

「立ち入ったことを聞いてしまい、すみません……」

「ア、アンジェロ様！　そんな、気に病まないでください。僕たちはほんの少し、特殊な環境で生活しているだけですから。さぁ、早く洗濯に取りかかりましょう！　このあとの仕事もまだいっぱいありますからね」

ミハルの優しさに大きく頷き、俺は自分ができることに目を向けることにした。

まずは大量の洗濯物をゴザの上に広げて仕分けをはじめる。

シーツ、服、包帯、毛布など種類は多い。

そして、汚れも土汚れと血の汚れが混じりあっていて、落とすのにはなかなか手がかかりそうだ。

「これはなかなか大変そうですね」

「そうですね～。今日は量も多いので一時間くらいですかね～」

「えぇ!?　この量と汚れで、一時間で終わるんですか？」

洗濯機に放り込んでピピッとボタンひとつでやっちまえるなら一時間で終わりそうだが、手作業でやるとなると二人がかりでも終わる気がしない。

「アンジェロ様、洗濯は初めてですか？」

「えぇ、そうです」

前世でも洗濯機に放り込むくらいの経験しかない。

「貴族の方が自ら洗濯する機会はないですもんね。では、まず僕がお手本を見せます」

ミハルはそう言うと、リアカーに積んでいた大きめの桶《おけ》をいくつかもってきて、洗濯物をそれぞれ分け、川の水を入れていく。

洗濯物がひたる程度まで水が入ったら、イーザム爺さん特製のよく落ちる洗剤の粉とやらを投入する。

そしてミハルは目を閉じ、集中した面持ちでなにかをブツブツ呟きはじめる。

すると、桶《おけ》の中の洗濯物がくるくると回り出した。

「うわぁ……！　すごいです、ミハルさん！　これはどうやったんですか!?」

「これは風魔法を使って洗濯しているんですよ」

「風魔法……」

目の前で起こっている現象に目を輝かせながら、俺は食い入るように桶《おけ》を覗き込む。

くるくる回っていたかと思えば、洗濯機のように途中から回転方向が変わる。

「アンジェロ様もやってみますか？　コツを掴めば簡単にできますよ」

ひとつ残った桶《おけ》を指差してミハルがそう言うが、俺は魔法のことをよくわかっていない。

というか、アンジェロの記憶の中に魔法を使っているシーンがなく、どうすりゃいいのかわからない。

「すみません、ミハルさん。僕は魔法の使い方がわからないんです」

ミハルは驚いた表情を浮かべた。

「そう、なんですね。では、魔力の流れや使う感覚はわかりますか？　それがわかれば初級の生活魔法は簡単にできますよ」

「アハハ……それもさっぱりわかりません」

あまりの申し訳なさにすみませんと頭を下げると、ミハルは慌ててフォローしてくれた。

「だ、大丈夫ですよ、アンジェロ様！　きっとアンジェロ様ならすぐに魔法が使えるようになりますから！」

根拠のない励《はげ》ましをいただき、俺は苦笑い。

――もしかすると、俺はこの世界で一番使えない人間なのかもしれない……

洗濯はミハルひとりの力で無事に終わり、洗い終えた洗濯物を治療小屋裏の物干し場へ持っていく。干すだけなら俺でもできるので、手際よく洗濯物を干していった。

「アンジェロ様、お上手ですね」

「これくらいなら僕にもできますからね」

ミハルに褒められると素直に嬉しくて、へへっと笑った。

洗濯物を干し終えたら、いよいよ治療小屋へ向かうことになる。

ミハルの説明によれば、患者の身の回りの世話や包帯の交換などを行うそうだ。

「アンジェロ様は、まず傭兵たちの飲み水の補充をお願いします。包帯の交換は僕がやりますので」

「あ、あの！　それ、僕にもやらせてください！」

「え？　包帯を巻くにはコツがいるので練習してからでないと難しいですよ？」

突然の申し出に驚いた顔をするミハル。

たしかに公爵家の坊ちゃんには難しいだろうが、前世の記憶持ちの俺なら問題ない。

「実は以前から医学に興味があって、本で学んでいたんです。実際に包帯を巻く練習も何度もしていて……ダメでしょうか?」

ミハルは不安そうだったが、俺の言葉を聞くと頷いてくれた。

「では、お願いします。もし、わからないことがあったら声をかけてくださいね」

「はい! ありがとうございます、ミハルさん」

ミハルの許可を得た俺は、ようやく自分の得意分野で力を発揮できると浮かれていた。

中で待つ傭兵たちが俺のことをどう思っているかなど、考えもせずに……

重い木の扉を開けて、ミハルが治療小屋の中へ入っていく。そのうしろについて、俺も中へ入る。

ドアを閉めようとすると、隙間からヌッと手が伸びて再びドアが開いた。

そして、不機嫌顔のノルンと目が合う。

そういえば俺のうしろをチョロチョロしていたなと思い出し、ニコリと笑いかけてみた。しかし

ノルンはいつも通りの仏頂面でムスッとしたままだ。

――やっぱりコイツ、すげームカつく! 笑顔には笑顔で返すっちゅうことを知らんのか。

心の中で文句を垂れながら、ミハルのあとを追いかける。

療養中の傭兵たちは、ベッドに腰かけて談笑できる程度の者から、いたるところに包帯を巻かれてベッドに横たわり、苦痛に顔をゆがめる者まで様々だ。

ミハルは人懐《ひとなつ》っこい笑顔で、一人ひとりに声をかけていく。

「おはようございます。水の補充と包帯の交換をしていきますね。今日からアンジェロ様もお手伝いしてくださることになりました」

横になっていた傭兵たちの視線がミハルに集まり、次に俺へ向けられる。

歓迎されていないのを感じて少し緊張しながらも、ミハルから水差しを受け取り、ベッドのサイドテーブルに置かれたコップに注いでいく。

「アンジェロです、よろしくお願いします。お水を補充しますね」

アンジェロスマイルを振り撒《ま》きながらコップへ水を注ぐが、傭兵は俺を見るなり視線を逸らす。

そのあとも、声をかけても返事をしてくれる者はいないし、目すら合わせてくれない。

さすがに心が折れそうになるが、俺と傭兵たちとの間には、なんの信頼関係も生まれていない。

ここはよそ者の俺から声をかけていって、少しずつ関係を構築していかないと。

そう思いながら、奥のベッドで休んでいた若い男性傭兵のベッドへ向かう。

同じように声をかけるが、もちろん返事はない。

苦笑いを浮かべてベッドサイドから離れようとしたとき、傭兵の腕に巻かれた包帯が目に入った。

包帯の上層まで血が滲んでいる。

「あの、包帯を取り替えましょうか？」

「………………」

無視されたが、気になってもう一度声をかけてみる。

「すみませんが、腕を見せてもらってもよろしいですか？　まだ血が出ているようなので、傷の具合を確認したいのですが……」

「――ッ！　触んな！」

傭兵は鋭い視線で俺のことを睨《にら》みつけた。

敵意剥き出しの反応だが、傷の様子を確認して適切な処置をしたほうがいいに決まっている。

嫌悪感を隠そうともしない傭兵に負けじと、俺は処置の必要性を説明することにした。

「このまま放っておけば悪化する恐れもあります。一度状態を確認し、適切な処置をしないと……」

「うるせーな！　触るなって言ってんだろ！」

伸ばした手を払われ、その拍子に持っていた水差しが豪快にひっくり返る。こぼれた水が運悪く頭からかかり、俺の上半身はぐっしょりと濡れていた。

若い傭兵は、びしょ濡れの俺を見て顔を青くしている。

そして背後から「なにをしている！」と怒りのこもった声が聞こえ……ノルンが登場した。

「――ッ！　このお方がどなたかわかっているのか！　平民が公爵家を傷つけるなど、許されることではない！」

さながら印籠《いんろう》持った隠居じーさんが繰り広げる時代劇のワンシーンがはじまりそうになり、若い傭兵とノルンの間に挟まれた俺は動揺してしまう。

若い傭兵の俺を見る目は怒りから恐怖に変わり、けれどノルンを見て不服そうに下唇を噛み締める。

最悪のパターンが起きたことを悟り、俺は二人の間に割って入る。

「ノルンさん。落ち着いてください」

「しかし、アンジェロ様に手を出したのですよ」

「僕は大丈夫です。それに、水差しを持ったままだった僕が悪いんです」

ハッキリとノルンに自分の非を伝え、若い傭兵に顔を向ける。

「すみませんでした。貴方は嫌がっていたのに、僕が無理強いしようとしました。包帯の交換はミハルさんに声をかけておきますので、安心してください」

頭を下げて謝ると、若い傭兵はうろたえた様子で俺を見つめた。

けれど、隣にいるノルンが不機嫌そうに口を開く。

「……なぜ、アンジェロ様が謝るのですか？」

「なぜって、僕が一方的に自分の考えを強要し、彼に不快な思いをさせてしまったからです」

俺の答えに、ノルンは納得がいかないというように表情を険しくする。

「アンジェロ様は彼を治療するために手を差し伸べたのですよ。それなのに拒否するなど……」

「ノルンさん。怪我をしたときに、信用できない相手が手を差し伸べてきたとしたら、貴方はその手を取れますか？」

「それは……」

「それと一緒です。信頼関係を築けていない相手からなにかされるのは、怖いものなんですよ。それが治療だとしても……」

ノルンに話をしながら、俺は自分自身にも言い聞かせる。

病棟で働いていたときだって、同じような場面は何度もあった。入院したばかりの患者さんに処置をしようと声をかけ『お前じゃ信用できない』ときっぱり言われたこともある。

わかっていたはずなのに……

転生して初めて自分にできることを見つけて、浮かれて、一番大切なことを忘れていた。

自分をぶん殴ってやりたい気分だ。

俺とノルンが言い合いをしていると、タオルを持ったミハルが慌ててこちらにやってくる。

「アンジェロ様！　だ、大丈夫ですか!?」

「はい。大丈夫ですよ」

ミハルからタオルを受け取るが、拭くくらいではどうにもならないほどに濡れている。

「ミハルさん。一度着替えてきてもいいですか？」

「はい。あとは僕がしますので……。無理をしなくても大丈夫ですよ、アンジェロ様」

「いえ、着替えが終わればまた戻ってきます。あと、彼の包帯が血で汚れてしまっているので、交換を頼んでもいいですか？」

そう言って、動揺する若い傭兵に視線を向け、安心してくださいと小さく微笑む。

ミハルにあとを託し、事のなりゆきをを見ていた傭兵たちの突き刺さるような視線を背に、治療小屋を出た。

自分自身に、そして、当たり前のように俺のうしろをついてくるノルンに苛立ちながら、早足で部屋へ向かう。

部屋に戻る途中、ノルンに何度か名前を呼ばれたが、今、顔を見たら喧嘩になりそうなので無視することにした。

ノルンには、俺が侮辱《ぶじょく》されたように見えたのかもしれない。

だけど、彼が傭兵に投げつけた言葉のほうが最悪だ。

平民だの公爵家だの、今の俺にとって身分なんて足枷《あしかせ》でしかない。

一番役に立たない俺が、地位の高さだけで特別扱いを受けるなんてもってのほかだ。

イライラしたまま手荒くドアを開け、ズカズカと部屋に入る。着替えをあさり、新しいシャツを見つけると急いで着替える。

――さっさと着替えを済ませて仕事に戻らないと。

そう思っていると、背後から手が伸びてきて、ノルンに肩を掴まれる。

「アンジェロ様……この背中の傷はどうなさったのですか？」

「はぁ……？」

――なんなんだよコイツ。背中の傷？　いったいなんの冗談だ。

イライラMAXで振り向きノルンの顔を見上げると、彼は珍しく心配そうな表情を浮かべている。

どうやら冗談ではないようだ。

「……僕の背中のどこに傷があるっていうんですか？」

「ここ、ですね……」

ノルンはそう言うと、肩甲骨の間辺りに触れる。

その瞬間。

体が引き裂かれたと錯覚するほどの、焼けるような痛みが俺を襲《おそ》った。

「ぐあぁぁぁぁぁぁぁぁぁぁあああっっ!!」

あまりの痛みで弾けるように体がしなり、それと同時に、封印されていたアンジェロの記憶が頭の中に流れ込んだ。

顔の見えない誰かが、うつ伏せになった幼いアンジェロを押さえつけている。

気味の悪い声が耳元で響き渡り、なにかを囁《ささや》いた。

アンジェロは小さな体を震わせ、床に爪を立て必死に逃げようとする。だが、自分よりも大きな相手から逃げることはできない。

そして恐怖がピークに達した瞬間、背中を刃物で抉《えぐ》られる。

喉が裂けるほどのアンジェロの絶叫と、何度も何度も許しを乞《こ》い、助けを求める声が、頭の中に響いた。

――な……んだよ……これ……

脳が焼き切れるような痛みに襲《おそ》われて意識など保っていられるはずもなく、プツリと線が切れるように、俺は暗闇の世界に落ちていった。

◇　◇　◇

アンジェロ様の背中に触れた瞬間、耳をつんざく悲鳴が響いた。

小さな体をしならせ、彼は床にうずくまる。

突然の出来事に驚きながらも、私はすぐにアンジェロ様のそばへ駆け寄った。

「アンジェロ様っ！　どうしたのですか⁉」

声をかけるがアンジェロ様の返事はない。ただ、なにかから自分を守るように床にうずくまったままだ。

体に触れると、彼は恐怖に満ちた声を上げる。

「痛い……痛い……嫌だ……嫌、嫌、いや……助けて……フテラ様……助、け……て……」

床に爪を立て、痛みに耐えるアンジェロ様の姿。

ただごとではないと感じた私は、思わずその華奢《きゃしゃ》な体を抱き寄せた。

体は硬直し、顔は青ざめ、涙を流しながら震えている。

今の彼に、私の声は届いてはいない。

「アンジェロ様！　アンジェロ様！」

何度も何度も名を呼ぶが返事はなく、彼の瞳からは光が消えていた。

目の前で起こった出来事に、どう対処すればいいのかわからない。

ひたすらアンジェロ様を抱きしめていると、部屋の扉が荒々しく開いた。ガリウス団長が慌てた様子で部屋へ駆けつけてくる。

「おい！　なんだ今の叫び声は！」

「ア、アンジェロ様が……」

「どうした……って、おい。なんだよこの傷跡は」

「……わかりません。私がこの傷跡に触れた瞬間、アンジェロ様は泣き叫び意識を失われました」

腕の中のアンジェロ様は焦点の合わない目をしたまま、同じ言葉を呟き続ける。

その様子に、ガリウス団長は眉間に皺《しわ》を寄せた。

「……とりあえずイーザム爺さんに見せよう」

「わかりました」

アンジェロ様を抱きかかえ、イーザム様の部屋を訪れる。すると間の抜けた返事をしながらイーザム様が気怠《けだる》そうにやってきた。

「なんじゃい二人そろって……ん？　ノルンが抱いてるのはアンジェロか？」

「はい。アンジェロ様の背中に傷があり、それに触れたら意識を失ってしまったのです」

「ほぅ。見せてみろ」

イーザム様は眼光を鋭くして、アンジェロ様を見つめる。

私はアンジェロ様をソファーへうつ伏せに寝かせた。

彼の傷を見たイーザム様は、信じられないものを見たというように目を見開く。

「誰がこんなひどいことを……」

「おい、爺さん。ひどいってどういう意味だ？」

イーザム様は大きなため息を吐き、アンジェロ様の傷を診察する。

倒れたときの状況を詳細に伝えると、イーザム様は納得した顔で口を開いた。

「アンジェロの背中の傷には、呪いがかけられておる」

「――なっ！　呪いだと!?」

ガリウス団長は驚き、私は『呪い』という言葉に、息を呑む。

イーザム様はアンジェロ様の背中の中心にある五センチほどの深い傷を指さした。

「背中の中心……ここには魔力の流れをコントロールする太い管《くだ》があるのじゃが、そこをめがけて刃物を突き刺したんじゃろう。ここをやられると、魔力の流れが遮《さえぎ》られて魔法が使えなくなるんじゃや。まぁ、魔力管の損傷はこの前線でも起こることはあるし、一度傷ついたら治らんというわけではない。だが、呪いが治癒《ちゆ》を妨《さまた》げておる。皮膚が変色しておるじゃろ？　弱い呪いならば、痣くらいの見た目で済む。しかしこれは……黒く、腐敗したような色じゃ。アンジェロにかけられた呪いは、ずいぶんと強力なようじゃな」

イーザム様の言葉を聞き、再度アンジェロ様の背中に目をやる。痛々しい歪《いびつ》な傷跡と、黒く変色し盛り上がった皮膚を見て、私は恐怖を感じた。

「爺さん、アンジェロの傷は治らないってことか？」

「難しいじゃろうな。呪いのせいで体の深部にある魔力管も損傷したままなのじゃろう」

「魔力管を治すことはできないのでしょうか？」

「できないわけではない、が……アンジェロ次第じゃな。背中に触れられただけで気絶するほどの呪いじゃ。深部を治療するには、体に直接触れなければいかん。それも一度や二度で終わることじゃあない。そんなことをして坊主の精神がもつかどうかわからん。まずは呪いを解くことからはじめるのがいいが……聖水では無理じゃろうな。高度な聖魔法でも治るかどうか……」

ガリウス団長とイーザム様は大きなため息を吐き、意識をなくしているアンジェロ様を気の毒そうに見つめる。

私は、イーザム様の言葉や目の前の状況を理解するので精一杯だった。

「イーザム様、高度な聖魔法ということは、教会で治療が可能ということでしょうか？」

「ん～公爵家の坊ちゃんが呪いを受けたとなれば、見栄っ張りな貴族の親は家名に傷がつかぬよう真っ先に教会に頼ったことじゃろうな」

「……つまり、教会でも解呪不可能なほどの強い呪いということですか」

「そう判断するのが自然じゃろう」

ヨキラス教皇からは、アンジェロ様が呪いを受けているという話は聞いていない。

いったい、この傷と呪いはどこで付与されたのだろうか。

苦悶《くもん》の表情を浮かべ、ベッドに横たわるアンジェロ様。

私はなにもできず、立ち尽くすことしかできなかった。

それからしばらくすると、アンジェロ様の体の震えは徐々に治まり、呼吸も落ち着きだした。

イーザム様とガリウス様は一旦仕事へ戻ることになり、私はアンジェロ様のそばに付き添うことにした。

ぐったりしたアンジェロ様の、涙で濡れた顔を拭こうとするが、触れたらまた先ほどのような発作が起こるのではないかと思い、手が止まる。

――あのような叫び声を上げるほどの呪いを受けるなど、いったいどんな罪を犯したというのだろう。

フテラ教を侮辱《ぶじょく》し、マイク第一王子の恋人を傷つけた罪を背負い、償《つぐな》うために前線へやってきた、悪名高きアンジェロ・ベルシュタイン。

この青年を監視・護衛しろとヨキラス教皇から勅命《ちょくめい》を受けたときは、はっきり言って断りたかった。

レギアス国の国教であるフテラ教を侮辱《ぶじょく》するような人間と、同じ空間にいると考えるだけでも苦痛だ。それに加えて、わがままで意地が悪いと評判の者と過ごすことを想像すると頭が痛かった。

だが、私の予想に反して、アンジェロ様は大人しく、気さくで優しい人だった。

自ら挨拶し、話しかけてきたり、なぜか私を労《ねぎら》う姿に、なにを企《たくら》んでいるのかと訝《いぶか》らずにはいられなかった。

反省したフリをしているだけで、いずれ化けの皮が剝がれるだろう――そう思っていたが、その姿は前線に来ても変わらない。

いいや、それどころか違和感は増すばかりだった。

自分よりも身分の低い平民相手に敬語を使い、教えを乞《こ》うなど、聞いていたアンジェロ様の姿とかけ離れている。

もはや、別人と言ったほうがいい……

安らかな寝息を立てるアンジェロ様を見守っていると、部屋のドアが開き、イーザム様が顔を出してきた。

「どうじゃ？　変わりないか？」

「はい」

イーザム様はアンジェロ様の様子を見て「まぁ、大丈夫じゃろ」と呟く。

「ノルン。お前さんはアンジェロの護衛じゃろ？　この呪いについてなにか知らんのか？」

「いえ、私はなにも聞いていません」

「ほ〜ん。アンジェロをよこすときの説明といい、この呪いといい……教会っちゅうところは報告、連絡、相談すらまともにできんのか」

イーザム様の言葉に反論ができず、私はぐっと拳を握りしめる。

「しかし、どうしたもんかのぉ。坊主が魔法を使えんのはこの傷のせいじゃからなぁ」

「魔力管の損傷、ですか」

「うむ。傷ついた魔力管を治すだけでも一苦労なのに、それに加えて触れれば意識を失うほどの呪いとはのぉ。公爵家の坊ちゃんは、なに不自由ない生活をしておると思っていたが、こんな目に遭っておる者もおるんじゃな」

イーザム様は震えるアンジェロ様の頭を撫で、毛布をかける。

「今後のことは、坊主が目を覚ましてから考えるとするかの。今のところ落ち着いているようだし、部屋に戻っても大丈夫じゃぞ」

「わかりました。ありがとうございました」

頭を下げ、私はそっとアンジェロ様の体を抱き上げる。どうやら傷に触れなければ発作は起こらないようなので少し安心する。

部屋へ連れて帰る途中、ミハルさんと出会った。

アンジェロ様のことを心配し、見舞いに行く途中だったようだ。

私の腕の中でぐったりしているアンジェロ様を見て、ミハルさんは眉を下げ、心配そうな表情を浮かべる。

「僕が無理をさせてしまったせいで……」

それは違うと伝えたかったが、傷のことは詳細がわからない以上、軽々しく口外できない。

「ミハルさんのせいではありません。長旅で疲れているアンジェロ様を私が無理に働かせてしまったせいです。貴方は、なにも悪くありません」

そう伝えるが、ミハルさんの表情は浮かない。

私の腕の中で眠るアンジェロ様の寝顔を見つめ「また様子を見に来ますね」とアンジェロ様に声をかけ、彼はまた仕事へ戻っていった。

部屋につき、傷に触れないようゆっくりとベッドへ寝かせる。そばを離れようとすると、アンジェロ様の手が私の服の裾を握りしめた。

どう対処すればいいのかわからず、私はベッドの端に腰を下ろした。

アンジェロ様を起こさないように、彼の小さく細い指先をゆっくり外していくと、今度は私の指を握りしめてきた。

驚き、アンジェロ様を見ると、彼は不安そうに唇を噛み締めていた。

——また、悪夢を見ているのだろうか……

指先から伝わる恐怖を、少しでも和《やわ》らげようと、そっと握り返す。

すると、アンジェロ様の表情がほぐれる。

それからしばらく時間が経ち、窓の外は紺色へ変わっていた。

アンジェロ様はまだ目を覚ますことなく、寝息を立てて眠っている。握りしめられた指先の力が弱まり、私は彼の細い指をひとつずつ外し、立ち上がる。

もう少しで、ヨキラス教皇への定期報告を行う時間だ。

アンジェロ様の容態が落ち着いていることを確認し、外に出て人気のない場所へ移動した。

通信用の魔道具を取り出し、魔力を流し込むと、魔道具に刻印されたフテラ教のシンボルである三日月の紋様《もんよう》が淡い光を放つ。

「ヨキラス教皇。本日の報告です」

『あぁ、ノルン。よろしくお願いするよ』

「本日のアンジェロ様は……」

アンジェロ様の護衛となってから、欠かさず行っている定期報告。

いつもならば、その日アンジェロ様の身に起こったことを淡々と報告するのだが、今日はなにから話せばいいのか見当がつかなかった。

傭兵に水をかけられ、拒絶されたこと。

背中の傷と呪いのこと。

私は考えを巡らせ口を開く。

「……大きな変わりはなく、奉仕活動を行っておりました」

『そうか。順調そうで安心したよ。ではノルン、引き続きアンジェロ様の監視を頼む』

通信が終わると、私は夜空を見上げ大きくため息を吐いた。

本当ならば、教皇に嘘をつくなど許されることではない。しかし、アンジェロ様の背中の傷と呪いの理由がわからない今、不確かな情報をヨキラス様に報告しても混乱を招くだけだ。

それに、人間があれほどの錯乱状態に陥《おちい》り、震えるほどの恐怖を抱いていた、ということは、無闇に口外すべきではない。

あんなに嫌っていた人物を守るために教皇を裏切るなど、以前の自分なら考えられない。

だが、自分の心が訴《うった》えてくる。

これ以上、アンジェロ様の苦しむ姿を見たくないと……

首にかけた三日月のペンダントを両手で握りしめ、両膝をつき懺悔《ざんげ》のポーズをとる。

私の愚かな行いを見ているであろうフテラ様に謝罪し、私は祈りを捧げた。

◇　◇　◇

ひどい頭痛で目が覚めると、俺は自分のベッドに寝かされていた。

なぜベッドに寝ているのかわからず、痛む頭の中から記憶を呼び起こす。

治療小屋での出来事。そしてノルンに背中に触れられた瞬間、強烈な痛みに襲《おそ》われて意識を失ったこと。

意識すると背中の真ん中が疼《うず》いたが、もう痛みは落ち着いている。

窓から差し込む日の光。太陽の高さからすると、倒れてから、そう時間は経っていないようだ。

——早く仕事に戻らないと。

体を起こすと少しふらつくが、なんとか大丈夫そうだった。

頭痛は続いているが、耐えられないほどじゃない。

「よし……」

ベッドから降りようと足を下ろすと、部屋のドアが開きノルンが入ってくる。俺を見ると、彼はいつもの真顔のまま寄ってきた。

「なにをしているのですか？」

「……仕事に戻ろうと思います」

「その体でですか？」

圧の強い口調と視線に思わずたじろぐ。

頭は痛むけれど、他はどこも悪くない。

体がどうだの言われるようなことはなにもないのだが。

「体調は特に悪くありません。それに、早く仕事に戻らないと。ミハルさんには着替えを済ませたら戻ると言っていたので」

俺の言葉にノルンは呆れたように小さなため息を吐く。

「アンジェロ様が倒れてから、丸二日が経っているんですよ。奉仕活動に戻りたいと言うのなら、イーザム様の許可を得てください」

「……え？　二日？」

その言葉に目をぱちくりさせていると、ノルンは俺が目覚めるまでの経緯を説明してくれた。

それによってアンジェロの幼い頃の記憶がフラッシュバックし、ヒュッと息を呑む。

謎の人物によって傷つけられた背中は今までなんともなかったのに、意識するとズキズキ痛みだす。しまいには体まで震えてきた。

「アンジェロ様、そのような体では奉仕活動などできません。今はお休みください」

心配してくれているのか、それとも自分に迷惑をかけるなということなのか。ノルンは表情を変えずに言ってくるので判断できない。

けれど、このままトラウマから逃げても俺の人生はなにも変わらない。

いいや、むしろ時間が経てば経つほど事態は悪化する。

仕事もせずに寝ているだけの公爵家の坊ちゃんだとか、少しいびられただけで逃げ出す軟弱者だとか、早めに対策を取らなければ噂話は誇張《こちょう》され広がってしまう。

想像するだけで頭痛がひどくなりそうだ。

――なにがなんでも今日は仕事に出てやる。

「イーザム様に許可を得られればいいんですよね？」

「まぁ……そうですね」

「では、イーザム様に診察してもらってから仕事に戻ります」

ノルンにそう伝えると、彼は眉間の皺《しわ》を深くするが止めることはなく、「わかりました」と了承してくれた。

背中の謎の傷。アンジェロの過去。そしてなにもできない自分。

解決すべき問題が多すぎて吐き気がするが、とりあえず今はやれることをやるっきゃない。

大きく息を吐き、震える体に気合いを入れ、俺はノルンとともにイーザム爺さんのもとへ向かった。

イーザム爺さんの部屋の扉をノックすると、呑気な声で「入ってよいぞ～」と返事があった。

部屋に足を踏み入れると、数日前に綺麗にしたのにもうゴミが散らばっている。

「おぉ～アンジェロ。ようやく起きたか」

「すみません、ご迷惑おかけしました」

「まぁ、目が覚めたならいいんじゃ。それで、用件はなんじゃ？　まだ体調が悪いのか？」

「いえ、体調は問題ありません。なので、すぐにでも仕事に戻りたいのですが、よろしいでしょうか？」

「ふ〜む……」

俺の問いにイーザム爺さんは渋い表情を浮かべる。

てっきり「しっかり働けよ〜」と部屋の掃除でも言いつけられると思っていたのに。

「背中の傷の具合はもうよいのか？」

「はい。痛みもありません」

気にしなければなんてことはないし、触れられなければ問題はない。

——というか、ノルンも傷のことを気にしていたが、そんなにひどいのか？　アンジェロの記憶じゃ七、八歳頃のことだから、もうとっくに治ってそうだけれど。

アンジェロの欠落した記憶の出来事はわからないので思い切ってイーザム爺さんに質問してみる。

「僕の背中の傷は、そんなにひどいのですか？」

「お前さんは自分の背中を見たことがないのか？」

イーザム爺さんに怪訝《けげん》な顔をされ、俺は慌てて言い訳を考える。

「え、えっと……幼いときにつけられた傷なもので、思い出さないように背中は見ないようにしていました。そのことすらも、傷に触れられてようやく思い出したくらいで」

「まぁ、そうじゃろな。刃物で傷つけられ呪いまで付与されとったら、記憶から消したくなるのも不思議じゃなかろうて」

……えっ？

イーザム爺さん、今、なんと？

『呪い』なんて不穏な言葉が出てきた気がするんですけど？

「僕には、呪いがかけられているんですか？」

「そうじゃ。ほれノルン。そこにある鏡を持ってきてくれんか」

いつの間にかノルンまで顎《あご》で使うようになったイーザム爺さんは、姿見と手鏡を使って俺に背中の傷を見えるようにしてくれた。

服をめくって現れたのは、真っ白できめ細やかなアンジェロの肌には似合わないものだった。

腐ったような、どす黒いケロイド状の皮膚。

中央にはえぐれた刃物傷があり、なかなかにエグい。

「ハハ……とても、ひどいですね」

「じゃろ？　しかも、お前さんが傷を負《お》った場所は魔力の流れをつかさどる太い魔力管がある場所じゃ。そのせいで魔法もまともに使えなくなったんじゃろうな」

「そう、ですか……」

ちょっと待て待てちょっと待て。

アンジェロ、負《ふ》のスペックが多すぎる。

『幼少期のトラウマ持ち&呪いまで付与された魔法も使えない悪役令息に転生したおっさんが戦場に放り込まれました』って題名で小説書けるぞ！　タグはバッドエンド必須ぅっっ!!

そんなくだらない妄想で現実逃避したくなるくらいに、アンジェロの人生の悲惨さを再確認させられる。

アンジェロはこの傷のせいで魔法が使えなかったから、過去の記憶をあさっても魔法を使う場面がなかったのか。

「この傷は、どうにもならないんでしょうか？」

「治そうにも、呪いが厄介なんじゃ。呪いを解くには高度な聖属性魔法での浄化による解呪が必要となる。そんなんができるのは教会の中でも一握りの者……たとえば教皇とかかのぅ」

教皇という言葉に身の毛がよだった。

ヨキラス教皇の気味の悪い笑顔を思い出し、呼吸が苦しくなる。

しかし、この呪いが命に関わるなら……俺はヨキラス教皇に助けを求めなければいけないのか。

「解呪しなければ……死んでしまうなんてことはありますか？」

「どうじゃろなぁ～。呪いに関しては儂《わし》も詳しくはないからのぉ」

物知りイーザム爺さんは首をかしげる。

どうしたものかと考えていると、保護者面して俺のそばにいたノルンが静かに口を開いた。

「呪いでの『死』の付与は、呪いをかける者のリスクが高いので、使われることは滅多にないと聞いたことがあります」

「ほぉ～。なんじゃノルンは呪いについて知っておったのか」

「知識として、少しだけです。こうやって呪いを受けた方を見るのは初めてです」

ノルンは俺のことを憐《あわ》れむような目で見てくる。

ちょっぴりムカつくが、貴重な情報源だ。無視される前に聞きたいことを聞き出しておこう。

「ノルンさん、呪いのことを教えてくれませんか？　呪いを解く方法は、他にないのでしょうか？」

「呪いとは、基本的には闇属性の加護を持った者が相手に『制約』をかけることです。その制約を破ると呪いが発動します。解呪の方法は、先ほどイーザム様がおっしゃった通り、聖魔法による浄化。それから、付与した者が制約を解くことがあります。あとは、解呪とは意味合いが違いますが、呪いを付与した相手よりも強い闇属性の加護を持つ者による再制約により、呪いを上書きしてもらうこともできるそうです」

加護だの聖属性だの制約だのと知らない言葉が飛び交うが、知ってるふりしてうんうんと頷く。

属性と制約については言葉の通りに解釈していいのだろうか？

加護っていうのは、力を貸してくれるってことか？

まぁ詳しいことは、そのうちミハルにでもこっそり聞いてみよう。

でも、そんな簡単に呪いをかけられるならポイポイッとえげつない制約をかけられそうだが。

「それじゃあ、闇属性の人は簡単に呪いを付与できるんですね」

「そうですね。なので、闇属性の加護を持つ人は教会に保護されます。そこで、力の制御と正しい力の使い方を学ぶのです」

闇属性の人も教会の管轄下ってことか。

結局、教会行かなきゃアンジェロの呪いは解けないってことですねぇ。

あからさまに落ち込んだ顔をしていると、ノルンが声をかけてくる。

「……ヨキラス教皇に、呪いの件を相談しますか？」

ノルンの言葉に俺は渋い表情で顔を横に振る。

俺にかけられた呪いという名の『制約』。

内容はわからないが、死なないのなら放っておいていい。

今のところなんとか生活できそうだし。

できればもう『ヨキラス』に関わりたくないのだ。名前を聞いただけで、アンジェロの体は拒絶を示す。今も鳥肌全開だ。

「僕はこのまま治癒士《ちゆし》としての奉仕活動を続けます」

はっきりと決意表明すると、イーザム爺さんは嬉しそうに俺の肩を叩いた。

「呪いと聞いて公爵家のわがまま坊ちゃんはメソメソと泣き出すかと思ったが、お前さんはなかなか根性があるの〜。よし、それならお前さんがまともな治癒士《ちゆし》になれるように、儂《わし》が手を貸そう」

手を貸す、と聞いてイーザム爺さんがなにを言わんとしているのかわからず、俺は首をかしげる。

「儂《わし》も治癒士《ちゆし》じゃ。呪いを解くまではいかずとも、治癒《ちゆ》魔法でお前さんの傷ついた魔力管をできるかぎり修復すれば、少しは魔法を使えるようになるかもしれん」

「えっ！　そ、そんなことができるんですか!?」

「うむ。呪いを受けた傷に治癒《ちゆ》魔法がどこまで効果があるかはわからんし、お前さんにとっては辛い治療になると思うが、覚悟はあるか？」

「やります！　多少辛くても、頑張ります！」

食い気味に返事をして、勢いよく首を縦に振る。

それから、イーザム爺さんは治療の説明をはじめた。

「方法はいたって単純じゃ。傷ついた魔力管を儂《わし》の治癒《ちゆ》魔法で治してやるだけじゃよ。まぁ、切れた魔力管の修復となると、屈強な男たちですら悲鳴を上げて悶絶《もんぜつ》するほど痛みじゃろうし、それに加えてお前さんは背中に触れると気絶してしまうから……そこは気合いと根性じゃな」

「気合いと根性……ですか」

イーザム爺さんの口から出てくる不穏な言葉たちに苦笑いしながら、俺は魔法が使えない役立たずから脱却するべく一歩を踏み出した。

勢いよくシャツを脱ぎすてると、イーザム爺さんに背を向ける。

「よろしく……お願いします！」

「ほほ～見た目のわりに潔《いさぎよ》いのぉ～」

医学の遅れたこの世界で、魔法なしで治癒士《ちゆし》をやっていくには限界がある。

これから前線で生き残っていくには、魔法を使えたほうが絶対いいに決まっている。

イーザム爺さんから治療の説明を受けガクブルしていたが、魔法という力を手に入れるために乗り越えなければいけない試練なのだと自分に言い聞かせる。

今から襲《おそ》いかかる痛みに耐えるために、体を小さく丸めて待ち構えていると、イーザム爺さんはノルンに声をかけた。

「よし、ノルン。アンジェロが気絶してぶっ倒れても支えられるように準備をしておいてくれ～」

「……わかりました」

不機嫌な声でノルンは返事をし、俺の前にスタンバイする。

大きな手で肩を包まれると、相手が苦手なノルンでも少し安心する。

チラリと見上げると、ノルンは眉間に皺《しわ》を寄せて厳しい顔をしていた。

――そんなに嫌がらなくてもいいだろう。

ムッとしたところで、イーザム爺さんの「いくぞ～」という呑気なかけ声が聞こえ、グッと体に力が入る。

背中に手が触れた瞬間、ゾワリと悪寒が背中を走り、恐怖が襲《おそ》った。頭の中には、アンジェロの泣き叫ぶ声がまた響き渡っている。

なんとか耐えようと、膝の上に置いた手をぐっと握りしめる。

「アンジェロ、大丈夫かぁ～」

「だ、い……じょ……うぶです……」

なんて痩せ我慢して言ってみるが、アンジェロが背中に傷を受けるシーンを思い出すのは、二度目でもしんどい。

――でも、ここを、乗り、切らない……と……

脂汗を額に浮かべながらも、歯を食いしばり必死に我慢する。

「では、治療をはじめるぞ。ここから痛みが強くなるからなぁ～」

「は……ぃ……」

イーザム爺さんはそう言うと、ブツブツ呪文を唱えはじめた。

すると背中がじわりと温かくなった。と、思った瞬間、電流が流れるように鋭い痛みが走る。

「ひぁぅっっっ!!」

背中から脳天を突き抜ける痛みで目の前が真っ白になり、視界がぶれ、座っていられない。

大きく傾きそうになった俺の身体を、大きな手が掴む。

「アンジェロ様、大丈夫ですか!?」

朦朧《もうろう》とする意識の中、重たい頭を上げると、ノルンが心配そうに眉を下げていた。

さっきまで嫌そうな顔してたのに、痛みで幻覚でも見てんのかと思いつつ、弱音がこぼれる。

「だいじょ……ばない、です」

「…………だい、じょばない？」

思わず出てしまった現代語にノルンは首をかしげ、間抜けな面を見せる。

訂正しなくちゃと思うが、イーザム爺さんが言った通りの悶絶《もんぜつ》級の痛みにそれどころじゃなくて、涙が勝手に溢れ出る。

「どうじゃ？　すっごく痛かったじゃろ？」

「はい、とっても……」

イーザム爺さんから涙を拭けとタオルを渡されるが、手が震えて受け取れない。

すると、ノルンがタオルを受け取り、俺の顔を優しく拭いてくれる。

目をまん丸くして見上げると、幻覚だと思っていた心配顔でノルンが俺を見つめていた。

ノルンが初めて見せてくれた優しさに戸惑いながら、俺は口を開く。

「あり、がとうございます」

返事は相変わらずそっけないが、その声にいつものトゲトゲしさはない。

「いえ」

――ちょっとは優しいところあるじゃん。

顔のいいやつに少し優しくされただけで胸がときめく、というのはこういうことなのかと痛みで正気を失った頭で考えていると、イーザム爺さんが顔を覗き込んできた。

「大丈夫か、アンジェロ？　間抜けな顔になっとるぞ」

「ハハ、大丈夫です。ありがとうございました、イーザム様」

冗談を飛ばすイーザム爺さんに大丈夫だと笑いかける。

背中はいまだに疼《うず》くが、痛みは時間とともに軽減してきた。

あの痛みを乗り越えた今、俺は魔法という新たな武器を手に入れたのだ。

これで俺も一人前の治癒士《ちゆし》に……

「ちなみに魔力管の損傷はまだ治っておらんからの。今の調子だと……あと三十回くらいかのぉ～」

さ、さ、さ、三十回!?

んなの耐えられるか――!!

口を開けたまま絶望していると、イーザム爺さんは俺の心情を理解してくれたのか、治療回数軽減のための提案をしてくれる。

「治療するときはもっとリラックスしておかんと、うまく治療が進まん。傷に触れると過去のことを思い出して力んでしまうんじゃろ？　まずは、それを克服せねばならんの～。儂《わし》が触れても平気なくらいにな」

「……わかりました」

「まぁ、ぼちぼちやっていけば、いずれ魔法が使えるようになるじゃろ。そう気を落とすでない」

イーザム爺さんに励《はげ》まされるが、あんな痛みをあと三十回と聞かされると憂鬱《ゆううつ》で仕方ない。

心の中で大きなため息を吐いて落ち込んでいる間に、イーザム爺さんは俺の脈を測ったり背中の傷が悪化していないかを確認したりした。

「よし、問題なしじゃな。意識を失わなかったからよしとしよう。とりあえず今日まではゆっくり休んでおけ。ミハルには儂《わし》から伝えておくから」

「すみません」

なんとか自力で立ち上がり、イーザム爺さんに頭を下げ部屋を出ていく。

ひ弱なアンジェロの体は治療に耐えるだけで精一杯で、歩くたびに体が軋《きし》んだ。

よたよたしながら歩いていると、ノルンが脇を支えてくれる。

「そんな足取りでは転んでしまいますよ」

「そうですね、すみません」

支えてくれるのは嬉しいのだが、相変わらずの真顔なので、優しさなのか怒ってんのかよくわからん。

部屋まで送ってもらいベッドに腰をかけると、とりあえず「ありがとうございます」と、お礼を言う。するとノルンは深刻な顔で口を開いた。

「アンジェロ様。やはり教会で呪いの治療を受けませんか？」

「あ〜……それは遠慮しておきます」

「どうしてですか？　あれほど苦しむのならば、先に呪いの治療を受けたほうがいいのではありませんか？　そのほうが魔力管の治療も楽にできるのですよ？」

そんなことはわかってるけど、アンジェロの体が教会を拒絶しているんだよなぁ〜。

けど、目の前の堅物はきちんと理由がないと納得してくれなそうだ。

「この傷と呪いは、女神フテラが僕に与えた乗り越えるべき試練だと思うんです。だから僕はこの傷と呪いに向き合い、自分がどう進むべきなのか考えながら奉仕活動を行いたいと思っています。神様は乗り越えられない試練など与えないと言いますからね」

最後にニコリとアンジェロスマイルを付け加えると、ノルンは俺の言葉を真剣に受け止めてくれたようだ。

まぁ、幼子を押さえつけて刃物で傷つけ、呪いをかけるような試練を与える神様なんてクソでしかないが。

それに、どんなに努力し願っても乗り越えられない試練があることは、前世で痛感している。

ノルンはそれ以上、俺に教会での治療を勧めてくることはなく、「ゆっくりお休みください」と言って俺を寝かしつけてくれた。

前線に来てまだ数日しか経ってないが、問題がありすぎて絶望しそうだ。

毛布にくるまりハァァ……と、激重《げきおも》のため息を吐きながら、痛む背中を庇《かば》うように横になり、目を閉じた。


昨日はあのまま眠ってしまい、途中でノルンに夕飯だと声をかけられたが目を開けることができなかった。

目が覚めたときにはまだ辺りは薄暗く、寝すぎたせいか頭はぼんやりしていて、ボーッとベッドの上で今日からのことを考える。

ミハルに会ったら、途中でいなくなったことと、突然休んだことをまず謝ろう。それから、仕事を再開して……傭兵たちには、また拒絶されるだろうか。

いや、あからさまに嫌味を言われるかもしれない。

治療小屋を出るときの刺すような視線を思い出すと、頭が痛くなる。

この感じは就職したての頃の、出勤前の憂鬱《ゆううつ》さとすごく似ていて嫌になる。

しかも欠勤したあととなれば、周りからなにを言われるかわかったもんじゃない。

朝からどんよりした気分になるが、自分の身がどうなるかわからない以上、ここで踏ん張るしかない。逃げ出しても、アンジェロを受け入れてくれる場所は記憶をたどる限り見つからないのだ。

大きくため息を吐くと、二段ベッドの上がギシリと軋《きし》み、「おはようございます」と聞こえてノルンが降りてくる。

肩甲骨辺りまで伸びた髪の毛を、いつもと違って下ろしているせいか、普段よりも雰囲気が柔らかい。

「おはようございます」

「体調はいかがですか？」

「大丈夫です。それより、昨日はすみませんでした。夕食に呼んでもらったのに、起きることもできなくて……」

「いえ、気になさらないでください。アンジェロ様が起きないのでイーザム様に相談したのですが、魔力管の流れが変わったことによる一時的なものだろうとのことでした」

「そうなんですね」

つまり毎回治療のあとは泥のように眠って、使い物にならないってことか？

それを三十回も。

新人はそんなに休めないぞ。

「今日も休まれますか？」

「いえ。今日からまた奉仕活動をやっていこうと思っています」

「……無理だけはなさらないようにお願いします」

そう言ってノルンは朝の支度をはじめる。

てっきり止められるかと思っていたが、意外にもなにも言わず許可してくれたことに驚きながら、俺も準備をはじめた。

朝の支度を済ませ、まずはしっかり食べておかないといけないと思い食堂へ向かう。

食堂は、朝から傭兵たちで賑《にぎ》わっていた。

トレーを取り、食事をもらう列に並ぶと、いたるところから視線が刺さる。

きっと治療小屋での騒動がすでに広まっているのだろう。

憂鬱《ゆううつ》になっていると、俺のうしろに並んでいた傭兵から声をかけられる。

「なぁ、今日はお守りのミハルお兄ちゃんはいないのか？」

ヘラヘラと嫌味な笑みを浮かべる茶髪の若い傭兵。

完全に俺のことをなめている視線にイラッとするが、とりあえず下手に出ておく。

「はい。今日はまだ見かけていませんね」

「ん～？　なんだよ。噂じゃわがままですぐ癇癪《かんしゃく》起こすって聞いてたのに、普通じゃねーか」

声をかけてきた傭兵はそう言うと、つまらなそうに口を尖《とが》らせる。

普通だったら悪いのかこのやろう。

「なぁなぁ、なんでお前はこんなとこに来たんだ？　噂じゃ、第一王子のお気に入りの子に手を出して妊娠させたせいでここに飛ばされたって聞いたんだけどさ」

「な、なんですか！　そのデタラメな噂！　僕はそんなことしませんよ！」

違った方向でヤバいやつ認定されそうな噂に思わず大声が出た。傭兵は俺の反応を見て楽しそうに声を上げた。

「ハハッ。これ、実は俺が考えたお前の噂なんだ～。ただいじめたってよりインパクトあるだろ？」

悪びれることもなく俺を嘲笑《あざわら》う傭兵に対し、苛立ちが最高潮に達しようとしたそのとき、厨房のほうから不機嫌な声が飛んできた。

「おい！　混んでんだからさっさと来いアンジェロッ！」

「は、はいっ！」

反射的に返事をして、不機嫌な声のするほうに視線を向けると、丸刈り太郎が今日もオタマを持って仁王立ちしている。

ムカつく傭兵を置いてダッシュで丸刈り太郎のところへ行くと、パンと卵とベーコン、それにスープがよそわれ、さっさと行けと追い払われる。

そして、俺のうしろにいた意地の悪い傭兵も丸刈りから朝食を受け取っていたが……

「あ～!!　ダッチさん！　なんで俺の朝食はこれだけなんすか～！」

「……お前にはこれくらいでじゅうぶんだ」

「えぇぇ～～！」

「文句があるならその捻《ね》じ曲がった性格どうにかしてこい。ほら、さっさと進め」

不服そうな声を漏《も》らす傭兵のトレーの上にはパンがひとつ載っているだけで、俺は驚いて丸刈り太郎ことダッチに視線を向ける。

視線が合うと、ニッと笑顔を向けられ、俺の胸はトゥンクと高鳴る。

——くぅ……これは嫌われからの愛されという王道ルートに突入するな!?

ダッチの鍛えられた胸板に顔を埋める妄想をしながら、少し離れた場所に小さなテーブルを見つけて腰かける。

トレーを置いてダッチがよそってくれたおいしい朝食を食べようとしたとき、ヌッと人影が視界に入ってきた。

顔を上げると、ノルンが目の前に立っていた。

「……どうしたんですか、ノルンさん」

食べようと思ったパンを一旦置いて質問すると、ノルンは真面目な顔で答える。

「先ほど、傭兵に絡まれていたので。アンジェロ様のお近くに知り合いがいない場合、私が近くにいるほうが問題は起こらないと思いまして」

えーっと……つまりは、近距離で見守りますってこと？

仁王立ちするノルンを見上げると、威圧感が半端ない。

これじゃせっかくのおいしい食事が喉を通りづらくなるじゃんか。

とりあえず座ってほしいので、近くにあった余りの椅子を持ってきてノルンに示す。

「座ってください」

「私は任務中なのでお気になさらず」

気になるに決まっとるじゃろがい！

相変わらずド真面目なノルンにツッコミを入れながら、眉をハの字に下げお願いする。

「僕だけ座って食べていると悪目立ちするので、座っていただけると嬉しいのですが……」

ノルンは俺の言葉に辺りを見渡し、状況を確認する。傭兵たちの視線に気づき、自分の行動がいかに目立つものかを認識したのか、サッと椅子に座った。

「配慮できず、申し訳ありません」

「いえいえ」

ノルンはうつむき、素直に反省しはじめる。

俺はというと、うまく誘導できたと心の中でほくそ笑み、温かいスープをいただく。

昨日は夕食を抜いたので、空腹もあいまって胃に染み渡る美味さだ。

朝食を口にしながら、大人しく座っているノルンに視線を向ける。

そういえば彼は朝食を済ませたのだろうか？

というか、ノルンが食事をしている場面を見たことがない気がする。

「ノルンさん、もう食事は終わったんですか？」

「はい。済ませました」

「そうですか。今日のスープはすごくおいしいですよね～。具材も多いから、朝から元気がもらえますね」

「そうなんですね。それはよかったです」

……ん？　そうなんですね？

ノルンの返答は他人事のようだ。食堂のご飯を食べたんじゃないのか？

「あの、ノルンさん。朝食はなにを食べたんですか？」

「携帯食料です」

「携帯食料？　もしかして、前線に来てからずっと携帯食料を食べてたんですか？」

「そうです」

「えぇっ!?　なんで食堂のものを食べないんですか？？」

「私はアンジェロ様の護衛ですので、前線での食事を口にする資格はありません」

「そんな……」

そんなこと言ったら、俺は処罰されて奉仕活動に来た身分。俺のほうこそ、ここの食事を食べる資格がない。

ミハルに誘われて普通に飯食ってなに食わぬ顔して今もいただいちゃってますけど。

プレートの上に並ぶ美味そうな食事に罪悪感が生まれる。だが、ノルンのように携帯食料も持っていないので、今は食堂のご飯に頼るしかない。

「……あとでノルンさんも食堂を利用できないかミハルさんとイーザム様に聞いてみましょう」

「私のことは気になさらないでください。神殿騎士として、長期の任務に向けた鍛錬もしていますので。携帯食料での生活も慣れています」

「ノルンさん。食事は生きていくための基本です。栄養面が不安定になれば人は体調を崩しやすくなります。僕の護衛という任務を全うするつもりなら、しっかり食事をとっていただきたいです」

――そうすれば俺も気兼ねなく食事にありつけます！

ニコリと笑みを浮かべ、とりあえず食えとばかりに手をつけていないパンを渡すと、ノルンは渋々受け取り、口にしてくれた。

朝食を終えると、いよいよお仕事タイムだ。

治療小屋が近づいてくると、少し鼓動が速くなる。このなんとも言えない感覚には相変わらず慣れない。

扉の前に立ってフゥ……と息を吐き、緊張した面持ちで俺は扉を開いた。

重い木の扉を開けて一歩踏み出すと、無数の視線が俺に突き刺さる。

緊張してたじろぎそうになるのを堪え、深呼吸してそっと頭を下げる。

「おはようございます」

挨拶をして顔を上げると、視線を逸らす者が大半だった。

反応がないのは前回もそうだったし、「ここに来るな」と言われないだけマシだと思っていたら、奥のほうから視線を感じる。

俺を見つめていたのは、数日前に一悶着《ひともんちゃく》あった若い傭兵だった。

俺と目が合うと慌てて逸らし、奥の部屋に顔を向ける。

「おい、ミハル。あいつが来たぞ」

若い傭兵がそう声をかけるとバタバタと足音が聞こえ、扉が開きミハルが出てきた。俺を見るなり安心したような表情を浮かべ、ヒョコヒョコとこちらに駆け寄ってくる。

「アンジェロ様。もう、体調はいいんですか？」

「おかげさまで。あの……急に休んでしまい本当に申し訳ありませんでした」

ミハルに頭を下げ謝罪すると、頭を上げてくれと慌てた声が聞こえてくる。

「イーザム様から聞きました。長旅で疲れが溜まっていたのだろうと。体調が悪いときは、あまり無理をなさらないでくださいね」

本当の理由をイーザム爺さんが黙っていてくれたことにホッとする。

そしてミハルの優しい言葉に、緊張していた気持ちがゆるんだ。

「ミハルさん、優しい言葉をありがとうございます。今後はこのようなことがないように、体調面にも気をつけていきます。これからも皆さんの力になれるよう頑張りたいので、ご指導のほどよろしくお願いします。もちろん無理はしませんから」

「こ、こちらこそよろしくお願いします」

ニコリと笑うと、ミハルも嬉しそうに微笑み返してくれた。

それから前回教えてもらった通りに仕事をはじめる。

洗濯をして干し終わったら、水差しの補充。

相変わらず声をかけても傭兵たちの返事はないが、それくらいでへこたれてなんかいられない。

そして最後に、あの若い傭兵のところへ向かう。

あのときはノルンが途中から入ってきてごちゃごちゃしてしまい、彼にきちんと謝れていない。

小さく息を吐き、歩を進めた。

「失礼します。あの、この前はご迷惑をおかけしてすみませんでした」

声をかけるが、傭兵は背を向けたまま返事はない。

文句を言われないだけマシだなと思いながら、水差しに手を伸ばす。

「水を補充しておきますね」

最後にそう言って離れようとしたとき、ボソリと傭兵が呟く。

「……ありがとう」

……え？　今なんて言いました⁉

なんて聞き返したくなるくらい嬉しい言葉に、思わず破顔してしまう。

傭兵は相変わらず顔を見せてはくれないが、その言葉だけで俺の心は救われる。

「はい！　また、来ますね！」

俺は心を弾ませ、次の仕事へ向かった。

それから、一日目に教えてもらいそこねた仕事をミハルに説明してもらう。

といっても、ほとんどが診療に携わるものではなく雑用ばかりだった。

部屋の整理や物品の管理、在庫補充に薬草の管理などなど。

診察や治療はイーザム爺さんが主に回るらしく、爺さんは奥にある重傷者用の治療部屋にいることが多いようだ。

「ミハルさんは診察の補助につかないんですか？」

「僕がイーザム様の手伝いをはじめたのは、まだたったの二年前ですし、僕は学もないただの村人です。イーザム様のお役に立ちたいと思って勉強しているんですが、イーザム様の隣に立つにはまだまだ足りないことばかりなんです」

ミハルは申し訳なさそうに苦笑いをするが、俺はなんだか胸が熱くなった。

「そういう気持ちってすごく大切ですよね。僕もミハルさんに負けないように頑張らないと」

「アンジェロ様なら、立派な治癒士《ちゆし》になれますよ」

「でも、魔法がまったく使えないので、まずはそれをどうにかしなくちゃいけませんよね……」

「そ、それは……きっと大丈夫です！　いつか魔法だって使えるはずです！」

俺の弱音に必死になって言葉をかけてくれるミハルが可愛くて、心が温かくなる。

ミハルがいてくれなきゃ、今頃俺は何度も心がへし折られてた。

俺はそっとミハルの手を取る。

「ありがとうございます、ミハルさん」

「あ……、いえ……」

ほんのりと頬を赤く染めるミハルに、俺は心からの感謝の言葉を伝え、優しく手を握りしめた。

第三章

「よし！　今日もバッチリピカピカだ」

磨き上げたイーザム爺さんの部屋を見て、俺は額の汗を拭う。

仕事を再開して数日が経った。

あれからなにかが変わったかと言うと……特に変わりなし！

相変わらず皆、俺の様子をうかがうばかりで、唯一返事をくれるのはあの若い青年傭兵――キアルくらいだ。

最初の出会いこそ最悪だったが、「うん」だの「ありがと」だのとそっけないが返事をくれる彼は、俺にとって治療小屋で二番目の心のオアシス。

もちろん一番はミハルだ。

今も俺の名を呼び、頬のそばかすも可愛らしい笑顔で駆け寄ってくる。

「アンジェロ様、お掃除は終わりましたか？」

「はい。確認してもらえますか？」

「わかりました」

ミハルは部屋を覗き込むと、すぐに目を細め笑みを浮かべた。

「今日もとても綺麗です」

「ありがとうございます」

互いにエヘヘ〜と笑い合いながら、次の仕事へ向かう。

今日の最後の仕事は、薬草の補充だ。

薬草は俺たちが滞在しているキャンプ地から少し離れた森に生えており、定期的に採取しに行かなくてはならない。

最初は、魔法がある世界で薬なんて意味があるのかと思ったが、イーザム爺さんの治癒《ちゆ》魔法を実際に見て、必要性がわかった。

俺が想像していた魔法は、呪文を唱えればササッと傷が治るようなものだったが、そうでもないらしい。魔法に込める魔力量によって、効果が変わるようだ。

じゃあ、魔力量が多いやつが治癒士《ちゆし》に向いているのかというと違うらしく、そこには『加護』なるものが関係している。

『加護』とは簡単にいえば『属性強化』だ。

火の属性を持つ者が加護を授かると、他者よりも大きな火を起こせる。風の属性持ちなら竜巻なんかも起こせるようになるという。

ちなみに治癒士《ちゆし》に必要なのは『聖』の属性だ。

そして『加護』を得るには、教会でありがた〜い祈祷を受けなければいけない。

なんでも、フテラ様の力により本人の中に眠っている魔力を呼び覚ますんだとか。

もちろん大量のお布施《ふせ》が必要なので金持ちか貴族しか受けられない。

少し話が逸れたが、そんな感じでこの前線でまともな治癒《ちゆ》魔法を使えるのは『聖』の属性を持つイーザム爺さんのみ。

もし、爺さんが魔力を使い果たしたところに瀕死の怪我人が来たら……それは死を意味する。

なので、爺さんは重傷の患者を中心に見てまわり、必要な場合にのみ魔法を使うのだ。

それ以外の場合は薬草を塗ったり、煎じて飲ませたりして、あとは休ませるだけというのが普通らしい。

本当なら前線には治癒士《ちゆし》が何人もいるはずらしいが、この東の前線は魔獣は強いしこき使われるし待遇は悪いしで、すぐに治癒士《ちゆし》が逃げ帰るらしい。

まぁ、『加護』を持つ人々は基本貴族か金持ちなので、前線の環境に馴染むのは難しいのだろう。

というわけで、大事な薬草採取のために森へ向かうと言ってノルンに護衛を頼んでみた。

最初は「危険なので行ってはいけません」と、お母さんみたいなことを言ってきたが、薬草採取も大事なお仕事のひとつ。

危険な前線での奉仕を命じられたのに、危ないからダメなんて言われたらなにもできやしないので、「ノルンさんが危ないものから僕を守ってくれるんじゃないんですか？」と、可愛らしいアンジェロの碧眼をキラキラさせて上目遣いでお願いしたら、堅物ノルンも渋々了承してくれた。

そんなこんなで薬草を入れるための籠《かご》を背負い、初めての薬草採取に向けて準備は万端！

ちょっとした冒険気分で、俺たち三人は森へ向かった。

前線のキャンプ地を抜けて一時間ほど歩くと、木々が生い茂る森が見えてくる。

なんの変哲もない森だが、ここから先は魔物が出没し、危険度がグンと上がるのだとミハルが注意を促した。

先頭はノルンが歩き、次に俺、うしろをミハルが守るように隊列を組む。

相変わらずのヘッポコ役立たずな俺だが、ここで無茶して迷惑をかけてはいけないので大人しく二人に守られておく。

決してビビっているわけではない。

周囲の様子を見ながら歩いていると、ミハルが突然声を上げた。

「アンジェロ様！　さっそく薬草がありましたよ」

「えっ、どこですか？」

ミハルの視線の先に目を向けると、白い小さな花が咲いていた。ミハルは見つけた花を、花弁と葉に分けて摘んでいく。

「花のほうには解熱作用、葉には傷の治りを早くする効果があります。よく使うので、見つけたら摘んでおくようにしています。でも、面倒だからと根から抜いてしまうと二度と生えなくなってしまうので、注意してくださいね」

「はい、わかりました」

ミハルの隣に屈んで、俺も一緒に白い花を摘むことにした。花弁と葉を分け、籠《かご》に入れていく。

それからも、火傷に効く薬草に下痢《げり》止めの木の実、咳や風邪の症状に効果がある葉など、必要なものを見つけては採取していく。

籠《かご》の中は数時間で一杯になり、薬草採取も終わりを告げようとしたとき、茂みがガサリと揺れる音がした。

ノルンがすぐさま反応し、腰に下げた剣に手を伸ばす。緊張した面持ちで茂みを見つめている。

その緊張感が伝わり、俺も背負っていた籠《かご》の紐を握る手に力が入る。

音はこちらに向かっており、茂みをかき分け姿を現したのは……透明で、プルンプルンした謎の物体。

――って、スライムじゃん！

ノルンはスライムの姿を見るなり、ハァ……と息を吐き剣から手を離す。

「安心してください。これは魔物の中でも最弱のスライムです」

「へぇ、スライムですか」

この世界でもスライムはスライムって名前なのか。

ゲームで見慣れたフォルムに、緊張感は一気にしぼみ、俺は興味津々《きょうみしんしん》にスライムを見つめる。

うにうにと動く姿はなんだか愛らしい。

「アンジェロ様。あまり近づいてはいけません。最弱とはいえ、魔物であることには変わりありません」

「そうですよね、すみません」

ノルンに怒られ反省しつつもスライムを見ていると、ミハルが小さな短剣を取り出してスライムに向き合う。

「ミハルさん。もしかして、スライムを倒すんですか？」

「はい。スライムの体は様々な物を食べて消化・吸収しているので、倒して亡骸《なきがら》を持って帰るんです。堆肥《たいひ》と混ぜて畑に撒《ま》くと、作物の育ちがいいんですよ」

「なるほど。でも、こんなプルンプルンなのにどうやって倒すんですか？」

「スライムには、小さな黒い核があるんです。それが心臓の役目をしているので、そこを潰します」

そう言ってミハルは狙いを定め、短剣をスライムに突き立てる。

一撃で核に命中したのか、ウニウニと動いていたスライムの動きが止まった。

ミハルは倒したスライムを瓶に詰めると、蓋《ふた》をして籠《かご》の中に入れる。

「さぁ、たくさん収穫できましたし帰りましょうか、アンジェロ様」

「はい！」

無事に採取を終えて、今日の昼食のメニューはなんだろう、なんてミハルと話しながらピクニック気分で帰路につく。

しかしキャンプ地へ到着すると、出発したときとは違い、慌ただしい雰囲気に包まれていた。

「どうしたんでしょうか？」

騒がしく走り回っていた傭兵は、ミハルを見つけるなり大声を上げる。

「ミハル、大変だっ！　魔獣との戦いで怪我人が出てるんだ。重傷者も数名いる。早く来てくれ！」

切羽《せっぱ》詰まった傭兵の声にミハルは表情を変え、治療小屋へ走り出す。俺とノルンもあとを追った。

治療小屋に到着すると慌ただしさはさらに増し、ガリウスさんの指示が大声で飛んでいる。

ミハルが背負っていた籠《かご》を傭兵に渡し小屋の中へ入っていくので、俺も続いた。

「ガリウスさん、怪我人は何人いますか？」

「全部で十人だ。軽傷者が七人で重傷者が三人。一番ひどいやつは爺さんが治療に回ってる。だが、残りの二人も血が止まらん。手伝ってくれ」

「わ、わかりました！」

ミハルは緊張した面持ちで怪我人に駆け寄る。

俺もそのままついていこうとして、手を掴まれた。

うしろを振り向くと、ノルンが厳しい顔をして俺を見ていた。

「アンジェロ様はこちらに」

「なにを言っているんですか！　僕も手伝いに……」

「行っても邪魔になるだけです。私たちは外で指示を待ちましょう」

ノルンが言うことはよくわかる。

皆にとって俺は魔法も使えない、なにもできない公爵家の坊ちゃんだ。

だけど、俺には前世の記憶がある。

きっと少しくらいは役に立てるはずだ。

「大丈夫です、ノルンさん。皆の邪魔はしませんから」

そう言ってノルンの手を振りほどくと、俺は治療小屋の中を進んでいく。

いつもはベッドが敷き詰められ、軽傷の怪我人が並んでいる部屋は騒然としていた。

血塗《ちまみ》れの重傷者が痛みに叫び、暴れる彼らを仲間の兵士たちが押さえている。

一番重傷の傭兵は腹部からの出血がひどい。彼にはすでにイーザム爺さんが治療にあたっている。

そして、ミハルに託された残りの二人は、太腿と腕から血を流していた。

イーザム爺さんは患者の処置をしながら、ミハルに声をかける。

「ミハル！　そっちの怪我人は任せたぞ！」

「は、はいっ！」

イーザム爺さんの声にミハルは返事をするが、気が動転しているのだろう。二人の間をウロウロするばかりでなにもできていない。

そうこうしている間にも、兵士の傷からは血が流れている。

いても立ってもいられず、俺は袖をまくってミハルのもとへ駆け寄った。

「ミハルさん！」

「はいっ！」

「僕も手伝います。まず、なにからしましょうか？　出血がひどいので、傷を確認して出血を止めますか？」

「は、はい……」

「じゃあ、まずは傷の位置が見えるように服を切りますね。すみません！　ハサミを持ってきてもらえますか！」

近くにいた元気そうな傭兵に指示を出す。彼は驚いた顔をするが、急いでハサミを取りに行ってくれた。

「ミハルさん。傷口を洗浄する水はなにを使っていますか？」

「隣の小屋に洗浄水が……」

「わかりました。じゃあ、そこの貴方は隣の小屋から洗浄水をあるだけ持ってきてください。それと、清潔なガーゼか布をお願いします」

「なら、俺も行く！」

そう言って手を上げてくれたのは、以前俺とトラブルになった、あのキアルだった。

「では、よろしくお願いします」

キアルは頷き、俺が洗浄水を取りに行くように依頼した傭兵を連れて隣の小屋へ走っていく。

そうこうしているうちにハサミが届いたので、ひとつをミハルに手渡す。

ミハルの手は、まだ震えていた。

「ミハルさん。落ち着いて、まずは深呼吸してください。イーザム様がこちらに来るまで二人で頑張りましょう」

手渡したハサミごとミハルの手を握りしめ、声をかける。

ハッとした表情を浮かべたミハルは、一度大きく深呼吸をすると落ち着きを取り戻した。

「すみません……アンジェロ様」

「気にしないでください、ミハルさん。さぁ、まずは傷の確認をして血を止めましょう」

「はい」

ミハルとともに服を切っていくと、傭兵の太腿には鋭いもので抉《えぐ》られたような深い傷があった。そこから血が噴き出すように流れている。

傷の確認が終わるのと同時に、洗浄水とガーゼが到着した。必要なものがそろったところで、負傷した傭兵にこれから行うことを伝える。

「今から傷の手当てを行います。傷口が汚れているので洗浄して、血を止めるために圧迫します。洗浄すると痛みますが、傷口から感染症にかからないために必要な処置になります。頑張りましょうね」

額に汗をかき、痛みに耐える傭兵は、俺の言葉に小さく頷く。

そして、体を押さえていた傭兵たちにも声をかける。

「今から傷を洗ってガーゼで押さえます。痛みで暴れると思いますので、体を押さえている方は注意してください」

「わ、わかった！」

傷に洗浄水をかけていくと、負傷した傭兵はうめき声を上げ、歯を食いしばり拳を握りしめ、必死に痛みに耐えてくれる。

付着していた汚れを落とし、傷口が綺麗になったことを確認してガーゼで圧迫止血する。

何重にもガーゼを当て終えると、手の空いている傭兵に声をかける。

「すみません！　僕では力が足りないので、ここをしっかり押さえてもらえませんか？」

「え⁉　あ……ど、どう押さえればいいんだ？」

「体重をかけて押さえてもらえば大丈夫です！」

「わかった！」

圧迫止血を頼み、次は腕の傷を洗浄し、止血していく。

これが終わったら、もうひとりの負傷兵も同じように処置をして血を止めないと。

ミハルと処置を行っていると、大柄な男性がもうひとりの負傷兵に近づいてくる。

「おい、アンジェロ！　手伝うぞ。こいつにも同じように処置すればいいのか？」

「ガリウスさん！　そうです、傷口の汚れを洗い流して、出血している部位をガーゼで押さえてください」

「わかった！　おい、ランドル。今から洗浄するから歯くいしばれよ！」

「えぇ⁉　ガリウス団長がやるんすか⁉　って、痛っっっってぇ‼」

「ランドル！　うっせーぞ！　アドリスは隣で黙って耐えてんだろ！」

「そんなごどいっだってでぇ……」

ランドルと呼ばれた負傷兵は目に涙を浮かべていた。

俺とミハルが担当しているアドリスも、必死に傷の痛みに耐えている。

握りしめた拳に手を添えて、俺は彼に話しかけた。

「アドリスさん。もうすぐ応急処置が終わります。イーザム様が来るまで、もう少しの辛抱ですよ」

「わか……った……」

それからもアドリスに声をかけながら、なんとか応急処置を終えたところでイーザム爺さんがこちらにやってくる。

一番重傷と言われていた負傷兵は、腹部にしっかり包帯を巻かれ、横たわっていた。

イーザム爺さんは傷の状態を確認し、ニヤッと口角を上げる。

「ふむ、応急処置は合格点じゃな。傷は深いが、ギリギリ魔力は足りそうじゃ。ほれ、治療に取りかかるぞ！」

そう言ってアドリスの傷口に手を当てると、呪文を唱え治癒《ちゆ》魔法をかけていく。

ゆっくりとゆっくりと傷口が塞《ふさ》がっていく光景は、まさに奇跡だ。

「すごい……」

俺がその様子をじっと見つめていると、アドリスは不安そうに俺の手を握りしめてきた。

「アドリスさん、大丈夫ですよ。今、イーザム様が治癒《ちゆ》魔法をかけてくれていますから」

俺の言葉にアドリスは小さく頷き、目を閉じる。

それからイーザム爺さんは、時間をかけて二人の傷を治していく。

ランドルの傷を治し終えると大きく息を吐き、近くの椅子に座り込んだ。

「あ〜、もうカラッポじゃ。儂《わし》は当分動けんぞ。ミハル、アンジェロ。あとは任せたからなぁ〜。お〜い、そこの若いの。儂《わし》をベッドに連れていけ〜」

イーザム爺さんはそう言うと、近くにいた傭兵におぶられて退場する。

負傷していたアドリスとランドルは落ち着いた様子で眠りについていた。

二人の治療が終わったと同時に緊張感がゆるみ、どっと疲れが押し寄せる。

「ミハルさん。お疲れ様でした。皆が無事でよかったですね」

「はい……あの、アンジェロ様。今日は本当に……本当にありがとうございました」

ミハルも緊張が解けたのか、安心したように微笑んでいた。互いに労《ねぎら》いの言葉をかけあっていると、俺の頭を大きな手がガシッと掴む。

「二人ともお疲れさん。お前たちのおかげで死人が出ずに済んだ。礼を言うぞ、ありがとうな」

ガリウスさんは嬉しそうに笑い、俺の頭をガシガシと撫でてくれる。

皆が無事だったことと、この世界で初めて役に立てたことが嬉しくて、俺も一緒になって笑い合った。

治療を終えた三人を、重傷者用の奥の部屋へ移動させる。傷は治癒《ちゆ》魔法で塞《ふさ》がったが、数日は高熱を出したり体調を崩したりする恐れがあるため、安静にして様子を見るようだ。

三人の治療のために動かしたベッドなどを傭兵たちと一緒に片付け、汚れた床を拭き終える頃には夕方になっていた。

「アンジェロ様。今日はお疲れ様でしょう。あとの片付けは僕がしておくので大丈夫ですよ」

「ミハルさん、僕も最後まで手伝いますよ。ひとりでするより二人……いや、三人で片付けたほうが早いですから。ね、ノルンさん！」

「……はい」

黙々《もくもく》と片付けをするノルンに声をかけると、いつもの澄《す》まし顔で返事をくれる。ノルンは最初こそ俺の行動を止めたが、そのあとは大人しく見守ってくれていた。

治療小屋の掃除が一段落したあとは、ミハルとともに奥の部屋へ向かう。ベッドで横になっている負傷兵三人は、静かな寝息を立てて休んでいた。

三人の体に手を当ててみると、今のところ熱は出ていないようだ。

「ミハルさん、治療小屋は、夜間は誰が見ているんですか？」

「重傷者がいるときにはイーザム様が見回りに来ています。今日は、イーザム様の代わりに僕が見回りをする予定ですよ」

「そうなんですね。僕も様子を見に来てもいいでしょうか？」

「はい、大丈夫ですよ」

ミハルの言葉に「ありがとうございます」と返事をすると同時に、グゥゥ～と腹の虫が鳴る。

「ふふ、昼食を食べ損ねましたもんね。夕飯、食べに行きましょうか」

「そ、そうですね」

恥ずかしくて照れ笑いしながらミハルたちと食堂に向かうと、いつものように視線が集まる。

けれど、いつもと違い俺を見つめる視線に冷ややかさはない。

トレーを持って食事を受け取りに行くと、丸刈り太郎ことダッチが今日も迎えてくれた。

食事をつぎ分けてもらうと、最後に袋に入ったなにかをトレーに置かれる。

「あの、これは？」

「……スコーンだ。日持ちするから、今日みたいに食堂に来る暇がないときに食え」

ちょっぴり恥ずかしそうにしている大柄のダッチの姿に、胸キュンしてしまう。

ギャ、ギャップ萌え……！

前世の俺なら抱きついて一晩どうかとお誘いしていたところだ。

「ありがとうございます、ダッチさん！」

満面の笑みを向けると、ダッチは顔を逸らし、早く行けとそっけなく言った。

ミハルとノルンもスコーンをもらったようで、ダッチの気遣いに心が温かくなる。

その後、夕飯を済ませ、部屋に帰って着替えをしていると、ノルンが近くに寄ってきた。

どうしたんだと思いノルンを見上げると、彼は神妙な面持ちで口を開く。

「今日はお疲れ様でした」

「はい。ノルンさんもお疲れ様です」

「あの……アンジェロ様。ひとつ、伺ってもよろしいでしょうか？」

「はい。どうしました？」

「人が死ぬかもしれないあの場面で、なぜ冷静に判断し行動できたのですか？」

……鋭い質問ありがとうございます、ノルンさん。

たしかに、ミハルでさえ動揺する場面で俺が指示出してたら、そう思うよなぁ。

だが、以前にイーザム爺さんから部屋の片付けの件で疑われたことがあるので、そんな質問がきたときの答えはあらかじめ考えておいたのだ！

考えていた答えを思い出しながら、ノルンの質問に真面目な顔で答えていく。

「僕はひとりで過ごすことが多かったので、本が友達でした。医学に興味を持ってからは医学書だけではなく、治癒士《ちゆし》が書いた自伝なども読み、治療の現場でのことも学んできたんです。そして、もし自分がそんな場面に遭遇したら、どうすれば人を助けられるだろうかとよく想像していました。実際に体験したのは今日が初めてでしたが、同じような場面を本で読んだのを思い出せたので、実践できたんです」

どうでしょうかノルンさん。

ちょっぴり無理矢理こじつけた感もあるけれど、これで納得していただけないでしょうか？

ノルンを見上げると、彼は俺の返事に小さく頷く。

「アンジェロ様は、そんなことを考えながら過ごしていたのですね……」

ノルンは納得した顔で呟くと、あとはなにも聞いてこなかった。

俺は一休みしたあと、再び治療小屋へ行く準備を整える。

出発する頃には日が暮れ、松明《たいまつ》の明かりがキャンプ地を照らしていた。

昼間の慌ただしさとは打って変わって静けさが漂うキャンプ地を、ランタンで足元を照らしながら歩く。

もちろんノルンも俺のうしろをついてきている。

ひとりでも大丈夫だと言ったが、ついていくと言って聞かなかった。

まぁ、最近はトラブルを起こすこともなく手伝いも率先してやってくれるし、と了承したら、彼は安心した顔になった。

治療小屋へたどりつき、扉を開けると、薄暗い部屋の中で傭兵たちが眠りについていた。起こさないように静かに歩き、奥の部屋へ向かう。

そこには重傷者の三人と、奥の机に突っ伏しているミハルの姿があった。

ミハルは三人の状態を記録している途中で眠ってしまったようだ。

「お疲れ様です、ミハルさん」

近くにあった膝かけを、起こさないようにそっと肩にかけてあげ、俺は三人の様子を見て回る。

一番重傷だった傭兵は穏やかな顔で眠りについており、今のところ経過は順調そうだ。

そして、次にアドリスのベッドへ向かう。

彼の呼吸は荒く、額に汗を浮かべていた。

――熱が出てるな。

そっと手に触れると、指先が熱い。

ミハルが準備してくれていた水桶《みずおけ》にタオルを浸して固く絞り、アドリスの額の汗を拭う。

すると、アドリスがうっすらと目を開けた。

「熱が上がってきたようですね。水を飲みますか？」

俺の言葉にアドリスがかすかに頷く。サイドテーブルに置いてあった水差しで水を飲ませると、アドリスの表情は少し穏やかになる。

「……ありがとう」

「いえ。足や腕の傷の痛みはどうですか？」

「少し痛むが、大丈夫だ」

「そうですか。痛みが強くなったら教えてくださいね。痛み止めを持ってきますので」

「わかった……」

アドリスの顔や首筋の汗を拭き、暑くないように寝具の調整も行う。

「寒くはないですか？」

「ちょうどいい」

「わかりました。もうしばらくいるので、なにかあったら声をかけてくださいね」

「あぁ……」

「じゃあ、おやすみなさい」

「……おやすみ」

アドリスは少し照れた様子で「おやすみ」と返事をしてくれた。

屈強な男性が見せるそんな姿にめっぽう弱い俺は、ちょっぴり胸がときめいてしまう。

そして、もうひとりの怪我人ランドルへ目を向けると、興味津々《きょうみしんしん》という顔で俺のほうを見つめていた。

「体調はどうですか、ランドルさん」

「だ、だ、大丈夫です！」

「そうですか。寒気などはないですか？　傷の痛みは？」

「と、特にはないです！　でも……」

「でも？」

ランドルは緊張した面持ちのまま俺にお願いをしてくる。

「あ、あの、そのぉ……熱はないんですが、俺もぉ……顔を拭いてもらいたいんです」

「いいですよ。今タオルを持ってきますね」

ランドルの可愛いお願いに笑顔で答え、水で濡らしたタオルで優しく顔を拭いていく。

「今日は本当に大変な一日でしたね。傷が治るまで、ゆっくり体を休めてください」

「は、はい！」

声をかけながら体を拭いたりとケアをしながら傷の状態も見ていく。今のところ傷口に巻いた包帯は綺麗なままだ。

魔法で治した傷でも、治癒《ちゆ》魔法のかかりが甘いと傷が開くこともあるらしく、数日はしっかりと状態を確認しなくてはいけない。

「傷も大丈夫そうですね。他に、なにかしてもらいたいことはありますか？」

ランドルは俺の問いかけに、もじもじと恥ずかしそうな顔をして答える。

「恥ずかしいんですが、目を閉じると魔獣が襲《おそ》ってきたときのことを思い出して眠れなくて……。できれば、そばにいてもらえたら……」

その言葉に俺は頷くと、椅子を持ってきてランドルの横に座り、優しく手を握る。

前世でも、不安が強い患者さんにはこうやってタッチングをしながら話を聞いたり、声かけをしたりしていたのを思い出す。

「今日はずっとそばにいます。だから、安心して眠ってくださいね」

「ありがとうございます」

ランドルはゆっくり目を閉じる。

少し震える手を、大丈夫だという思いを込めて軽く握る。

しばらくすると震えが止まり、ランドルはスゥスゥと寝息を立てて眠りについた。

皆の穏やかな寝息をBGMに、小さなランタンの光を見つめながら怒涛《どとう》の一日を振り返る。

前線では、今日のようなことがこれからも起こり続けていく。今回はイーザム爺さんの魔力が足りたからよかったが、足りなかったらと考えると肝が冷える。

——もし、俺が魔法を使えたら、微力なりに役に立てるのだろうか?

そう考えると、やはり俺は早く魔法が使えるよう魔力管の治療を受けなければならない。

それにはまず背中の傷のトラウマを乗り越えないと……

今後のやるべきことを考えていると、ノルンがそっとお茶を差し出してきた。

「あ、ありがとうございます」

「……私には、これくらいしかできませんので」

ノルンの綺麗な顔がランタンの淡い光に照らされている。

近頃、ノルンはこんなふうに優しさを見せてくれることが多くなった。

出会った頃は意地の悪いことも言ってきたが、最近は俺の身を心配して口を出すことがほとんどだ。

なんだかんだで、ノルンが俺のうしろにいてくれるのが普通になってきた。

「そんなことありませんよ。ノルンさんが僕を守ってくれているから、僕は好き放題できるんですから。いつもそばにいてくれて、ありがとうございます」

たまにはノルンを褒めてやろうとそう言うと、ノルンはスッと目を細め微笑んだ。

って、ノルンが笑った⁉

ツンキャラのノルンが見せた突然の微笑みに、不覚にもキュンとしてしまう。

——その笑顔はズルいぞノルン……

なんだか照れ臭くなった俺は、ノルンがくれたお茶を一気飲みして、軽傷患者の様子を見てくると言って距離をとった。

速くなった鼓動を落ち着かせながら、見回りをしていく。

水差しの水を補充したり、寝相が悪い傭兵の布団をかけ直したり。

途中で目を覚ました傭兵は、俺の姿を見てギョッとしていた。

「こんばんは。布団をかけておきますね」

「あ、ありがとう……」

不意打ちで声をかけたのが功を奏したのか、返事をしてくれたのが嬉しくて満面の笑みを返す。

軽傷者の部屋を回ったあとはまた奥の部屋に戻り、三人の様子を見ながらミハルの書いていたノートにも目を通す。

ノートは、前世で言うカルテのようなもので、患者の経過と症状が細かく書かれている。

他の軽傷者の記録も読んでいると、「ん……」とミハルが寝ぼけ眼《まなこ》でしばらく俺を見つめたあと、ハッと目を見開いた。

「す、すみません！　僕、眠ってしまって……」

「気にしないでください、ミハルさん。三人の様子は僕が見ていたので大丈夫ですよ。アドリスさんの熱が上がってきたようなので、必要なら解熱剤を飲ませたほうがいいかもしれません。残りの二人はよく眠っています」

三人の状態を報告している間、ミハルはじっと俺を見つめていた。

「アンジェロ様は、本当にすごいですね。僕が慌ててなにもできないでいたときも、冷静に判断し対応していて……僕なんか、なんの役にも立たなくて……」

目を伏せてうつむくミハルの姿は、新人看護師だった頃の自分を見るようだった。

俺も、なにもできない自分に落ち込んだ日があったな。

「そんなことはありませんよ、ミハルさん。僕はミハルさんがいてくれるから落ち着いて行動ができたんです。僕はひとりじゃなにもできません。支えてくれる存在がいるからこそですよ」

「アンジェロ様……」

瞳を潤《うる》ませるミハルの手を優しく包み込むと、彼は安心したように柔らかな笑みを見せてくれた。

それからミハルと交代で夜の巡回を行った。途中でノルンが俺たちに休むよう声をかけてくれたので、二人で簡易ベッドで仮眠をとり、また巡回。

窓から朝日が差し込み、窓を開けると冷えた空気が入ってくる。

う～ん……と背伸びをして、胸いっぱいに朝の空気を取り込むと、眠たい目も覚める。

アドリスの体調はあれから悪化することなく、三人は今も穏やかな表情で眠りについている。

落ち着いている間に、ミハルと軽傷部屋の様子を見に向かうと、小屋のドアが開いてイーザム爺さんがやってきた。

「お～おはようさん。様子はどうじゃ～」

「イーザム様！　おはようございます。三人とも状態は落ち着いています。イーザム様はご体調いかがですか？」

「ん～、ボチボチじゃな。どれ、儂《わし》も三人の様子を見に行くか」

イーザム爺さんはそう言って重傷部屋へ向かい、三人の状態を見て回ると、うんうんと頷いてからニッと笑った。

「三人とも順調そうじゃな。二人とも頑張ったなぁ～。ご苦労さん」

イーザム爺さんの嬉しい言葉に、ミハルと俺はお互いに顔を見合わせて笑った。

「あとは儂《わし》が見ておくから、お前さんたちは少し休んでこい」

「でも、まだ今日の仕事が……」

「んなものは隣の部屋の動けるやつらがやるから安心せえ。それよりも、しっかり体を休めておかんと今日も怪我人がやってくるかもしれんのだぞ。そのときにお前たちが使いものにならなかったら、儂《わし》が先にぶっ倒れてしまうからの～」

「は、はい！　わかりました！」

イーザム爺さんの言葉に元気よく返事をし、俺とミハル、それからノルンは追い出されるように治療小屋を出ていく。

ミハルはイーザム爺さんの部屋のソファーで仮眠をとり、俺とノルンは部屋が近いので一旦戻ることにした。

部屋に到着すると、一気に眠気が襲《おそ》ってくる。

久しぶりの夜勤と緊張の連続で、心も体もクタクタだ。

「アンジェロ様、お疲れ様でした。私も少し休ませていただきます」

ノルンは俺に挨拶すると、そそくさと上のベッドへ上がっていくので慌てて声をかける。

「ノルンさん。昨日からいろいろとありがとうございました」

「……いえ。私はアンジェロ様を護衛するのが仕事ですので、お気になさらず」

ノルンにお礼を伝えたが、いつものそっけない返事。

あの笑顔は幻だったのか？　と、思いながら、俺の意識はベッドに吸い込まれ、深い深い眠りに落ちていった。

目を覚ました頃にはすでに日が傾きはじめていた。仮眠のつもりが、しっかり眠ってしまったようだ。

慌てて飛び起きて治療小屋へ行こうと着替えていると、外からノルンが帰ってくる。

その手には、なぜか二人分の食事が。

「アンジェロ様。目を覚まされたんですね」

「はい。寝すぎてしまいました。今から治療小屋へ行こうと思うんですが……」

「先ほどイーザム様にアンジェロ様の様子を報告してきたのですが、今日はそのまま休めとのことでした。帰りに食堂を通りかかったらダッチさんに声をかけられ、アンジェロ様に食べさせろと夕食を預かってきました」

「そう、ですか。いろいろとすみません」

「いえ。さぁ、夕食にしましょう、アンジェロ様」

ノルンは机の上にトレーを置き、コップに水を注いでくれる。椅子に座ってノルンと向かい合わせになり、俺たちは静かに食事をはじめた。

相変わらず無口なノルンは黙々《もくもく》と食べるばかりで、ミハルとの楽しい食卓とはかけ離れている。

退屈なのでノルンの食事ぶりをまじまじと観察してみると、彼は背筋を伸ばし、姿勢よく食事を口に運んでいた。

所作も綺麗だし、ノルンはいいところの坊ちゃんなのだろうか？

そういえば、俺はノルンのことをなにも知らないな。

「あの、ノルンさん。つかぬことを聞いてもいいですか？」

「どうしました？」

「僕、ノルンさんのことをなにも知らないなと思って。ノルンさんはどこのご出身なんですか？」

「私は、リザードアル伯爵家の出です」

ほぉ〜伯爵ってことは、やっぱりノルンもなかなかの坊ちゃまなのか。

ノルンが素直に答えてくれたので、この際だからといろいろ聞いてみることにする。

「そうなんですね〜。ノルンさん、兄弟はいるんですか？」

「兄が三人と、妹がひとりいます」

「うわぁ。そんなに兄妹がいると、にぎやかそうですね」

「そうですね。兄たちとはよく喧嘩をしていましたし、にぎやかというよりうるさいと言われることが多かったです」

家族の話をするノルンは、普段よりも表情が柔らかくて話しやすい。

いつもこうなら、もう少しコミュニケーションがとれるのだが。

「アンジェロ様には、たしかお兄様がいらっしゃいましたよね？」

「え？　あ、あぁ〜、そうですね」

俺は慌てて返事をした。そして必死にアンジェロの兄について記憶を掘り起こす。

アンジェロの兄『オレリアン』は、アンジェロとは反対に凛々《りり》しく男らしい。艶《つや》やかな金髪と碧眼は同じだが、眼光が鋭く、長身で、体格もなかなかガッシリしている。

学生時代は学問に励《はげ》み、学園を首席で卒業したあとは父の仕事を手伝いながら隣国に渡って様々な仕事をこなす、いわゆるできる男だった。

歳が八つも離れていることもあり、オレリアンとアンジェロの兄弟仲は和気あいあいとはいかず、互いにどこか一線を引いている感じだ。

アンジェロはそんなオレリアンをいつも羨望《せんぼう》の眼差しで見つめ、自分にないもの全てを持つ兄のことを尊敬していた。同時に、オレリアンに嫌われることをひどく怯えていた。

「兄様は……とても立派で聡明な人ですね。今も、隣国でいろんな仕事をしているようです」

「そうなのですね」

「ところでノルンさん。ノルンさんはなぜ、神殿騎士になったのですか？」

「私の母方の祖父が神殿騎士をしており、その姿に興味を持ったのがはじまりでした。女神フテラに忠誠を誓い、民を守る神殿騎士の姿は幼い私にとって憧れとなり、自分もそうなりたいと強く願うようになって、騎士の道に進みました」

「なるほど。ノルンさんは自分の目指すべき道をしっかり歩んでこられたんですね」

「いえ、そんなことはありません」

本当にノルンって真面目だよな〜。

うんうんと頷いていると、ノルンは急に思い詰めた顔で重々しく口を開いた。

「あの……アンジェロ様。私は、ずっと貴方を誤解していました。噂を鵜呑《うの》みにするばかりで、本当の貴方を見ようともしていなかった。今まで失礼な態度をとってしまい、申し訳ありません」

突然謝罪をはじめるノルンに、俺は慌てて声をかける。

「ノ、ノルンさん!?　そんなに謝ることでは……」

「いえ。先入観に囚われ、アンジェロ様にとった無礼な態度を考えれば、お詫びだけでは足りません。ずっと考えていたのですが、こんな私にアンジェロ様のおそばにいる資格はありません。なので、私以外の者を代わりに……」

ちょ、ちょっと待てーい！　話が急展開すぎるぞノルン！

ようやくクソ真面目なノルンとも打ち解けてきたかなぁ～なんて思った矢先にまた違うやつと代わられたらまた一から信頼関係を築き上げなきゃならないじゃないか。

もし次もノルンみたいなガッチガチの真面目野郎が来たら、もうはっきり言って面倒くさい。

嫌だ。絶対に嫌だ。

そんな心の声をしっかり隠しながら、俺は上っ面だけの言葉でノルンを引き留める。

「僕はノルンさんの態度を失礼だなんて、一度も思ったことはありませんよ。それどころか、真面目に職務を全うし、僕のことを常に心配してくれるノルンさんに、僕は全幅《ぜんぷく》の信頼を置いています」

「アンジェロ様……。私は、このままアンジェロ様の護衛を続けてもよいのですか……？」

「もちろん！　いいえ、ノルンさんじゃなきゃダメなんです！　改めて、これからもよろしくお願いしますね、ノルンさん」

「はい！　よろしくお願いします、アンジェロ様」

ノルンは昨晩見せてくれたのと同じ、いや、それ以上の笑顔を向けてくれた。

やはりイケメンの笑顔は眩しい。

そういえば、今の雰囲気ならノルンは俺のお願いを聞いてくれるのではないだろうか？

俺は思い切ってノルンに話してみることにした。

「あの、ノルンさん。実はお願いしたいことがありまして……」

「お願い、ですか？」

「はい。これはノルンさんにしか頼めないことなんですが、頼まれてくれますか？」

「私にしか頼めないこと……。もちろん構いません。なんなりとお申し付けください」

さっきの話の流れからしてノルンが俺のお願いを断れないのをわかった上で、内容を伏せてとりあえず約束を取りつける。

「それでお願いとは、どのような内容なのでしょうか？」

「はい。ノルンさんに、僕の背中の傷に触れる練習を手伝ってもらいたいんです」

ノルンは俺の話を聞いて、表情を一変させる。

予想通りの反応だが、約束をした手前、そんな練習はすべきではないなどとは言ってこない。

「背中の傷に触れるのは、アンジェロ様の体に多大な負担がかかります。まずしっかりと体を休めてからでよければ……」

「それでは遅いんです。ノルンさんも前線の現状を見ましたよね？　今回はなんとか三人の命を救うことができましたが、次に同じようなことが起これば死者が出るかもしれません。そんなとき、もし僕にも魔法が使えたら、もっとたくさんの人を救うことができます。それは前線で戦う人にとって、希望になります。だから、僕は早く魔法という力を手に入れたいんです。お願いしますノルンさん。僕に力を貸してください」

思いの丈をぶつけると、ノルンは厳しい顔でしばらく考え込んでから、小さく頷いた。

「アンジェロ様のお気持ちはわかりました。私も、できる限りの協力をさせていただきます」

「本当ですか！　ありがとうございます、ノルンさん！　じゃあ、さっそく今日からはじめましょう！」

「え!?　きょ、今日からですか!?」

「そうですよ！　善は急げと言いますからね」

俺は躊躇《ちゅうちょ》するノルンを置いて夕食をささっと食べ終えると、上衣を豪快に脱ぎ捨てて自分のベッドに横になる。

さぁ、準備万端ですよ！　ノルンさん！

と、期待を込めた目で見つめると、大きなため息を吐きながらノルンがこちらにやってくる。

「わかりました……。辛くなったら離しますので、必ず教えてください」

「はい！　よろしくお願いします」

「では、触れますよ」

ノルンはそう言うと、壊れ物を扱うように俺の背中に触れた。

その瞬間、またあのアンジェロのけたたましい悲鳴が脳内に響き渡る。

背中を抉《えぐ》られる幻痛に襲《おそ》われ、俺はシーツを握りしめて顔をベッドに埋め、必死に耐えた。

ナイフを突き立てられ、耳元で囁《ささや》かれる呪いのような言葉。

『可愛い可愛いアンジェロ……。君は……私の…………アンジェロ……アンジェロ……』

「……、……！　アンジェロ様ッ！」

ノルンの大声が聞こえた瞬間、シーツから体を剥がされる。それと同時に呼吸ができるようになり、体は必死に空気を取り込もうとする。

ハッハッハッ……と、短い呼吸を繰り返し、涙とよだれで顔もシーツもぐっしょり濡れていた。

「このままでは、アンジェロ様の心と体が持ちません」

「でも……やら、なきゃ……僕は、皆の希望に……なり、たいんです……」

「――っ。……では、この体勢で行いましょう」

ノルンは俺の体をひょいと抱え上げ、自分の膝の上に乗せる。

対面座位だ⁉　と勝手にドギマギしていると、ノルンはそっと俺を抱き寄せた。

「この体勢なら、アンジェロ様が窒息する心配はありません」

「たしかに……そうですね」

「まだ、続けますか？」

「…………はい」

俺がこくりと頷くと、ノルンは再度俺の傷に触れてくる。

するとまたあの衝撃に襲《おそ》われ、たまらずノルンの大きな背中に手を回し、首筋に顔を埋めて必死に堪える。

「くっ……んッ！　ん、んぐぅぅ……」

「アンジェロ様、大丈夫です。今、貴方に触れているのは私です」

ノルンは俺の耳元で何度も何度も声をかけてくれる。アンジェロの過去に引っ張られ、深い闇に落ちそうになるたびに、ノルンの声が俺を現実に戻してくれる。

十分ほど痛みに耐えると、ノルンはゆっくりと背中の傷から手を離し、俺の顔を覗き込んできた。

「アンジェロ様、大丈夫ですか？」

「ハァ……ハァ……」

「……だいじょばない、ですか？」

「ハハ……、だい、じょばない……ですね」

ノルンのぎこちない現代日本語に、思わずぐしゃぐしゃの顔のまま笑ってしまった。

こうして俺とノルンは、悪役令息と護衛騎士という関係から少しだけ深い仲へ進展した。


ノルンとの特訓が終わったあと、俺は再び泥のように眠り、次の日の朝を迎えた。

背中の傷は少し疼《うず》く程度で、頭の痛みも初めて傷に触れられたときより軽い。

このままノルンと特訓を続けていけば、イーザム爺さんの治療もスムーズに受けることができるかもしれない。

そんなことを考えながら朝の支度をしていると、ノルンが話しかけてきた。

「おはようございます、アンジェロ様。体調はいかがですか？　背中の傷は痛みませんか？」

「おはようございます。体調もいいですし、傷も痛んではいませんよ」

「よかった……」

ホッとしたノルンを見て、昨日は無茶なことを頼んでしまったなぁ～と少し反省する。

けれど、アンジェロのトラウマを克服するには慣れるしかない。

「昨日は本当にありがとうございました。あの、今日も特訓に付き合ってもらってもいいですか？」

「今日もですか？」

「はい！　この調子なら早くイーザム様の治療を受けられそうですから。ノルンさんのおかげです」

「………わかりました」

満面の笑みでノルンにお願いすると、彼は渋々頷いてくれた。

勢いで特訓の予約を入れたが、そういえば背中の傷に触れるときはまたあの体勢になるのだと思うと、ノルンだとしてもちょっぴりムラムラする。

今は痛みと恐怖でさすがに勃《た》つことはないが、慣れてきたら久々の人肌につい手が出そうだ。

もしもそうなった場合、ノルンは俺を抱いてくれるだろうか？

俺がノルンを抱くことは……体格差的にも想像できないな。

な～んて、ノルンの意思を無視した下品極まりない妄想を膨《ふく》らませながら、今日も奉仕活動に向かう。

まずは治療小屋の裏庭に積みあがった大量の洗濯物と戦っていると、「アンジェロ様～」と、ミハルがキラキラの笑みを振り撒《ま》きながらやってきた。

「ミハルさん、おはようございます」

「おはようございます。　体調はもういいのですか？」

「はい。昨日しっかりと休ませてもらったので、元気いっぱいですよ」

ニコッと笑って力こぶなんて作って見せると、ミハルは安心したようにまた微笑む。

それからミハルとともに川へ洗濯に向かう。

洗濯物をこれでもかと積んだリアカーは、優しい優しい俺の護衛のノルンさんがなにも言わずに運んでくれた。

大量の洗濯物もミハルの魔法によってあっという間に終わり、青空の下洗濯物を干し終える。

次は治療小屋での手伝いをしに中へ入ると、皆の視線が集まった。

なんだか今までとは違う雰囲気だったので、ビクリと体が震える。

「あ……おはようございます」

「……おはよう」

「おはよう」

いつものように挨拶をすると、治療小屋にいる傭兵たちはポツリポツリと返事してくれた。

——ふぇぇぇ!?　み、皆どうしたの!?

ガタイのいい男たちが恥ずかしそうに挨拶を返してくれる姿は萌え以外のなにものでもなく、その可愛らしい姿に萌え萌えキュンだ。

皆の姿に心の中で悶《もだ》えていると、イーザム爺さんが「おはよ〜さ〜ん」と能天気な様子で奥の部屋から現れた。

「アンジェロ～元気になったか～」

「おはようございます、イーザム様。昨日は休ませていただきありがとうございます。おかげさまで、すっかり元気になりました」

「そりゃ～よかったよかった。儂《わし》の分まで今日からもたくさん働いてもらわんといかんからの～」

「はい！」

イーザム爺さんはニッと笑顔を向けてくれる。

「じゃあ、さっそく回診じゃ～」

イーザム爺さんの言葉に、ミハルと慌てて回診の準備をはじめた。

爺さんは軽傷部屋の傭兵たちの傷を見て、薬草の入った軟膏を塗っていく。爺さんが次々に診察を進めていくのでミハルだけでは包帯の巻き直しが間に合わず、巻き直し待ちができてしまう。

俺も手伝いたいが、以前一度断られたことを考えると……と、もじもじしていると、ひとりの傭兵が俺のほうへやってきて、処置が終わった腕を突き出してきた。

「なぁ、包帯巻いてくれよ」

「へっ……？」

俺に腕を突き出してきたのはキアルだった。

「え、いいんですか？」

「うん。でも、ちゃんと巻いてくれよな。このあと、仕事があるんだから……」

「はい！　しっかり巻き直しますね！」

キアルの言葉に歓喜し、俺は彼の腕にくるくると包帯を巻いていく。

慣れた手つきで巻き直すと、キアルは驚いた顔をしていた。

「へぇ、うまいんだな」

「へへ。たくさん練習してきたので。キアルさん、ありがとうございます」

褒められたのが嬉しすぎてニッコニコの笑顔を向けると、キアルは頬を赤く染めた。

「俺のほうこそ………ありがとう」

キアルは恥ずかしそうな顔で俺に感謝の言葉を伝え、さっとその場から去っていく。

ツンデレの可愛いキアルのうしろ姿を見送り、さぁ〜ミハルを手伝わないとなぁ……と、振り返ると、こちらをじぃぃっと見つめる傭兵たちと目が合った。

「あの、どうしました？」

「……次は俺のを巻いてくれ」

「お、俺もいいぞ！」

「俺も！　俺も！」

「は、はい！」

ゾロゾロと俺のほうにも列ができ、大慌てで追加の包帯を取りに行く。傷の部位に合わせて包帯の巻き方を変えると、傭兵たちは不思議そうな顔をした。

「その巻き方は初めて見るな」

「関節の部分は、こうやって巻くとずれにくくなるんです」

「へぇ～」

膝の包帯を巻き終えると、傭兵は足を動かして巻き具合を確かめ、納得したのかニッと笑顔を見せてくれる。

「ありがとうな」

「いいえ。またズレたら巻き直しますので、いつでも声をかけてくださいね」

「おう」

傭兵たちとのなにげないやりとりを繰り返しながら処置を続けていくと、イーザム爺さんの回診が終わる。

俺も手伝えたのでいつもより早く終わり、片付けをしていると、ミハルが俺のほうへ駆け寄ってきた。

「アンジェロ様！　あの包帯の巻き方はどこで学ばれたんですか⁉」

「えっと、前に本で読んだんですよ」

「そうなんですね！　すっごく綺麗だしズレも少なくて驚きました。よければ、僕にも教えてください！」

「いいですよ。慣れれば簡単にできますので」

目を輝かせるミハルのお願いを断るなんて選択肢はない。俺が頷くと、ミハルは子供のように喜んだ。

それからミハルに包帯の巻き方を教え、いつものように掃除をして怪我人の世話をする、変わらない日々。

でも、ほんの少しだが、皆が俺のことを認めてくれたような気がした。

それから、俺は前線の人たちと徐々に打ち解けるようになっていった。

今ではあちら側から声をかけてくれるようになり、傭兵たちとの仲もゆっくりと深まりつつある。

そして、もうひとつの問題。

背中の傷のほうはというと……

「ふぐ……ん、ぁ……」

「アンジェロ様、もう少し頑張りましょう。昨日よりもいい感じです」

「いいって……やられ、てるほうは……苦痛なんですが……んぁっ！　そこやだぁぁ……」

ノルンの指先は俺の背中を撫で、敏感な部分を刺激する。たまらず俺はノルンの背中を抱きしめ、声を抑えるためにノルンの鎖骨に歯を立てる。

「――っ！　アンジェロ様……もう少しの我慢です」

「ンッ……ん、んぁっ……」

ノルンの指先が入ってはいけない場所へクンッと入りこむと、俺の体はしなり、声にならない悲鳴が上がった。

大丈夫だと俺の体を抱きしめるノルンの腕に力がこもり、不安と苦痛をやわらげてくれる。

ぐちゅぐちゅと中を撫でられるたび、涙がポロポロ溢れ頬を濡らした。

「ノ、ルンさん……もぅ、無理……」

「アンジェロ様……」

くったりとノルンの胸に頭を擦《す》り寄せると、ようやくノルンの指が俺の中から出ていく。

……と、文字に起こすとなんとも卑猥《ひわい》なやりとりだが、俺たちがしているのは治療行為だ。

傷に触れる特訓をはじめて一週間。

特訓のおかげで触れられることに慣れてきたので、イーザム爺さんに治療を頼むことにした。

イーザム爺さんは再度俺の傷をマジマジと診察すると、不用意に指を傷の窪《くぼ》みに入れてきた。

俺は「ふぎゃぁぁぁあ！」と、情けない悲鳴を上げる。

爺さん曰《いわ》く、ノルンや爺さんが触れたことにより、傷が炎症を起こしているとのことだった。

呪いを受けた傷にはよくあることらしく、爺さんは傷を治してから治療をはじめようと軟膏をくれた。しかし、その軟膏を塗る処置はただ触れられるよりも数倍痛い。

さすがの俺も心が折れそうだ。

「しっかり中まで薬を塗り込めましたね。これでアンジェロ様の傷が少しでもよくなるといいのですが……」

「……これでよくならなかったら、イーザム様を恨《うら》みます」

俺の涙とよだれでぐしょぐしょに濡れたノルンの肩をタオルで拭いてやると、ノルンは目を細めて嬉しそうに微笑む。

鼻水まで垂らす俺とは違い、綺麗な顔で笑うノルン。なんだかノルンは傷の治療をするようになってからイキイキしている気がする。

もしかしてコイツはSなのか？　俺が痛がる様子を実は喜んでいるのではないのだろうか？

そう考えると、魔法を使えるようになるための手伝いをしてもらっているが……ムカついてきた。

前のようにあからさまな嫌味は言わなくなったが、常に冷静沈着な男が動揺する姿を見てやりたい、なんて悪い考えがチラリと浮かぶ。

どうすればノルンを動揺させられるだろうかとノルンの腕の中で悪巧みしていると、パッと名案を思いつき、俺はニヤリと口角を上げた。

「あの、ノルンさん……」

「どうしました？」

ノルンの胸元から顔を上げ、息を荒くして瞳を潤《うる》ませながら上目遣いをする。そして下半身をよじらせ、縋《すが》るようにノルンのシャツを握りしめ……俺は恥ずかしそうにこう告げた。

「僕、なんだか……下半身が……熱いんです……」

ノルンは口を半開きにしたまま目を見開く。

想像通りの反応に、心の中でクケケケと小悪魔アンジェロが高笑いしている。

——さぁ、ノルン。慌てふためく姿を見せるがよい！

ノルンのシャツを握る手をぎゅっと強め、キラキラおめめでノルンを見上げる。するとわずかな逡巡のあと、ノルンがためらいながら口を開いた。

「アンジェロ様……それはつまり、興奮してしまった、ということでしょうか？」

「わからないんです。僕、こんなこと初めてで……おかしくなってしまったんでしょうか？　助けてください、ノルンさん……」

逃がさないよう、トドメとばかりに懇願《こんがん》すると、ノルンは慌てふため……くことはなく、平常通りの顔をしている。

「安心してください、アンジェロ様。それは健全な男子であれば誰しも起こる生理現象です」

「へっ……？」

「アンジェロ様は、自慰《じい》をしたことはありますか？」

「ふぇぇぇ!?」

ノルンが真面目な顔で斜め上の質問をしてくるので、逆に俺のほうが真っ赤になって慌てふためいてしまう。

前世ではヤリまくりビッチだったのでオナニーくらいしたことあります！　などと答えられるはずもなく口ごもっていると、ノルンは俺の体を抱え上げて体勢を変えた。

ノルンに背中を預ける体勢にさせられ、「え？　え？」と混乱していると、耳元でノルンが囁《ささや》く。

「いいですか、アンジェロ様。健全な男子は興奮した状態に陥《おちい》ると、下半身が自然と熱を持ってしまうことがあります。しかし、それは恥ずかしいことではありません。対処方法を知っていれば問題はありませんので、私がその方法を教えますね」

「え？　あ、ちょっと、ノ、ノルンさん!?」

ノルンは俺の下衣をためらいもなく下げると、ゆるく勃《た》った可愛らしいアンジェロのモノに手を添えた。

——にゃ、にゃ、にゃんにゃんだ！　この変態は—!!

まさかの展開に大混乱し、ノルンの行為を止めるという選択肢が浮かぶこともなく、ただされるがままになってしまう。

「こうやって手で陰茎《いんけい》を包み込み、ゆっくりと上下に扱《しご》いていくんです。そうすれば陰茎《いんけい》は硬さを増し、射精の準備をはじめます」

耳元で囁《ささや》かれる甘い甘いノルンの声が頭の中に響き渡り、アンジェロの下半身はノルンの言葉通り硬さを持ち、ピョコリと頭を持ち上げる。

「上手ですね、アンジェロ様。さぁ、ご自分でも触れてみてください」

ノルンは俺の手を取り、自分で握るように促す。

言われるがまま自分のモノを握りしめると、ノルンが手を重ねてきて、動きを指南《しなん》しはじめた。

「あまり強く握りすぎると痛いですから、まずは優しく握りましょう。慣れてくれば力加減がわかると思いますので、自分が気持ちいいと思うペースで扱《しご》いていきましょうね」

「ひゃ、ひゃい……」

ド真面目でド丁寧なノルンのオナニー講座に流されるまま、上下に手を動かしていく。

ノルンの指は細く綺麗に見えるが、皮膚は厚く、騎士として鍛錬を積み重ねてきたのがわかる指先に興奮が高まる。

人に見られ、触れられながらオナニーをするなんて思いもしなかったアンジェロのモノは、恥ずかしさと快楽に素直に反応し、先端から雫《しずく》が溢れ出る。

「アンジェロ様、先端が濡れてきているのがわかりますか？　気持ちよくなってくるとこうやって勝手に出てきますが、異常なことではありません」

トロリと溢れた先走りが俺とノルンの手を濡らし、扱《しご》くたびにヌチュヌチュと卑猥《ひわい》な音が部屋の中に響き渡る。

アンジェロの体になってから初めての性的な行為は、頭も体も蕩《とろ》けそうなくらい気持ちがいい。

あぁ、前世で初めてオナニーしたときもこんな感じだったっけ……

そんなことを考えながら、ゆっくりと扱《しご》いていた手が少しペースを上げる。

気持ちよくて自然と腰が揺れ、それに合わせてリズムよく扱《しご》いていくと、下半身の熱が押し寄せてくる。

「ふっ……ぁ……ん……で、そう……です……」

「上手ですよ、アンジェロ様。さぁ、手を止めずにこのまま出してしまいましょう」

「ん、あっ！　んっ……んん……ん………ぁっ……」

ノルンに見守られながら腰を反《そ》らし、俺はあっけなく果ててしまった。

射精のタイミングがわかっていたのか、ノルンは俺の精液を上手に手で受け止めてくれた。

イッたあとの余韻《よいん》に浸りながらノルンの胸に体を預け、荒くなった呼吸を整える。

蕩《とろ》けた頭が少しずつ冴《さ》えてくると、当初の予定とは大幅に狂った状況に困惑してきた。

——ど、どうしてこうなった……

心の中で戸惑っていると、そんな俺のことなど気にする様子もなく、ノルンが俺の頭を優しく撫でてきた。

「上手に達することができましたね、アンジェロ様」

ノルンは初めてのオナニーを褒めてくれるが、そもそも他人のチンコに触れるのに抵抗がないのだろうか。

もしかして、日頃からこんなことしてんのか？

「あの……ノルンさんはいつもこのようなことを人に教えているんですか？」

「いつもではありませんが、騎士としての教育の一環として後輩に教えることはあります。性的欲求を放置しておくと、いろいろと揉めごとが起こりますので、自己解決することは大切なんですよ」

「そ、そうなんですね……」

ノルンはなにごともなかったかのように俺の衣服を整え、明日も早いからと俺を寝かしつけた。

しかし、爽やかな顔でノルンが告げた事実に俺の妄想は止まらない。

妄想の中で神殿騎士たちが繰り広げるハレンチな行為の数々と、ノルンに施《ほどこ》された自慰指南《じいしなん》を繰り返し思い出してしまい……俺はその晩、一睡もできなかった。

それからも、夜な夜なハレンチな妄想が俺を襲《おそ》った。

満月の夜に開かれる神殿騎士たちの卑猥《ひわい》な乱交パーティー、新人童貞騎士初めての筆下ろし、君主を守るために犠牲になった騎士が敵に性的快楽を叩き込まれる……ｅｔｃ。

ノルンを見つめてはそんな卑猥《ひわい》な妄想を繰り広げてしまいつつ、俺は今日も元気に奉仕活動を行うのだった。


重傷だった三人は治療がうまくいったようで、みるみるうちに元気を取り戻していった。

アドリスやランドルは手足の傷だけだったので、もう軽傷部屋へ移動している。

「おはようございます、アドリスさん。傷の具合はどうですか？」

「あぁ、ずいぶんいいよ。この調子なら来週には前線に戻れると、イーザム様に言われたんだ」

「それはよかったですね」

あれだけの傷を負《お》ったのに、前線に戻ることにためらいがないなんてすごいな。

アドリスは治りかけの腕や足を動かしながら調子を確かめている。

その隣のベッドでは、アドリスの言葉にランドルが顔をしかめていた。

「アドリスさん、もう前線に復帰するつもりなんすか」

「あぁ。お前も傷が治ればまた前線に戻るんだぞ」

「えぇぇぇ〜〜。俺はもう少し心の休息が欲しいっす」

「バカ言うな。俺らが倒れてる間も魔獣は襲《おそ》ってくるんだぞ。村を守るためにも、男なら気合い入れろ、気合い」

アドリスはランドルの丸まった背中を叩く。

「ひぅっ！　ちょ、アドリスさん！　俺、背中にも傷があるんすよ〜」

「擦《す》り傷だろう。それくらいで喚《わめ》くな」

「そんなぁ〜ひどいっすよ〜。怪我人は大人しくしとかないといけませんよね？　アンジェロ様？」

メソメソした顔でランドルは俺に助けを求める。

「そうですね。傷がしっかり治るまで、安静にしておくことは大切ですね」

「ほらっ！　聞きましたかアドリスさん！」

「ですが、ずっと体を動かさないでいると、体の関節が固くなって動きが悪くなります。傷の痛みが我慢できる程度であれば、少しずつ体を動かしておくのも大切ですよ」

「へぇ〜アンジェロ様って物知りなんっすね」

「本を読んだだけですよ」

「そんなことないっす！　俺たちが怪我したときのアンジェロ様は誰よりも頼もしくて、すごくカッコよかったです！」

ランドルは俺の手を取り、羨望《せんぼう》の眼差しで見つめてくる。

魔法を使えない俺はそんなに役には立っていないんだが……

そう思いながら微笑みかけていると、背後からノルンの不機嫌な声が聞こえてくる。

「アンジェロ様。洗濯がまだなので、先にそちらを終わらせたほうがよろしいのではないでしょうか？」

うしろを振り向くと、ノルンの視線が俺とランドルに突き刺さった。

あぁ、仕事もせずに遊んでると思ってんだな。

「そうですね。アドリスさん、ランドルさん。またうかがいますね」

「あぁ、また頼むよ」

「アンジェロ様〜、必ず来てくださいね〜！」

二人に見送られ、急《せ》かされるように洗濯場へ向かう。

今日はミハルがいないので、洗濯をメインで行うのはノルンだ。

大量の洗濯物を大きな桶《おけ》に投入し準備を終えると、ノルンは風を起こして豪快に洗濯をはじめた。

ノルンは風の属性で加護も授けられているらしく、通常の人よりも大きな風魔法が使えるらしい。

ミハルが使っているのより数倍大きな桶《おけ》での洗濯でも、ノルンにかかればちょちょいのちょいだ。

洗濯のために魔法の修練を積んできたわけではないだろうが、使えるものは使わないともったいない。

――ノルンよ。お前を洗濯大臣に任命しよう。

そう心の中で呟きながら、俺は細かな汚れを手洗いしていく。川辺にしゃがみ込んでゴシゴシ洗う地道な作業を繰り返していると、袖をクイクイと引っ張られた。

振り向くと、くるんくるんの癖っ毛を長く伸ばした、六歳くらいの可愛らしい女の子がいた。

女の子はまん丸の目で俺の顔を覗き込み、不思議そうに首をかしげている。

「おねぇちゃんは、なんで魔法を使わないの？」

「え？　あ〜えっとぉ……」

『おねぇちゃん』と呼ばれたことを訂正するべきか、魔法が使えないことを説明するべきか迷っていると、洗濯大臣ことノルンが少女に声をかける。

「アンジェロ様は女性ではなく男性だ」

「えぇっ⁉　そうなの？　すっごく綺麗だからおねぇちゃんかと思った。……ほんとだ。うちのお姉ちゃんよりもお胸ぺったんこだね」

少女は俺の胸をマジマジと観察すると、女性ではないことを納得したようだ。

「そうなんだ。僕は男なんだよ」

「男の人でもこんなにきれいな人がいるんだねぇ～。ねぇねぇ魔法は？　お兄ちゃん、魔法使わないの？」

「……そこの君。アンジェロ様は貴族であり『お兄ちゃん』と呼ぶのは……」

「ハハ。いいんですよノルンさん。あのね、僕は魔法を使わないんじゃなくて、使えないんだ。怪我しちゃって、魔力が途切れているんだ」

そう説明すると、好奇心いっぱいだった少女の顔がゆがみ、心配そうな表情に変わる。

「そうなんだ……。傷はまだ痛いの？」

「ううん。もう痛くないよ」

俺の言葉に少女はパッと顔を明るくし「よかった」と笑う。

花の咲いたような可愛らしい笑顔がなんとも眩しく可愛い。

「お兄ちゃんが魔法使えないなら、ミカも洗濯手伝ってあげようか？」

「え？　ミカちゃんは魔法使えるの？」

「うん！　ミカは水魔法が使えるから、お水出してあげるね」

ミカはそう言うと、両手から水をちょろちょろと出しはじめる。

「ミカのお水で洗濯していいよ！」

「ハハ。ありがとう～」

チョロチョロと流れ出るミカの水で洗濯物を手洗いしていくと、なんだかいつもより汚れの落ちがいい気がする。

「ミカちゃん、ありがとう。ミカちゃんのおかげで洗濯が早く終わったよ」

「エヘヘ～」

嬉しそうに笑うミカを見ていると、髪の毛に葉っぱがついているのに気がついた。

「ミカちゃん、髪の毛に葉っぱがついてるよ」

「え？　どこどこ？　お兄ちゃんとって～」

「いいよ」

くるんくるんの柔らかな癖っ毛に絡まった葉を取ってみせると、ミカは「ありがとう」と言いながら、背中まで伸びた長い髪の毛をいじる。

「ミカの髪の毛くるくるだから、いっつもなにかがついてくるんだよ～」

「ミカちゃんの髪の毛はふわふわだからかな～。髪の毛は結ばないの？」

「ん～結んだら可愛くないから嫌～」

「そっかぁ……あ！　じゃあ、洗濯を手伝ってくれたお礼に、ミカちゃんの髪を可愛く結んであげるよ」

「お兄ちゃんそんなことできるの？」

ミカは俺の言葉に目をキラキラさせた。早く結んでとゴムを渡し背中を向けてきたので、俺は柔らかなミカの髪の毛に触れる。

両サイドから編み込んでいき、みつえり部分でゆるく束ね、毛束をふわふわに整えれば完成だ。

「これで完成。ミカちゃん、すごく似合ってるよ～。ね、ノルンさん」

「はい。すごく可愛いですね」

「ほんと！　え～どんな感じなんだろう！」

ミカはソワソワしながらまとまった髪の毛に触れている。

まさか姪っ子にせがまれ特訓させられたヘアアレンジがこんなところで役に立つとは思わなかった。

どんなときでも、可愛くいられるのは嬉しいものだよなぁ～。

そう思っていると、少し離れた場所からミカの名前を呼ぶ声が響いた。

「ミカ！　ミカー！」

「あっ！　エイラお姉ちゃんだ。お姉ちゃーん！」

ミカは声のほうに向かって手を振る。

姉はミカの姿を見つけると、すぐに駆け寄ってくる。

「こら、ミカ！　勝手に歩き回っちゃダメだっていつも言ってるでしょ！」

「ごめんなさぁ～い。ねぇねぇ、髪の毛結んでもらったんだよ！」

「髪の毛って……なにこれ！　すごく可愛い！　誰にやってもらったのよ！」

「エヘへ～。お兄ちゃんだよ～」

ミカが俺を振り向くので、ニコッとミカの姉エイラに微笑みかける。

するとエイラは顔を青くし、コソコソとミカに話しかけた。

「バ、バカ！　この人には近づいたらダメだって母さんに言われてるでしょ！」

「なんで～？　お兄ちゃん怖い人じゃないよ？　皆が言ってたみたいに、ミハルお兄ちゃんやきれいな従者のお兄さんをコキ使ってもなかったよ～？　洗濯に魔法も使わない、おたかくとまったひとじゃなくて、使えないんだよ！」

「おバカ！　声が大きい！」

ハハ……、丸聞こえだし、洗濯場に来ていた村の人たちには俺がそんな風に見えてたのか。

俺は苦笑いしながら二人のかけ合いを見守る。

「だからね、ミカが洗濯を手伝ってあげたの。そしたら髪の毛結んでくれたの～。お兄ちゃんすっごく優しいんだよ！　ねっ！」

ミカが笑顔を向けるので俺も笑顔で手を振ると、エイラは申し訳なさそうに頭を下げてきた。

「すみません、妹がお世話になりました」

「いえいえ。こちらこそ手伝ってもらってすごく助かったよ。ありがとうね、ミカちゃん」

「うん！」

「じゃあ、ミカ、帰るよ。お母さんも捜してたから……」

「は～い！　じゃあ、お兄ちゃんたちバイバ～イ」

無邪気に手を振るミカと、礼儀正しく頭を下げてミカの手を引くエイラに手を振り見送る。

ふと隣のノルンに視線を向けると、なんだか仏頂面が険しさを増していた。

「アンジェロ様。子どもとはいえ、あのような言われ方をして腹が立たないのですか？」

「あのような？」

「アンジェロ様のことを『お兄ちゃん』と呼んで……、それに、アンジェロ様が魔法を使っていないからと悪い噂まで立っていることもです」

「あ～……まぁ、別にいいんですよ。誰だって見知らぬ人が来たら警戒しますし、それが貴族となればなおさらだと思います。それに、実際僕は洗濯場に来ても手洗いくらいしかできないので、言われていることはあながち間違いではないですし」

へへ……と笑っていると、ノルンがなんだか憐《あわ》れんだ目で俺を見てくるので少しムカついた。

そして次の日。

今日も元気に洗濯をしていると「お～い！」と明るい声が聞こえて、ふわふわの栗毛を揺らしながらミカが満開の笑顔でこちらにやってきた。

「アンジェロお兄ちゃん！　おはよう～」

「おはようミカちゃん。今日はどうしたの？」

「今日もね、お洗濯手伝おうと思って」

「そっか～。でも、またひとりで来たら……」

「今日はお姉ちゃんもいるよ」

「え？」

ミカのうしろから、もじもじしながらエイラが歩いてきていた。

「おはよう……ございます」

「あのねあのね、お兄ちゃん。お姉ちゃんもお手伝い一緒にするから昨日みたいに髪の毛を結ってほしいんだって！」

「あ、ミカ！　いきなりそんなお願いしちゃ失礼でしょ！」

「昨日の髪型、気に入ってくれたの？　嬉しいなぁ～。僕は構わないよ」

俺の言葉にエイラは驚き、それからホッとしたように頬をゆるませる。エイラもミカとよく似た可愛らしい顔立ちをしていて、将来は美人さん確定だ。

そんな可愛い二人にお願いされたら、髪の毛を結ぶなんて大したことではない。

「じゃあ、私は洗濯を手伝いますね！　ミカは水汲み手伝って！」

「はぁ～い！」

「ふふ、二人ともありがとう」

美少女たちの頑張る姿に癒《いや》されながら洗濯をする。人が多い分、いつもより早く終わった。

手伝ってくれたお礼に二人の髪を結《ゆ》ってあげると、ミカとエイラは嬉しそうに顔を綻《ほころ》ばせ、互いの髪を見て褒め合っていた。

それから姉妹はたびたび俺のところに来ては洗濯の手伝いをしてくれるようになった。

髪を結《ゆ》うときはいつも嬉しそうに笑う二人に、俺もなんだか嬉しくなって、二人が来る日に合わせて使っていない綺麗なスカーフを持っていった。

「今日はこのスカーフでリボンを作るね」

「えぇ！　そんな綺麗なスカーフを使っていいんですか？」

「うん。僕は使わないから。使ってあげないと可哀想だし、スカーフもどうせなら可愛い子に使われたほうが嬉しいだろうからね」

そう言うと、エイラは頬を赤くした。

可愛らしい仕草に俺の頬もゆるみっぱなしだ。彼女の髪の毛を編み込んでひとつにまとめ、最後にスカーフを結んで大きなリボンにする。

エイラの出来栄えを見てミカは爛々《らんらん》と目を輝かせ「可愛い～！」を連発していた。

その後、ミカもエイラと同じようにセットすると、二人は大満足という顔で手を振り、去っていった。

可愛い二人の姉妹と俺の交流は、少しずつ村の人々の間で噂されるようになった。

噂の内容は、わがままで傲慢《ごうまん》な公爵家の坊ちゃんが可愛い髪型を教えてくれる、という不思議なもので……話を聞いた村人たちは皆、首をかしげていたとノルンから聞かされた。

俺はおかしな噂話に笑ったが、ノルンはちょっぴり不服そうだった。

「笑いごとではありませんよ、アンジェロ様」

「ハハ、いいじゃないですか。ミカちゃんたちをいじめてるとかじゃないんですし。これからは、手先が器用で女の子を可愛くできる公爵家の坊ちゃんですって自己紹介しますよ」

「それでは、公爵家の人間としての威厳《いげん》が……」

「今の僕には威厳《いげん》なんて不要ですよ。貴族という肩書きは、前線では役に立ちませんから。僕としては、他の人たちともミカちゃんたちのように交流していきたいと思っています」

そう言って笑いかけると、ノルンは諦めたように「わかりました」と納得してくれた。


背中の傷に薬を塗るようになって一週間、ようやく炎症が落ち着いてきた。

毎日ノルンに泣かされながら薬を塗ってもらった効果が表れたことに安心し、イーザム爺さんの診察を受ける。

「傷は問題なさそうじゃな。ほいじゃ～治療をはじめるぞーい」

「お願いします」

間の抜けたイーザム爺さんの言葉とともに、そっと背中に手が触れる。触れられたときに響き出すアンジェロの泣き叫ぶ声も、今ではだいぶ小さくなった。

けれど、魔力管に治癒《ちゆ》魔法をかけられるときの激痛は変わらない。

気絶して倒れないようにと、治療を受けるときはノルンに抱っこしてもらうという情けない構図だ。

背中に温かさを感じると同時にナイフを突き立てられるような鋭い痛み。

痛みに耐え、ノルンの胸に顔を埋めて歯を食いしばると、いつものように抱きしめられる。

「アンジェロ様。深呼吸です。力を抜きましょう」

「は、ぃ……」

ノルンが傷の部分を避けながら背中を撫でてくれる。深呼吸すると少し力が抜け、さっきよりも痛みが和《やわ》らいだ。

イーザム爺さんも俺の様子を見ながら治《ち》癒《ゆ》魔法の威力をコントロールしてくれている。

「ほほぉ〜なかなかいい感じじゃな。この調子なら、魔力管の修復は思ったより早そうじゃ」

「ひぅぅ……よかった……ですぅ……」

イーザム爺さんの言葉に歓喜する暇もなく治療は続き、痛みに耐えていく。数十分にわたる治療が終わる頃には、ノルンの胸におでこを擦《す》り寄せぎゅうぎゅうに抱きしめられていた。

くそぉ……、これがガリウスさんなら恋がはじまるビッグイベントなのだが、相手が堅物ノルンなのでなにもはじまる気配がない。

でも、体はしんどいのでこのまま抱きしめてもらう。

「お疲れさん。思っていたよりも治療が進んだぞ〜。魔力管の損傷の具合を確かめるために、少し魔法を試してみるかの」

「もう、使えるんですか？」

「うむ。簡単なものならできるじゃろ。ついでに属性も判定してみるかの。あ〜属性判定の簡易魔道具がたしかこの辺りにあったはずなんじゃが……」

イーザム爺さんは「これじゃない〜これでもない〜」と、机の引き出しの中身をポイポイと外に放り出していく。そうして部屋を散らかしながら引き出しの最奥にあった丸い球を取り出し「あったぞ〜い」とこちらへ戻ってきた。

目の前にドンと置かれた水晶玉。アンジェロの記憶に、この水晶玉の情報はない。

「この水晶玉は微量の魔力を吸い取り、魔力の色を映し出して属性を教えてくれるのじゃ。火属性なら赤、風属性なら緑といったようにな〜。ちなみに、聖属性ならば……」

イーザム爺さんは言いながら水晶玉に触れる。

触れた部分から白いモヤが流れ出して渦を巻き、透き通った水晶玉はあっという間に白く染まっていった。

「この白が聖属性の証じゃ。アンジェロも自分の属性を知っておけばなにかと便利じゃし、適した属性の魔法から練習したほうが効率がいいからの〜」

「わ、わかりました」

俺は少し緊張しながらそっと水晶玉に触れる。

触れた瞬間、水晶玉の中にはイーザム爺さんのときと同じように白いモヤが流れ出し、渦を巻く。

──これが俺の魔力の色……

「ほぉ〜お前さんも聖属性か。こりゃ早く魔法を使えるように……んっ？　なんじゃこれは？」

イーザム爺さんとノルンは眉間に皺《しわ》を寄せ、水晶玉を食い入るように見つめる。

「どうしたんですか？」

「魔力がやけに輝いておるなぁ。お前さんの魔力は少し特殊のようじゃな」

「たしかに。私も今まで何人もの魔力を見てきましたが、こんなにきらめくものは見たことがありません」

言われてみると、水晶玉はスノードームのようにキラキラと輝いている。

他の人にはない魔力の色。

つまり……チートの予感っっっ!!

今までさんざんだったアンジェロ君にも、ついにご褒美が与えられるんですね!!

神様〜ありがとう〜!!

これから俺はチート治癒士《ちゆし》としてバンバン怪我人を回復させて皆の信頼を得て、最終的には筋肉男子に囲まれるハーレムエンドを迎えるんですね！　わかりますっっ！

「しかし、これは困ったの……」

好みの男たちにチヤホヤされる妄想に浮かれていると、イーザム爺さんがポツリと呟いた。

「えっ、魔力がきらめいていると、困ることがあるんですか？」

「そうじゃなぁ〜魔力のきらめきは特殊なものでなぁ、人よりも大きな魔力をもつと言われておる。だが、その大きさゆえに魔力を制御できず暴走し、自らを傷つけてしまうことが多いのじゃ」

つまり、魔法が使えるようになっても暴走してしまう危険があるってことか？

不幸体質すぎるだろアンジェロ〜〜！

「じゃあ、僕は魔法を使えないいんでしょうか？」

「いや、そういうわけじゃないぞ」

「そうなんですか⁉」

「幸か不幸かお前さんは魔力管を傷つけられ、魔力の流れが不完全じゃ。制御しきれないほどの魔力は流れん。今のうちに魔力のコントロールを習得すれば、暴走する恐れはだいぶ減らせるじゃろうな」

「ほ、本当ですか！」

「うむ。練習あるのみじゃ」

イーザム爺さんの言葉に希望が湧《わ》く。

あとは、イーザム爺さんに魔法の使い方を教えてもらって……

「まぁ、魔法についてはノルンに教えてもらうがいいじゃろ」

「え？　イーザム様が教えてくれるのではないのですか？」

「儂《わし》は魔法を教えるのが苦手での～。なんとな～くな感じで使っておるから、うまく説明ができんのじゃ。その点ノルンは真面目すぎるくらい真面目じゃろ？　こういう指導には、ド真面目タイプがピッタリなんじゃ！」

爺さんがそう言うのでノルンのほうを見ると、彼は使命感に満ち溢れた顔でコクリと頷く。

「イーザム様。私が責任を持ってアンジェロ様に魔法の指導をしていきたいと思います」

「ほほぉ～さすがノルン！　頼りなるの～」

「アンジェロ様。魔力のコントロールの訓練、ともに頑張りましょうね」

「ハ、ハハハ、ガンバリマース……」

イーザム爺さんに託された使命に燃えているノルンの横顔。

ノルンの性格からして適当に教えることはしないだろうが、逆に訓練のたびに厳しく指導が入るのは目に見えている。

毎日毎日基礎練ばっかりさせられるんだろうなぁ～と、心の中でドデカいため息を吐いた。

イーザム爺さんの部屋をあとにし、自分たちの部屋に戻ると、ノルンは生き生きした顔で話しかけてきた。

「さぁ、アンジェロ様。さっそく今日から魔力コントロールの練習をはじめましょう」

「ワ～キョウカラデスカ～」

やる気満々のノルンは部屋に帰るなり、そう提案してくる。

治療で疲れたから休みたいと言いたいところだが、今までにないくらいに張り切っているノルンを見ると、とてもそうは言えずに訓練を開始することにした。

「アンジェロ様は、魔力の流れを意識したことはありますか？」

「魔力の流れですか？　いえ、ありません」

「魔力とは、体中を巡る血液のようなものと考えてください。その流れを均一に保ち、放出することで魔法が生み出されます」

「……なるほど」

ノルンの言ってることはさっぱりわからんが、とりあえず頷いておく。

「イーザム様に治療してもらったとき、背中になにか流れ込んでくる感覚がありませんでしたか？」

「そういえば、温かいものが背中を巡る感じがしました」

「それが魔力の流れです。治癒《ちゆ》魔法は魔力の流れを知るのに一番適していますので、今から私がアンジェロ様に治癒《ちゆ》魔法をかけます。その流れを意識してみてください」

ノルンは俺の手を取り、なにやらブツブツ呟いた。触れられたところからノルンの魔力が流れ込んでくるのがわかる。

イーザム爺さんとは違い、少しばかり冷たい感じがするが、これはノルンが風属性を持つからなのだろうか？

いろいろ疑問はあるが、自分がファンタジーの主人公になった気がして、年甲斐《としがい》もなくウキウキしてきた。

「どうですか？　わかりますか？」

「はい！」

「魔力を流すには、魔力が体の中に巡るイメージが大切です。魔法を使うときもイメージをすることが重要になるので、練習をすれば慣れてくると思います」

「わかりました。あの、僕もノルンさんに魔力を流してみてもいいですか？」

「いいですよ。では、魔力を放出するための治癒《ちゆ》魔法の呪文を……」

「じゃあ、やってみますね！」

ノルンの言葉を聞かずに、魔力を体に流し込むイメージをしながら治癒《ちゆ》魔法治癒《ちゆ》魔法……と念仏のように心の中で唱える。

治癒《ちゆ》魔法ってどんなイメージだ？

ゲームとかアニメで見るのはポワワワ～っと温かい光が灯るような印象だけど、そんな感じでいいのかな？

それで治癒《ちゆ》魔法を体中に巡らせるってことは……血管に沿って魔力を流せばいいかな？

イメージを膨《ふく》らませながら、まずはノルンと繋いだ手のひらに魔力を集めるように意識する。すると手のひらがホワリと温かくなった。多分、これが魔力なんだろう。

今度はそれを、ノルンの体に流し込むのを意識する。ノルンの体を俺の魔力で包むように、血管をイメージしながらゆっくりと、ノルンの体中に、俺の魔力が巡るように……

治癒《ちゆ》魔法をかけていると、少しずつ自分の体からなにかが失われていく感覚があった。これが魔力を消費しているってことなのだろうか？

「ア、アンジェロ様……」

集中しているとノルンの戸惑った声が聞こえ、魔力の流れが止まってしまう。

いい感じだと思っていたが、失敗していたのだろうか？

「ダメだったでしょうか？」

「ダメなんかではありません！　すごいですよ、アンジェロ様！　無詠唱で治癒《ちゆ》魔法を発動するだけでもすごいことですが、まさか魔力管の流れに沿って魔力を流し込むなんて……」

ノルン大興奮しながら俺の手を握りしめる。

……ちょっと顔が近いぞノルン。

「それは……いいことなんでしょうか？」

「とてもいいことです！　この調子なら、すぐにでも魔法を習得できますよ」

「え!?　本当ですか！」

「はい」

まさかこんな簡単に魔法を習得できると思ってもいなかった俺は、嬉しさのあまり「やった～！」とノルンに抱きつく。

これで俺も『役立たずのアンジェロ』から『少しは役に立つアンジェロ』にレベルアップだ！

「ノルンさん！　ガンガン特訓お願いしますね！」

「がんがん……？」

「あ～……たくさん練習しましょうってことです」

「なるほど。では、ガンガン特訓しましょう」

ポロリと出た現代語にノルンはクスッと笑みをこぼし、俺たちはそのあともガンガン魔法の訓練を行った。

魔法の訓練をはじめて一週間が経ち、なんと治癒《ちゆ》魔法だけなら安定して使えるようになった！

まだ他の属性は難しく、火は指先にちょびっと灯るくらいだし、水も両手いっぱいの水を溜めるのに数十分かかってしまう。

ミカはチョロチョロと流せるくらい水を出していたので、まだまだ特訓が必要そうだ。

今日も元気に治療小屋で仕事をする合間に、ミハルに魔法が使えるようになったことを伝えてみると、ミハルは自分のことのように喜んでくれた。

「すごいですね、アンジェロ様！　アンジェロ様の属性はなんだったのですか？」

「僕はイーザム様と同じ、聖属性でした」

「わぁ〜、聖属性は、アンジェロ様にピッタリな属性ですね」

「エヘヘ〜」

ミハルに褒められた俺はそうだ！　と、思いついたことを提案する。

「ミハルさんの手のあかぎれを治してもいいですか？」

「え？　こんな傷に魔法を使うなんてもったいないですよ！」

「そんなことないですよ！　むしろ、僕の練習のためと思って付き合ってください」

「じゃあ……お願いします」

ミハルはもじもじと手を差し出した。

その手を取り、傷が治るイメージをしながら魔力を流していく。

ふんわりとした光に包まれ、あかぎれだらけだった手がみるみる綺麗になっていく。

「わぁ……上手ですよ、アンジェロ様！」

「成功してよかったです」

——そういえば、ミハルは右足も悪くしていたよな。治癒《ちゆ》魔法をかければそこもよくなるのかな？

　そう思いながら、ノルンと特訓したときのように魔力を流し込み、ミハルの右足の古傷を包むように治癒《ちゆ》魔法をかける。

　ミハルはなにかに気づいたのか、驚いたように目を見開く。

　――右足の、具体的にどこが悪いんだろう。動かしづらいってことは靭帯《じんたい》とかかな？　それなら足首の靭帯《じんたい》辺りを狙ってみれば治せるかも。

　人体の構造を頭の中で思い描き、本格的に治癒《ちゆ》魔法をかけはじめた途端、魔力の流れが急激に弱まっていく。

　そして、あっという間に体内の魔力がカラになってしまった。

「魔力が切れちゃいました……」

「アンジェロ様、もしかして僕の右足を治そうとしてくれたんですか？」

「あ、はい……実は。治ればいいなぁ～と思って、勝手にすみません。でも、僕ではまだまだ力不足みたいです」

「その気持ちだけでも嬉しいです。でも、こういう古傷は治癒《ちゆ》魔法での治療が効かないことが多いんです。だから、あまり気に病まないでくださいね」

「そうなんですか？　でも、どうして古傷は治せないんでしょうか？」

「イーザム様に聞いたことがあるのですが、塞《ふさ》がって時間が経った傷だと、中でどんな障害が起きているのかわからなくて、治癒《ちゆ》魔法がうまく働かないそうなんです」

――そうなのか。治癒《ちゆ》魔法というのも、そんなに万能ではないみたいだ。

俺がションボリしていると、ミハルは「気にしないでください」といつもの明るい笑顔を見せてくれる。

「さぁ、アンジェロ様。残りの仕事を終わらせてお昼ご飯に行きましょう！」

「はい」

そう言って歩き出した瞬間、ミハルは小さく頭をかしげ右足をくりくりと動かしていた。

「どうしたんですか、ミハルさん？」

「あ、いえ……気の、せいかな？　なんでもありません」

ミハルはそのあとも少し足を気にしていたが、もしや治癒《ちゆ》魔法をかけたせいで状態が悪くなってしまったのだろうか？

そう思い隣で歩くミハルの足の動きを観察するが、右足の上がり方は悪くない。

むしろ以前よりも引きずっていないような気さえする。

確信はできないが、自分の持つ治癒《ちゆ》魔法の可能性に、俺の胸は高鳴った。

第四章

晴天が広がり、絶好の洗濯日和。

今日も大量の洗濯物と戦うために洗濯場へ赴《おもむ》く。

最近、洗濯場はとてもにぎやかで、今日も明るい声が飛び交っている。

「アンジェロ様～！　洗濯終わったよ～！」

「は～い」

「アンジェロ様！　こっちの洗濯物は干し場に持っていきますね」

「わかったよ～」

「アンジェロちゃん、こっちのシーツは破れかけてるから、持って帰って縫《ぬ》っとくね」

「いつもありがとうございます」

ミカとエイラの明るく元気な声と、二人の母親ハンナの頼もしい声。

少し前から治療小屋で使うシーツや包帯などの洗濯を、村の子供たちや母たちが手伝ってくれるようになった。

はじまりはミカとエイラの髪を見た村の女の子たちが二人を問い詰め、俺との関係を知ったこと。

その翌日には、「友達を連れてきたよ～」と、あっけらかんとしたミカと申し訳なさそうにうつむくエイラが村の女の子たちをぞろぞろと引き連れてやってきたのだ。

洗濯を手伝う報酬はもちろん髪結《かみゆ》いで、家から持ってきた綺麗なスカーフやリボンを手にした女の子たちの期待に満ち溢れた顔を見ると断ることなどできなかった。

それから少女たちは数日置きにやってきたのだが、ある日ついに保護者が同伴してきた。

前線の村で家庭を守る母たちのオーラはすさまじく、たくましき彼女たちの姿を目の当たりにした俺は、洗濯していた手を止めた。

『うちの娘になにさせてんだ！』と、怒号を浴びせられるのを覚悟し、顔を青くしていた俺に、一番前にいた癖の強い栗毛の女性が口を開いた。

「はじめましてアンジェロ様。ミカとエイラの母ハンナです」

「は、はじめまして……」

「すみませんが、アンジェロ様に娘のことでお聞きしたいことがあるのですが、今お時間よろしいですか？」

「大丈夫です！」

うわずった声で返事をすると、ハンナの表情はキリッと真剣なものに変わった。

「あの……娘たちにやってくださっている髪の結《ゆ》い方を教えていただけませんか？」

「へっ？」

「もちろんタダでとは申しません。私たちも週に何度かアンジェロ様のお仕事の手伝いをさせていただきます」

「えっとぉ……」

「この条件では難しいでしょうか？」

ずずいっとハンナが圧をかけてくるので、俺はふるふると顔を横に振る。

「手伝いなんてしていただかなくても、髪結《かみゆ》いの方法なら教えますよ」

「本当ですか！　ですが、お手伝いはさせてください。タダより高いものはないと言いますからね」

ニッと笑うハンナにつられ、「わかりました」と苦笑いを浮かべると、うしろにいたマダムたちが喜びの声を上げた。

それからハンナや近隣のマダムたちも加わり、現在にいたるというわけだ。

俺が教えた髪の結び方をハンナたちはすぐに習得し、次の日にはアレンジまで入れてきた。

すでに俺の役目は終わったに等しいのだが、皆、暇を見つけては手伝いに来てくれる。

シーツや枕のカバーが破れていたらハンナたちが繕ってくれ、ミカたちはなにも指示していないのに洗濯をやってのける。

そして、俺は結局また小さな汚れを手洗いする係におさまったのだった。

そんな日々を過ごしていたある日、洗濯終わりにキャンプ地にある集会所の前を通ると、人だかりができていた。

なにか催し物があるような雰囲気ではなく、皆の表情は険しい。

「ノルンさん、どうしたんでしょうか？」

「なにかトラブルでも起きたのかもしれませんね」

ノルンとともに近づくと、ガリウスさんが集会所の奥から姿を現して皆に呼びかけはじめた。

「数日前から、家畜が消えると報告が相次いでいた。俺たちは魔獣に襲《おそ》われたのではないかと思い調査をしていたのだが、今日、その魔獣を特定した。最悪なことに、ゴブリンが近隣で巣を作り、増殖しているようだ」

ガリウスさんの言葉に、皆がざわつきはじめる。

ゴブリンといえば、緑の醜《みにく》い小鬼というイメージだが、実際はどうなのだろうか？

「ノルンさん。ゴブリンとはどういう魔物なんですか？」

「ゴブリンは緑の皮膚をした、人間よりは小さな二足歩行の魔物です。石斧など原始的な武器を使うくらいの知能はあります。単体では、そこまで強い魔物ではありません。ただ、繁殖スピードが速いこと、繁殖をするのに他種族の雌《めす》を借り腹とするため、女性が襲《おそ》われるケースが多く、決して侮《あなど》ってはいけない相手です」

ノルンの説明を聞いただけでも、鳥肌が立つ。もしミカやエイラたちがゴブリンに遭遇してしまったら、最悪の事態が待っているかもしれないってことか。

「恐ろしい魔物ですね……」

「はい。ゴブリン討伐は巣まで壊滅させなければいけないため、騎士団総出で行います。今回も、騎士団と協力して討伐をするのではないでしょうか」

ノルンの言葉に頷きながら、ガリウスさんの話に再度耳を傾ける。

「ゴブリンの繁殖力の高さは皆も知っているだろう。今から討伐隊を編制し、手分けして近くの森から巣の捜索にあたる。戦えるやつらは捜索隊に、怪我人でも動けるやつらは村の警備にあたってもらう」

ガリウスさんはさっそく傭兵たちを集め、捜索隊と警備隊に振り分けていく。

ノルンはなにか気になったのか、ガリウスさんに話しかけた。

「ガリウス団長、少しいいでしょうか？」

「ん？　どうしたノルン？」

「前線都市メンニウスにいる騎士団への協力要請はどうなっていますか？　早馬を飛ばせば二日ほどで合流できると思うのですが」

「騎士団？　んなの来るわけないだろう」

「ですが、ゴブリン討伐は遅れれば被害が拡大します」

「塀《へい》の外の住人への、な。騎士団様には俺たち底辺の人間の命なんざ、どうでもいいんだよ」

ガリウスさんの言葉にノルンは下唇をグッと噛む。否定したいのだろうが、実際に俺たちがやってきてから騎士団の姿を見たことはない。

つまり、東の前線を支えているのはガリウスさんたち傭兵団の人たちだけなのだ。本来そこで戦うべき騎士団は、あの要塞都市で安全に暮らしているということなのだろう。

実際、ガリウスさんたちによると騎士団は塀《へい》の中で自由気ままにやっているということだし。

ならば、なぜ東の前線は過酷だなんて噂が、王都には広がっていたのだろうか？

そんなことを考えていると、ガリウスさんは大袋を抱えて傭兵たちに真っ黒な玉と赤色の玉とを配りはじめる。

「各自『閃光玉』と『狼煙玉《のろし》』を持ち歩け。ゴブリンを見つけ次第、狼煙玉《のろし》で位置を伝えること。襲《おそ》われたときは閃光玉で目をくらませて、とにかく逃げろ。あいつらは群れで襲《おそ》ってくる。決してひとりで戦うな」

ガリウスさんは俺とノルンにも玉を二つずつ渡してきた。

「ノルン、騎士団のことは気にするな。まずは俺たちがやらなきゃいけないことをするだけだ」

「……はい」

ノルンは、ガリウスさんの言葉に表情を暗くしたまま返事をした。

伝達が終わると、傭兵たちは散らばって各自準備をはじめる。

捜索部隊はすでにグループ毎のリーダーが地図を見ながら話し合い、捜索場所を決めていた。

村の警備隊は武器庫から必要な装備を取り出し、備えをはじめる。

慌ただしい雰囲気に、俺はどうしたらいいのかわからずキョロキョロ辺りを見渡した。

「ノルンさん。僕たちはどうしたらいいでしょうか」

「アンジェロ様はいつも通り治療小屋での待機になると思います。ゴブリン討伐では怪我人が多く出ると思いますので、まずはその準備に取りかかりましょう」

「そうですよね！　僕にできることをやらないと」

周りの雰囲気に呑まれてしまったが、自分のやるべきことを指摘されてハッとする。

俺は俺にできることを考えて動かなくちゃいけないよな。

治療小屋に戻ると、軽傷部屋の傭兵の数が減っていた。動ける人たちは手伝いに向かったようだ。

ミハルは忙しそうにベッドの準備や物品の確認に追われている。

「すみません。今、戻りました」

「お帰りなさい、アンジェロ様。ゴブリンの件、聞きましたか？」

「はい。僕はなにをしたらいいでしょうか？」

「では、ベッドの準備は僕がしますので、リネン庫からタオルやシーツなどを持ってきてもらえますか？　それが終わったら、包帯や薬草の準備です」

「わかりました！」

ミハルに言われた通り準備を進めていくと、あっという間に日が落ちていく。

ゴブリンの襲撃に備えて視界をよくするために、いつもより多く松明《たいまつ》が焚《た》かれ、キャンプ地が赤々と染まる。

その光景にゴブリンの恐ろしさを思い知らされ、これからなにが起こるかわからない不安に駆られた。

一通り準備を終え、干しっぱなしだった洗濯物を取り込んでいると、小さな足音とともに少女の声が聞こえた。

「アンジェロ様！」

息を切らしながらこちらに駆け寄ってきたのは、エイラだ。

「エイラちゃん。どうしたの？　今はひとりで外に出るのは……」

「ミカ、ミカは来ていませんか？」

「えっ……？　ミカちゃんなら、ここには来てないよ」

俺の言葉に、エイラが青ざめる。

「ミカが帰ってきていないんです。お昼すぎにアンジェロ様にスカーフを返すんだって言って飛び出して、でも夕方になっても帰ってこなくて……。辺りを捜したけど見つからなくて、そしたら、ゴブリンが出たって聞いて……」

エイラは顔をくしゃくしゃにゆがめるとわっと泣き出してしまう。俺とノルンはエイラの言葉に息を呑んだ。


——ミカが、いなくなった。

一瞬、最悪の展開が頭をよぎり、想像しただけで吐き気がした。

でも、今はそんなこと考えている場合じゃない。

「エイラちゃん落ち着いて。ミカちゃんは僕のところに来るって言ってたんだよね？」

「はい、アンジェロ様に会いに治療小屋へ行くって……」

「わかった。ありがとう、エイラちゃん。ミカちゃんは僕や他の大人がちゃんと見つけるから、ここで待っててくれるかな？」

エイラは涙をはらはらと流しながら見上げてくる。

「ミカを……捜してくれるんですか……？」

「うん。絶対連れて帰ってくるから。安心して、エイラちゃん」

「うぅぅ……アンジェロ様ぁ……」

エイラは泣きながら俺の胸に飛び込んでくる。

小さな体を抱きしめ、大丈夫だと頭を撫でて落ち着かせてから、一旦ミハルに預けることにする。

ミハルに事情を話すと、さっと顔が青くなった。

「僕がエイラちゃんを見ておきますので、アンジェロ様はミカちゃんがいなくなったことをガリウスさんたちに伝えてください」

「ミハルさん、ありがとうございます！」

ガリウスさんのもとへ急ぎ、エイラの話を伝えると、ガリウスさんの眉間の皺《しわ》がぐっと深くなる。

そして、すぐにミカの捜索をはじめるように指示を出した。

「ゴブリンは『女』であれば見境なく攫《さら》っていくからな。早く見つけてやらないと……」

「そう、ですね……」

俺に会いに来る途中で、ミカが失踪した……そのことに、罪悪感と焦燥感でいっぱいになる。

もし、俺がスカーフを貸していなければ、こんなことにはならなかった。

どこにもぶつけることのできない気持ちに、奥歯を噛み締める。

「アンジェロ。あまり思い詰めるな。ミカは必ず俺たちが捜し出すから、お前はエイラと治療小屋で待っていてくれ」

「はい……よろしく、お願いします……」

ガリウスさんの大きな手でポンと頭を撫でられる。

普段なら胸がときめく場面だが、さすがの俺でもこの状況でそんなことは考えられない。

集会所からの帰り道、頭の中はミカのことでいっぱいだった。

ミカの無邪気な笑顔が浮かぶたびに、胸が締め付けられる。

ノルンとともに浮かない顔で治療小屋を目指していると、村へ続く小道が目に入った。

いつもミカが両手を振って、無邪気な笑顔で駆け寄ってくるのを思い出し、俺はグッと拳を握りしめる。

「ノルンさん、お願いごとがあります」

「……ミカちゃんを捜しに行きたいのですね？」

ノルンは俺が言いたいことを、エスパーのごとく察知してくる。

「そうです。ただ待ってなんていられません。一刻も早く捜し出さないと、手遅れになるかもしれません」

俺の言葉にノルンは首を横に振る。

「そんな危険なことを、アンジェロ様にさせるわけにはいきません」

「危険なのはわかっています。なんの力もない僕がひとりで動いたら、周りに迷惑をかけることも……だからノルンさんにお願いしたいんです。一緒にミカちゃんを捜してください。お願いします」

「ですが……」

「お願いします、ノルンさん！」

ノルンの手を握って懇願《こんがん》すると、俺の熱意が伝わったのか、ノルンはしばらくして小さく頷いた。

「………わかりました。ですが、絶対に私のそばを離れないでください。私が危険だと判断したら、すぐに戻ります。いいですか？」

「はい！　ありがとうございます、ノルンさん！　さぁ、早く行きましょう！」

俺とノルンは近くにあった松明《たいまつ》を手にし、ミカを見つけるべく薄暗くなった道を歩きはじめた。

辺りはどんどん暗くなり、頼りない松明《たいまつ》の明かりが足元を照らす。

森を突っ切るように作られた小道は、視界をよくするために切り開かれてはいるものの、日が落ちれば明かりもないため、森の中にいるのと大差ない。

――早くミカを見つけないと。

ミカとの記憶をたどり、なにかヒントになることはないかと考えていると、ミカとこの道を歩いたときのことを思い出す。

『アンジェロ様、もう少し歩くと、ハートの形をした葉っぱの木があるんだよ』

『へぇ～。すごく可愛い木なんだね～。もう、見えるの？』

『ほら、あそこ！　実はね、あの木の奥にミカの秘密基地があるの。すっごくおっきな木があって付け根が大きな空洞になってるんだよ！　まだ誰にも教えてないんだけど、今度アンジェロ様を連れていってあげるね！』

『そうなんだ、楽しみだな～』

ミカの言っていた『秘密基地』という言葉が引っかかる。

「ノルンさん。ミカちゃんは前に、この森の奥に自分の秘密基地があると言っていました。そこにいるってことは、考えられないでしょうか？」

「……可能性がないとは言えませんね。完全に日が落ちる前に、行きましょう」

「はい！」

ハート型の葉の木を通りすぎ、森の茂みをかき分けながら十分ほど歩くと、見上げるほどの大木が現れた。

長い枝が風に煽《あお》られ、葉が擦《こす》れ合う音は夕闇の中で不気味に響く。

幹の周りをぐるりと回るとポッカリと空いた根元が見え……そこから、ヒクヒクとしゃくり上げる少女の声が聞こえた。

松明《たいまつ》で中を照らすと、俺の渡したスカーフを握りしめたミカがうずくまっていた。

「ミカちゃん！」

声を出して駆け寄ると、ミカは俺を見つめ、大きな目をいっぱいに見開いて涙を浮かべる。

「アンジェロ、お兄ちゃん……」

「どうしたの？　皆が心配してるよ」

ミカのそばに寄って手を取ると、その手はカタカタと震えていた。手に持っていたスカーフはぐっしょりと濡れていたので、俺の新しいハンカチと交換して涙を拭う。

「緑の、魔物が……追いかけてきて……怖くて……隠れてたの……」

「緑の魔物……」

その言葉を聞き、ミカが無事でいてくれた安堵《あんど》感は消え、緊張が走った。

ノルンは腰に携えていた剣に手をかけ、周囲を警戒する。

俺はミカを不安にさせないよう、いつものように笑いかけた。

「頑張ってここに隠れてたんだね。僕とノルンさんが来たから、もう大丈夫だよ。さぁ、帰ろう。ミカちゃん、歩けるかな？」

ミカは俺の言葉にふるふると顔を横に振る。

「逃げるときに……足をくじいちゃった……」

ミカは左足首を撫でてそう言った。その足に触れると、彼女は痛そうに顔をしかめる。

「私がミカちゃんを背負います」

「ありがとうございます、ノルンさん」

ミカの手を取ってなんとか立たせると、ノルンが背中に彼女をおぶる。

空洞から出たときには、外はすっかり暗闇に包まれ、松明《たいまつ》の明かりだけが赤々と俺たちを照らしていた。

闇に呑み込まれたような雰囲気に、不安と恐怖が強くなる。

「さぁ、早く戻りましょう」

来た道を戻ろうと足を踏み出したとき、今まで聞いたことのない鳴き声が茂みから聞こえた。

「……ギイイイ」

気味の悪い呻《うめ》き声は徐々に大きくなり、俺とミカの顔が引き攣《つ》る。

「ミカちゃん、しっかり掴まっていてください」

ノルンはそう言うと、松明《たいまつ》を置いて腰に下げていた剣を抜き、声のするほうに切っ先を向けた。

茂みの揺れがどんどん広がり、呻《うめ》き声の数も増していく。

そして、ついに茂みの奥から姿を現したのは、俺の半分くらいの背丈しかない醜《みにく》い魔物だった。

頭から足先までを覆う緑色の皮膚。垂れた大きな鼻に、ピンと尖《とが》った鋭い耳。

人よりも大きく裂けた口からはだらしなくよだれが垂れ、ギョロリとした目が俺たちを見て怪しげに弧を描く。

――これがゴブリン……

想像していたよりも気味の悪い姿にヒュッと喉が鳴る。思わず足を止めてしまうと、隣にいたノルンが声をかけてきた。

「アンジェロ様。ゆっくり、私のうしろまで下がってきてください」

「はい……」

ゴブリンたちから目を逸さずに、震える足でゆっくりと下がっていく。茂みからは続々とゴブリンが現れ、いつの間にか数十頭ほどに増えていた。

「ノルンさん……どう、したら……」

「今の状況では逃げることが最善です。閃光玉を使いますので、合図したら目を閉じてください」

ミカは怯えながらもノルンの首にしっかり掴まり、俺は静かに合図を待つ。

じりじりと近づいてくるゴブリンたちは、獲物を追い詰めていく楽しさからなのか甲高い笑いのような不快な声を上げる。

「目を閉じてくださいっ！」

ノルンの言葉にギュッと目を瞑《つむ》ると、瞼《まぶた》の裏からでも眩しい光が入り込んでくる。それと同時にゴブリンたちの苦しむ声が耳に入った。

「アンジェロ様！　走ってください！」

「は、はい！」

ノルンに手を引かれ、俺は目を開く。ゴブリンたちは目を押さえ、のたうち回っていた。

俺たちは来た道を全力で走った。

うしろを振り向かず、前だけを見て必死に村を目指す。まずは開けた道を目指すが、十分ほどの距離がとても長く感じた。

草木をかき分けながら足元の悪い森の中を震える足で走っていると足がもつれて、繋いでいたノルンの手を離してしまう。

「アンジェロ様、大丈夫ですか？　もう少しです、頑張りましょう」

「は、い……」

差し出されたノルンの手を再び取ろうとしたとき、なにかが俺の脇腹に突撃してきた。

鋭い痛みに呼吸が止まり、俺の体はそのまま真横に吹き飛ばされていた。

「アンジェロ様ッッ!!」

初めて聞いたノルンの叫び声と、脇腹に走る激痛。

なにが起こったのかわからず、ノルンのほうへ視線を向けると、彼は俺の名を叫びながらなにかと戦っていた。

痛む体をなんとか起こそうとするが、体が重い。

わけがわからず自分の体に視線を落とすと、俺の上にのしかかる生温かい物体に気づいた。それはもぞもぞと動くとギョロリとした目玉をこちらに向け、低い声を上げた。

「ギィイイ……」

――ゴブ……リン……

心臓が大きく跳ねた瞬間、森の茂みから数本の手が伸びて俺の服を掴み、乱雑に茂みの中へ引きずり込んだ。

「いやだ！　やめっ、――っ！」

「アンジェロ様！　アンジェロ様――！」

なんとか抵抗しようともがくが、乱暴に引きずられ、後頭部を木の幹で強打する。

目の前が真っ白になり、意識が薄れていく。

――ノルン……たすけ、て……

ノルンの声はどんどん小さくなり、俺はそのまま意識を失った。

ギィ……ギッ…………ギィィィ…………

気味の悪い声と生臭いにおいで目が覚めた。

うっすらと目を開くと、松明《たいまつ》に照らされた土壁が見える。

多分、森の中の洞窟にでも連れ込まれたのだろう。

そして、ゆらゆらと揺れる光に照らされて、大中小様々なサイズの魔物が俺を取り囲んでいた。

品定めをするような視線が突き刺さり、恐怖でうまく呼吸ができない。

ゴブリンたちは俺が目を覚ましたことに気づくとケタケタ笑い声を上げ、こちらの顔を覗き込んできた。顔を近づけられると、生臭い吐息に思わずムセる。

やつらはふぞろいな歯を見せつけるように、ニィと口角を上げる。

俺は体をよじらせ逃げようとするが、両手が縛り上げられていた。

というか、逃げようにも土壁で囲まれた狭い空間には逃げ場などない。

唯一の逃げ道は、無数のゴブリンの後方にある。

つまり、絶望的状況に陥《おちい》っているようだ。

――……最悪だ。

頭の中に浮かび上がるのは『死』という一文字。

ゴブリンたちに痛めつけられながら死を待つ自分を想像すると、ゾッとして泣きたくなってくる。

体を震わせながらゴブリンたちのほうを見つめると、彼らは互いにギィギィと声を発し、なにやら話をしているようだった。

しばらくすると鳴き声はやみ、ゴブリンの視線が俺に集中する。

――なにかがはじまる。

そんな気配を感じていると、一番体の大きなゴブリンが俺のほうにやってきた。

ギヒギヒと興奮した声を上げ、座り込む俺の前に仁王立ちになる。

一番大きいと言っても、俺より身長は小さいのだが、恐怖感でいっぱいの俺にはとんでもなくデカく感じてしまう。

――俺は、コイツに殺されるのか。

泣きたくないのに自然と涙が溢れてきて、ポロポロとこぼれ落ちていく。ゴブリンはそんな俺を見てさらに鼻息を荒くし、俺の体に手を伸ばしてきた。

殺されるっ！　……と、やってくるであろう痛みに身構えていたが、覚悟していたような痛みが襲《おそ》ってくることはなかった。代わりに布を裂く音とともに、シャツのボタンが弾け飛ぶ。

「えっ……」

露《あら》わになる俺の胸。

そして、アンジェロ《おれ》の真《ま》っ平《たい》らな胸を見て首をかしげる、目の前のゴブリン。それから俺の胸を指差し、ギィギィとなにかを訴《うった》える。

周りにいたゴブリンも俺の胸を覗き込み、首をかしげている。

その仕草は、あるはずのものがない、とでも言いたげで。

――も……もしかしてコイツら、俺のことを女性と思って攫《さら》ってきたのか!?

ゴブリンたちは再び声を上げ、話し合いをはじめる。

ギイギィうるさい会話が終わると、ゴブリンはまたも俺のほうへ視線を向け、ニタリと笑う。

――なんか、違った意味で最悪な展開が読めたんですけど。

俺の予想通り、ゴブリンはぺたんこな俺の胸に触れ、顔を近づけ、細長い舌でベロリと胸を舐めてきた。

気色の悪い感触に声が詰まり、体が強張る。

その反応を見たゴブリンは嬉しそうに目を細めた。

――う、嘘だろ……さすがの俺もゴブリンなんかとSEXなんてできねーぞぉぉおおー！

這《は》いずる生温かい舌の感触には、とてもじゃないが気持ちいいなんて思えない。

殺されるよりマシかもしれないが、初めてがゴブリンとの種付けエッチだなんてことになったら、傭兵たちとのハーレムエンドなんて夢のまた夢だ。

「クソッッ！　どけよこの野郎っ！」

結ばれた腕で思いっきりゴブリンの頭を叩くが、貧弱アンジェロの力では無駄な抵抗だ。

ゴブリンは戯《たわむ》れていると勘違いしているのか、見せつけるように俺の胸を舐め上げる。

周りのゴブリンたちもその行為を見て興奮したのか、洞窟の中のボルテージは最高潮だ。

気をよくしたゴブリンは喉を鳴らし、ノリノリでズボンにも手をかけはじめる。

太腿にゴブリンの猛《たけ》ったモノを擦《こす》りつけられ、全身に鳥肌が立つ。

――アンジェロとして転生し、皆に嫌われ、背中には呪いまで受けて、しまいにゃゴブリンでロストバージンなんて……

転生後の短い人生が走馬灯のように駆け巡る。

もはや恐怖を通り越し、ふつふつと湧《わ》き上がる怒り。

なんでアンジェロは、こんなにも不幸じゃなきゃいけないんだ。

俺《おれ》だって……俺だって……挿れるチンコの選択権くらい持たせてくれたっていいじゃないですか神様っっ！

「お前の……お前の粗《そ》チンなんて挿れてたまるかぁぁぁあ！」

心の叫び声が洞窟内に響き渡り、再び両手で殴りかかろうとしたとき、大きな衝撃波とともに、後方にいたゴブリンたちが吹き飛んだ。

ぐしゃりとひしゃげる音とゴブリンの混乱した叫び声があちこちで上がり、俺も状況が把握できずに混乱する。

押し潰されたゴブリンからは出てはいけない中身が飛び出していて、グロテスクな光景に思わず目を逸らす。

ゴブリンたちの視線を追うと、一本道の通路に人影が見えた。

威圧感のある足音に俺とゴブリンたちはゴクリと生唾を呑み……現れたのは、俺のよく知る人物だった。

「アンジェロ様は……どこだ……」

ノルンの腹底に響くような冷たい声と刺し殺されそうな鋭い視線に、ゴブリンたちは怯え、俺は歓喜の声を上げる。

「ノルンさんっ！」

ノルンが助けに来てくれた嬉しさに、胸元にいたゴブリンを思わず抱きしめてしまうと、ノルンが目を見開いた。

引き裂かれたシャツと半脱げのズボン。

そして、俺の胸に顔を埋めるゴブリンという構図に、ノルンは怒りを露《あら》わにする。

「貴様ら……私のアンジェロ様に……なんてことを……」

ノルンは周囲を取り巻くゴブリンたちを風魔法で片っ端から潰していき、ものすごい剣幕で直進してくる。

いつも冷静沈着で仏頂面のクソ真面目なノルンがガチギレした姿に、俺もゴブリンと一緒にビビり上がった。

俺にしがみついていたゴブリンは、ノルンにあっさりと引き剥がされ、他の仲間同様魔法で吹き飛ばされ土壁と同化する。

ゴブリンを殲滅《せんめつ》したノルンは、足早に俺のもとへ駆け寄ってきた。

「アンジェロ様。遅くなってしまい申し訳ありません。お怪我はありませんか？　さぁ、今すぐここを出ましょう」

「は、はい……」

縄をほどかれ、立ち上がろうと試みるが、ノルンの威圧感で腰が抜けて立つことができない。

そんな俺をノルンは力強く抱き上げてくれた。お姫様抱っこだ。

ゴブリンの巣から出ていく道中、それはそれは悲惨な光景が広がっていて、思わず目を背《そむ》けた。

いたるところにゴブリンの潰された死骸が転がり、ノルンがどれだけ怒っていたのかよくわかる。

——もしかして、ミカちゃんを助けに行こうと言った俺にも怒ってたりしない、よな？

俺は恐る恐るノルンに声をかける。

「ノルンさん……助けにきてくれて、ありがとうございます」

「いえ、アンジェロ様を守れず、恐ろしい思いをさせてしまい申し訳ありません。私が迂闊《うかつ》な判断をしてしまったために、アンジェロ様をあんな目に遭わせてしまうなんて……」

お姫様抱っこされたままノルンを見上げると、憐《あわ》れんだ目をしていた。

ノルンが想像する『あんな目』とは、いったいどこまでのことを想像しているのだろうか？

まさか、俺とゴブリンがヤッちゃったとか思ってないよな？

ノルンに真実を伝えるべく、俺は慌てて言い募る。

「僕なら大丈夫ですよ！　胸を舐められただけです」

「胸を……舐め、られた……？」

「はい！　舐められただけです」

ノルンは眉間の皺《しわ》をさらに深くした。

俺は言葉のチョイスを間違えたことに気づいてハッとする。

——ゴブリンに掘られてはいないと言いたかったのだが、ゴブリンに胸を舐められるだけでも普通気持ち悪いよな……

「すみません。気持ち悪いこと言って……」

しょんぼりした表情を浮かべると、ノルンはぎゅっと俺を抱きしめる。

「アンジェロ様はなにも悪くありません！　全ては貴方を守ることができなかった私が悪いのです。申し訳ありません、アンジェロ様……」

ノルンは護衛騎士として俺を守れなかったことを悔《く》いているようだが、ゴブリンに最後までヤられてはいないので俺的にはセーフだ。

まぁ、結構怖かったけれど。

「ノルンさん、そんなに謝らないでください。元はと言えば、僕が無謀にもミカちゃんを助けに行こうと言い出したのが原因ですから。それにノルンさんはこうやって僕を助けてくれたじゃないですか。ノルンさんの姿を見たとき、僕はすごく安心しました。助けてくれて、本当にありがとうございます、ノルンさん」

そう言って笑って見せると、ノルンは瞳を潤《うる》ませ、再度俺の体を強く抱き寄せる。

普段はそっけないノルンが、こんな表情を見せるとは思わず、不覚にも可愛いと思ってしまう。

——心配かけちゃったな……

ノルンを慰《なぐさ》めるように頭を撫でると、振り払われることもなく大人しく頭を撫でられてくれた。

お姫様抱っこされたままキャンプ地へ戻る道中、俺がゴブリンたちに攫《さら》われたあとの出来事をノルンに教えてもらう。

俺たちを襲《おそ》ったゴブリンたちは、俺を攫《さら》うとすぐに姿を消したそうで、ノルンはすぐにでも俺を追いたかったものの、ミカがいたため一度キャンプ地に戻り、再び俺を捜索しに来てくれたらしい。

「しかし、よく僕が連れ込まれた洞窟がわかりましたね」

「襲《おそ》われた場所の位置は狼煙《のろし》玉でわかっていましたから。あとはゴブリンたちの足跡をたどればすぐでした。しかし、それでも一歩遅かったようですが……」

しんみり顔のノルンは俺が汚されたと言いたげだが、胸を舐められるくらいなら俺にとって大したことはないと何度言ったらわかるんだ。

むしろ、俺がゴブリンに攫《さら》われたという話になったときにノルンがそんな絶望顔をしていたら、『あぁ、アンジェロはゴブリンにやられちゃったんだなぁ……』なんて誤解されそうだ。

そんなことではいけないと俺はフォローする。

「ノルンさん、僕は胸を舐められただけですし、女性ならまだしも僕は男です。そんなに気にしないでください」

わざとらしく笑顔を作ってはみるがノルンは納得せず、眉間の皺《しわ》は深くなるばかりだ。

というか、他人のチンコには躊躇《ちゅうちょ》なく触れるくせに、なんで納得しないんだよコノヤロウ。

心の中で不満を垂れていると、気がつけばキャンプ地に到着していた。

松明《たいまつ》で赤々と照らされた入り口には見張りの傭兵が立っていて、俺とノルンの姿を見て声を上げる。

「ノルンさんがアンジェロ様を連れて帰ってきたぞ！」

「本当か！　ガリウスさんに伝えてくる！」

傭兵の声で皆が集まり、俺とノルンを取り囲み、安心した様子で声をかけてくれる。

そしてガリウスさんもやってきて俺の無事を確認すると、安堵《あんど》した表情で頭をポンと叩いてきた。

「アンジェロ、心配したんだぞ」

「ご迷惑をおかけしました。すみません……」

「まぁ、お前が無事に戻ってきたならいいんだ。ただし、あまり無茶するなよ。そこの神殿騎士様も、お前の頼みは断れないみたいだからな」

「はい、ごめんなさい」

「申し訳ありません」

ノルンと二人で反省してみせると、ガリウスさんはニッと笑顔を見せてくれる。

「でも、お前たちが動いてくれなきゃミカは助けられなかった。ありがとうな。さぁ、アンジェロは一度イーザム爺さんに診察してもらってこい。ミハルが死にそうな顔でお前の帰りを待ってるぞ」

ガリウスさんに言われて治療小屋へ向かうと、すでに俺が戻ってきたと知らせを聞いていたのか、ミハルが入り口で待ち構えていた。

俺たちを見るなり「アンジェロ様っ！」と涙ぐんだ声で駆け寄ってくる。

「ご無事ですか？　怪我は？　どこか痛いところはありませんか？」

「ミハルさん、心配をかけてしまい申し訳ありません。僕はこの通り元気ですよ」

笑顔を見せると、ミハルはくしゃりと顔をゆがませ涙をこぼす。

「よかった……本当に、よかったですぅぅ……」

えぐえぐと泣くミハルをなだめていると、イーザム爺さんがひょこひょことやってくる。

「アンジェロ～。無事に帰ってきたな。しかし、ゴブリンに捕まるとは、お前さんも忙しいやつじゃの～」

「ハハ、すみません」

「ミカとエイラは奥の部屋で寝ておるから、朝になったら元気な顔を見せてやれ。そういうわけで、お前さんの体に傷があると厄介じゃから、擦《す》り傷くらいだろうが特別に治癒《ちゆ》魔法をかけてやろう」

そう言ってイーザム爺さんは優しく治癒《ちゆ》魔法をかけてくれ、腕や顔にあった小さな擦《す》り傷も綺麗に治してくれた。

「ありがとうございます、イーザム様」

「お礼はいいからさっさと帰って休んでこい。ほれ、ミハルもアンジェロは無事に帰ってきたんじゃから、いつまでもメソメソ泣くな」

「ひゃい……ずみまぜん……」

治療が終わり、涙で目を腫《は》らしたミハルと、いつもの調子のイーザム爺さんが見送ってくれた。

いろいろありすぎた一日がようやく終わりを迎え、俺とノルンが部屋にたどりついたときには深夜を迎えていた。

椅子に座らせられてようやくお姫様抱っこタイムが終わり、ノルンは俺の着替えを持ってきたり飲み物や軽食を準備したりと忙しく動き回る。

小腹が減っていたので、ノルンが用意してくれたダッチ特製スコーンをありがたくいただいた。

ほんのり甘いスコーンはとてもおいしく、お腹も心も満たされる。

すっかり人心地ついて、ファ……と小さくあくびをしていたら、ノルンが声をかけてきた。

「アンジェロ様。眠いでしょうが、寝る前に体を清めてもよろしいでしょうか？」

つい脳裏に『お清めＳＥＸ』なんて単語が浮かぶが、ノルンが持っているのはタオルだ。ただ単に、体を拭いてくれるのだろう。

「じゃあ、よろしくお願いします」

シャツを脱いでベッドに腰かけると、ノルンは膝をつき、優しく俺の体を拭いてくれる。

首筋から鎖骨、腕、そして胸辺りにさしかかると、ノルンの手が止まる。

どうしたんだ？　と、視線を向けると、ノルンは真剣な表情で口を開いた。

「……ゴブリンに舐められたところに、痛みなどはありませんか？」

「へっ⁉　あ、いや……特には……」

ノルンに問われてゴブリンとのプレイを思い出し、ゲンナリしてしまう。

苦笑いを浮かべながら答えるが、ノルンは表情を硬くしたままだ。

「嫌なことを思い出させてしまい、申し訳ありません」

「え、あー……まぁ、過ぎたことですし、きっといつかは忘れますよ」

「本当に忘れられますか？」

「た、多分……きっと……」

ノルンは納得がいかなそうな目でこちらを見つめる。視線の圧が強い。

俺だって、前世でこんな事態に陥《おちい》ったらすぐに上書きエッチしていただろう。

それくらいしなきゃ、あんなトラウマ消えるわけがない。

というか、他に消せる方法があるなら教えてくれよノルンさん。

俺は逆にノルンに問いかけてみる。

「あの、ノルンさんたち神殿騎士様は、このようなときはどうしているんですか？」

「……私は経験がありませんが、他の騎士たちは精神のバランスを保つために、互いに慰《なぐさ》め合う者もいたようです」

「慰《なぐさ》め合う、ですか」

やはり上書きエッチというわけか。

お堅い神殿騎士様たちも、下半身のゆるい俺と変わらぬ答えにたどりつくんだな。

俺もゴブリンに舐められた胸をガリウスさん辺りに舐めてお清めしていただきたい。

そんな下品な妄想を浮かべていると、ノルンは緊張した面持ちで俺を真剣に見つめた。

「アンジェロ様。もし、よろしければ……アンジェロ様の体を私が慰《なぐさ》めてもよろしいでしょうか？」

………へ？

慰《なぐさ》める？　ノルンが？　俺の体を？

ゴブリンで汚されたからってことか？

つまりそれって……やらしいことをしてくれるのかノルン⁉︎

言葉の意味を理解するのに数秒停止していると、ノルンが不安そうに見つめてくる。

綺麗な顔したノルンに切なげに見つめられると、ちょっとキュンとしてしまう。

——まぁ、チンコ触られた仲だし、ノルンがどんな風に慰《なぐさ》めてくれるのか気になるな。

好奇心が湧《わ》き上がり、こくりと頷くと、ノルンはパッと顔を明るくする。

「アンジェロ様の体に負担をかけないようにいたします」

それからまずは胸を綺麗にしましょうと言って、タオルで優しく体を拭いてきた。

今から慰《なぐさ》められるのだと思うと、さっきまでなにも感じなかった拭き上げすらいやらしく感じてしまい、体がビクついてしまう。

「胸に触れるのは、やはり嫌でしたか？」

「いえ、大丈夫です。ただ、ノルンさんがどうやって慰《なぐさ》めてくれるかなって思ったら、緊張しちゃって……」

ウブな感じで恥じらいながら聞いてみると、ノルンは丁寧に答えてくれた。

「私も体を慰《なぐさ》めることは初めてなので、うまくできるかわかりませんが、ゴブリンたちから受けた行為を私が上書きできればと思っています」

——ほほう。では、見せてもらおうじゃないか。ノルンくんの上書きエッチとやらの実力を！

ノルンの言葉と深夜の変なテンションも相まってムラムラした俺は、甘えるように懇願《こんがん》する。

「では、上書き……お願いします」

ノルンは頷き、俺の胸に手を伸ばす。

傷つけないように触れる優しい指先は、ゴブリンのガサツな触れ方とは違う。

騎士らしい皮の厚い手のひらで胸全体を包まれたかと思うと、ノルンの顔が俺の胸に沈み、鎖骨に唇が触れた。

薄いノルンの唇が、啄《ついば》むようにキスを降らせながら鎖骨からゆっくりと下に降りてくる。

そして胸の尖《とが》りにちゅっと口づけると、ノルンはどこか熱に浮かされたような表情で俺を見上げてくる。

「大丈夫ですか、アンジェロ様？　嫌ではありませんか？」

「はい、大丈夫です」

気をよくしたノルンは目尻を下げ、再び胸への愛撫を続ける。

胸の先端を軽く吸われ、舌先で優しく転がされると、甘く疼《うず》きに思わず体が反応してしまう。

「ん……ぁ……」

――うわぁ～やべーなこれ。絶対勃《た》つじゃん。

ちゅくちゅくと音を立てながら俺の乳首を舐めるノルンを見下ろしていると、なんだか変な気持ちになってくる。

必死に俺のことを慰《なぐさ》めてくれるノルンの姿は、どちらかといえば可愛い。

そう思うと抱きしめたくなって、彼の背中に手を回す。

ついでに頭を撫でると、ノルンは嬉しそうに目尻を下げてこちらに笑顔を向けてきた。

キュン……と胸が高鳴る。

――キュン？　なんだこれ……？

不思議に思っていると、カリッと乳首が甘噛みされる。突然の甘い刺激にビクンッと体が揺れ、甘ったるい声が漏《も》れた。

「ひぁっ！　んっ……ノルンさん……」

「す、すみません。歯が当たってしまいました」

申し訳なさそうな顔をするノルン。

「いえ、痛くはなかったので、大丈夫です」

「申し訳ありません。今後は気をつけて舐めますので……」

相変わらずいやらしいことを至極真面目な顔で言ってのけるノルンは、噛んでしまった乳首を労《いた》わるようにねちっこく舐めてくる。

舌先で優しく潰され転がされ……反対の胸も、指の腹で同じようにいじられる。

ノルンに舐められて、胸の尖《とが》りはピンと立ち、吸われるたびにジンジンと疼《うず》く。

「はっ、ん……ぁ……」

その行為に連動するように下半身の疼《うず》きも強くなり、ノルンの頭を抱き寄せながら体を捩る。

ノルンは俺の変化に気づいたのか、胸を触っていた手が下半身へ移動し、固く張り詰めた俺のモノに触れた。

「アンジェロ様、気持ちいいのですか？」

ノルンの直球の質問に、俺は恥ずかしいやら気持ちいいやらでコクコクと頷く。

「……ゴブリンに舐められたときも、このように硬くなったのですか？」

――なんだよその質問。んなわけねーだろ。

あんなのに舐められても勃《た》つわけがないと、俺は顔をふるふると横に振った。

「硬くなんて……なって、いません……」

「そうですか、それはよかった」

ノルンはなぜだか安堵《あんど》した表情をしたかと思うと俺のズボンと下着を下ろし、硬く興奮している下半身の相手もしてくれる。

すでに先走りで濡れた先端を指先でゆるく撫で、上下に扱《しご》きながら、再び胸を舐めまくる。

卑猥《ひわい》な水音で部屋の中はいっぱいになり、ノルンの手の動きに合わせて俺も腰を揺らす。

ノルンの舌先は俺の弱点を覚えたのか、クリクリと舌先で乳首をいじり、気持ちよくしてくれる。

もはやゴブリンとの行為のことなど吹き飛び、ノルンに与えられる快楽でいっぱいになっていた。

「あっ、ん……ぁ……く、んん……もぅ……出ちゃいます……」

「大丈夫ですよ。アンジェロ様のお好きなように出してください」

扱《しご》くスピードを速められると射精感が高まり、俺はノルンの体にしがみついて精を吐き出した。

胸も下半身もぐっしょりと濡れていて、俺は荒くなった呼吸を整える。

「少しはアンジェロ様を慰《なぐさ》めることができたでしょうか？」

「……はい」

俺の答えに気をよくしたのか、ノルンは柔らかく微笑むと、再び俺の体を拭いて甲斐甲斐しく世話をはじめた。

今日はいろいろありすぎたが、貧弱アンジェロの体力は最後の射精でついに尽きてしまった。

ベッドに横になると自然に瞼《まぶた》が閉じていき、ノルンの上書きエッチは合格点をあげてもよさそうだなぁ～なんてウトウトしながら考える。

そして、眠りに落ちる前にノルンがなにか言ってきたが……俺はその言葉がなんだったのかわからないまま、夢の中へ落ちていった。

◇ ◇ ◇

「ん……ぁ……ノルンさん……」

頭上で聞こえるアンジェロ様の甘い声が何度も私の名を呼び、求めるように私を抱き寄せる。

小さく可愛らしい胸の尖《とが》りを口に含み、ゴブリンによって汚されたアンジェロ様の体を清めるように慰《なぐさ》めていく。

――なぜ私はあのときアンジェロ様の手を放してしまったのか。いや、ミカちゃんを捜しに行くと言いだしたアンジェロ様を、無理にでも止めておけばよかった。そうすれば、あのような恐ろしい思いをさせずに済んだ。

自分の考えの甘さが招いた結果に、自分自身に苛立った。

アンジェロ様がゴブリンたちに連れ去られたあと、私はミハルさんにミカちゃんを預け、アンジェロ様を救い出すことだけを考えた。

アンジェロ様が攫《さら》われた場所へ戻り、すぐに捜索を開始した。ゴブリンたちによって踏み荒らされた草花には引きずられた跡もあり、アンジェロ様が攫《さら》われ、私の前から消えたときのことを思い出させた。悔《くや》しさに、グッと奥歯を噛み締める。

——早く助け出さなければ……

ゴブリンたちは足跡を隠すこともなく、私はアンジェロ様のいる場所をつきとめた。

たどりついたのは、小さな洞穴。

足を踏み入れると生臭いにおいが充満していた。ゴブリン特有のにおいだ。

奥に進むにつれてにおいは強くなり、ゴブリンの鳴き声も聞こえてくる。

足早に進む途中でゴブリンと遭遇したが、狭い通路では剣は抜けず、風魔法で押し潰した。

そして、薄明かりが灯る開けた場所に出ると、無数のゴブリンがなにかを取り囲むようにしているのが見え、そしてアンジェロ様の叫び声が聞こえた。

ゴブリンたちの中心には、あられもない姿のアンジェロ様が……

縛られた腕。引き裂かれた衣服。

そしてはだけた胸元に顔を埋めるゴブリンが、アンジェロ様の下半身に手を伸ばしていた。

アンジェロ様は私の名を呼び、涙で濡れた瞳は助けを求めていた。

その光景に怒りを通り越し、ゴブリンたちに殺意を覚える。

——アンジェロ様は、ゴブリンごときが触れていい存在ではない……

怒りに任せ風魔法でゴブリンたちを吹き飛ばす。

ゴブリンたちの醜《みにく》い断末魔すらアンジェロ様の耳に入れるのが申し訳なく、力任せにゴブリンを潰していった。

最後の一匹を潰し終えると、アンジェロ様に手を差し伸べる。小さく震えるアンジェロ様は、恐怖で立つことすらも難しく、私の手で抱きかかえ、忌《い》まわしい場所をあとにすることにした。

助け出したあとも、アンジェロ様は大したことではないからと気丈に振る舞い、私に笑顔を向けてくる。

――どうして貴方は、そんなにも強いのですか……

騎士としてアンジェロ様を守れなかった私を責めることもなく、ただ微笑むその姿に胸が締め付けられ、私はアンジェロ様の体を強く抱きしめた。

キャンプ地に戻ると、皆がアンジェロ様の帰還に歓喜した。ミハルさんは泣きながら出迎え、イーザム様がアンジェロ様の体を癒《いや》してくださった。

ゴブリンに乱暴されたときの傷は綺麗に治ったようだが、アンジェロ様の心の傷はきっと癒えてはいない。

ならば私にできることは、少しでもアンジェロ様の精神的負担を取り除くことだ。

しかし、不甲斐ない私の施《ほどこ》しなど、アンジェロ様は受け入れてくれるだろうか。

そう思いながらもアンジェロ様に提案すると、彼は小さく頷いてくれた。

それからは、ただただアンジェロ様のことを想いながら体を清め、慰《なぐさ》めた。

筋肉のついていない柔らかな胸を撫でながら、指先や口で愛撫していく。ゴブリンたちとの穢《けが》れた記憶が少しでも薄まるようにと思い、舌先でアンジェロ様の胸の尖《とが》りを包み込んでいく。

時折、アンジェロ様の口から漏《も》れる甘い吐息が耳元をくすぐり、私自身も興奮した。ツンと立ち上がる胸の先端を思わず甘く噛んでしまうと、アンジェロ様は腰をしならせ、私の頭を抱きかかえた。

私の腕の中でよがり声を上げ、体を捩らせる姿に、表現しがたい感情が渦巻く。

——なんと……可愛らしいのだろう……

アンジェロ様が私の行為に興奮してくれたことに喜びが込み上げると同時に、疑問が浮かぶ。

——ゴブリンとの行為でも、このように興奮したのだろうか？　相手が、私でなくとも？

ふと浮かんだ愚かな疑問。だが聞かずにはいられず問いかけると、アンジェロ様は首を振って否定した。

——つまり、この声も表情も、私だから見せてくれただろうか？　私だから、こんなにも乱れてくれる。私だから……

そう思うと『嬉しい』という気持ちが溢れ出し、アンジェロ様の下半身にも手が伸びてしまった。

私の手の動きに合わせて気持ちよさそうに腰を揺らすアンジェロ様。張り詰めた彼のモノは、以前教えた通り上手に精を吐き出した。

慰《なぐさ》めることができたか問うと、アンジェロ様は頬を上気させたまま柔らかく微笑んで頷いた。

その微笑みに、私の胸は強く締め付けられた。

彼はそのあとすぐにベッドに横になり、ウトウトと瞼《まぶた》を閉じた。

可愛らしい寝息が聞こえ、私はアンジェロ様のベッドへ腰かけた。

安らかな寝顔を見つめ、目にかかった前髪をそっと横に流す。

「アンジェロ様……貴方を想うこの気持ちは、恋なのでしょうか？」

気づいてしまった、アンジェロ様に対する気持ち。

しかし、それは騎士として持ってはいけないものだ。

私は騎士として彼を守る立場だ。どれだけ惹かれたとしても、恋焦がれてはいけない。

「心の中でだけならば、貴方を恋い慕うことを許してもらえるでしょうか……アンジェロ様……」

眠りに落ちたアンジェロ様に問いかけながら、私は自分の気持ちに蓋《ふた》をする。

この気持ちは誰にも知られてはいけないのだ……

第五章

ゴブリン騒動から一夜明けた朝、俺はミカとエイラに会いに治療小屋へ向かった。

二人は俺の姿を見るなり唇を噛み締め、今にも泣き出しそうな顔で俺に抱きついてくる。

「アンジェロおにぃちゃぁぁん！　ミカのせいで怖い思いさせて、ごめんなさい」

「アンジェロ様、私がミカを捜してほしいなんて言ったから……ごめん、なさい……」

ぐすぐすと泣く二人を安心させるように、頭をポンポンと撫でる。

「僕はこの通り元気だから気にしないで。それに、ゴブリンに攫《さら》われちゃったけど、すぐにノルンさんが助けてくれたからなにもされてないよ。ね、ノルンさん！」

ミカたちを安心させる&ゴブリンに汚されてなんていませんよというアピールも兼ねてノルンのほうを振り向くと、彼は少し間を置いてから頷いてくれた。

「ほんと？」

「うん。本当だよミカちゃん。だから、もう心配なんてしなくていいんだよ」

「うぅ……アンジェロお兄ちゃん、助けに来てくれて本当にありがとう……」

俺の胸でズビズビと泣くミカを慰《なぐさ》めながら、俺もホッと胸を撫で下ろす。

——よかった～。ノルンがバカ真面目に『ゴブリンに胸を舐められました』なんて言ったらどうしようかと思ったぞ。

少しは空気が読めるようになったノルンの成長を感じつつ、俺たちはミカとエイラを村まで送り届ける。

村に到着すると、二人の母親のハンナが待ち構えており、ミカとエイラの姿を見て安堵《あんど》の表情を浮かべた。

ハンナからも何度も感謝の言葉を述べられたが、ミカを助け出しゴブリンを退治してくれたのはノルンだと説明すると、彼女はノルンの手をガシッと握りしめた。

「ノルン様。お気に入りの村娘がいたらすぐに紹介するから、いつでも言ってくださいね！」

「……お気持ちだけ受け取っておきます」

ハンナの圧の強さには、さすがのノルンも苦笑いを浮かべていた。

ゴブリンの巣になっていた洞穴は、生き残りがいないかガリウスさんたちが確認しに行ってくれたそうだ。結果、洞穴はノルンによって見事に殲滅《せんめつ》されており、ゴブリン騒動は終わりを迎えた。

そして、前線はいつもと変わらぬ日常へ戻る。

ゴブリンに攫《さら》われた俺の噂に不穏なものはない。

それどころか、傭兵たちは俺のことを気にかけてくれるようになり、今ではあちらから挨拶をしてくれるようになった。

「アンジェロ様〜！」と、屈強な男たちが爽やかな笑顔を向けてくれる姿は眼福ものであり、思わず顔がニヤケそうになる。

ハーレムエンドルートも見えてきたので、屈強な男たちを何人でも相手できるくらいの体力をつけなきゃなぁ～なんて思いながら、今日もノルンと手を繋ぎ魔力コントロールの練習をする。

「……アンジェロ様。魔力の流れが淀《よど》んでいます。集中してください」

「す、すみません」

不埒《ふらち》な妄想をしているのがバレたのか、今日もノルン先生から厳しい言葉が飛ぶ。

俺の魔力量は、少しずつ少しずつ増えている。

イーザム爺さんの魔力管の治療も順調だ。

まぁ、治療のたびにノルンに抱っこされるのは変わらないのだが、痛みも減ってきたような気がする。

そして、今日は初めての治癒《ちゆ》魔法実践編。

今までミハルのあかぎれくらいしか治したことがないので、かなり緊張する。

治療小屋で前腕に傷を負《お》った傭兵を前に、普段よりも緊張した面持ちで立つ。

隣にはイーザム爺さんが監督役についてくれた。

「アンジェロ、治癒《ちゆ》魔法をかけるときには、心を落ち着かせ集中せにゃならん。集中力が切れれば、綺麗に傷が治らんからな」

「はい」

俺の緊張が移ったのか、治療される側の傭兵も少し表情が硬い。

患者を不安にさせるようじゃいけないと反省し、俺は傭兵の手を取り、微笑みかける。

「今から治癒《ちゆ》魔法をかけますね。違和感があったらすぐに教えてください」

「は、はい……」

傭兵が大きく頷いたので、俺は治癒《ちゆ》魔法をかけることに集中する。

前腕の傷は擦過傷《さっかしょう》で、範囲が広く傷もやや深い。前線ではよくあるレベルの傷だ。

――綺麗に傷が治りますように。

そう願いながら患部に手をかざし治癒《ちゆ》魔法をかけていくと、みるみる皮膚が再生されていく。

傷が治るのはあっという間で、とても綺麗な仕上がりだ。

「お～。上手に治せたじゃないか」

「はい！　あの、痛みはありませんでしたか？」

「大丈夫です！　ありがとうございます、アンジェロ様」

傭兵は手を動かして違和感がないか確認し、俺にとびきりの笑顔を見せてくれた。

その笑顔と感謝の言葉に、俺も嬉しくなって心が弾む。

「魔力のほうはどうじゃ？　まだいけそうか？」

「はい。あと数回は使えそうです」

「なら、練習がてら軽傷部屋のやつらの傷でも治してやれ。お～い。アンジェロの治癒《ちゆ》魔法の実験台になりたいやつはおるか～」

実験台って……。こんな不穏な呼びかけで協力してくれる人なんていているのかと不安になったが、予想に反して皆が手を上げてくれた。

軽傷部屋で寝転がっていたランドルもそのひとりで、勢いよく手を上げ、声まで上げている。

「アンジェロ様！　俺の背中の傷を治してください！」

「ランドル、お前の傷はとっくに塞《ふさ》がってんだろ」

「塞《ふさ》がってるけど、まだ痛むんすよ～」

「アンジェロ様！　ランドルなんて無視して、俺のほうの傷治してください！」

ワイワイとにぎやかな雰囲気で、皆が声をかけてくれる。

「なんじゃい。よりどりみどりじゃな」

「そうですね」

皆の優しさが嬉しすぎて、俺はエヘへと照れ笑いを浮かべる。

そうして、治癒《ちゆ》魔法実践編初日は無事に過ぎていった。

皆の協力もあって、擦《す》り傷や切り傷を治すくらいなら一日十回は治癒《ちゆ》魔法を使えるようになった。

そして俺は、軽傷部屋担当の治癒士《ちゆし》という役割をイーザム爺さんに任命された。

今まではイーザム爺さんしか治癒士《ちゆし》がいなかったため、軽傷部屋で療養する傭兵たちが治癒《ちゆ》魔法をかけてもらえることはほとんどなかった。

けれど、これからは俺がいるのですぐに傷が治るのが嬉しいらしく、傭兵たちも歓声を上げて喜んでくれた。

治癒《ちゆ》魔法を使えるようになり、治癒士《ちゆし》見習いくらいにはレベルアップできたことに、俺自身もすごく嬉しくなる。

――役立たずの悪役令息は、ぼちぼち使える悪役令息くらいに格上げされただろうか？

そんなことを考えながら今日も治療小屋へ向かうと、ミハルが忙しそうに物品庫を整理していた。

「ミハルさん、おはようございます。なにか探しものですか？」

「おはようございます、アンジェロ様。今日は物資の補給が来るらしくて、物を置くスペースを空けているんですよ。昨日の遅くに補給の連絡が来たみたいで、僕もついさっきイーザム様から話を聞いて慌てて整理をはじめたんです」

「物資の補給ですか。僕も手伝いますよ」

ミハルの手伝いをしながら話を聞くと、二カ月に一度前線都市メンニウスから物資が届くようだ。治療に必要な医療用品や日常で使う生活用品と食品などが国から支給されるのだという。

しかし、一緒に物品庫の整理を手伝っていたノルンはその話を聞いて眉根を寄せた。

「ミハルさん。物資の補給は一カ月に一度ではなく、二カ月に一度ですか？」

「はい」

「……そうですか」

ノルンはミハルの返答を聞くとなにかを考え込み、また作業に移る。

――二カ月に一度の物資補給だと、なにか問題でもあるのだろうか？

その疑問に対する答えは、物資が到着した際に明らかとなった。

物資を積んだ馬車が到着したと連絡を受けて、俺とミハルとノルンは治療小屋で必要なものを取りに行く。集会所には、大きな荷馬車が一台止まっていた。

前線の傭兵たちが協力して馬車から荷物を降ろし、ガリウスさんが行商人の男と積荷の確認を行っている。

「では、今回の物資は以上になります」

「あぁ。次はいつ来るんだ？」

「また二カ月ですね」

行商人がそう答え、ガリウスさんは「わかった」と頷くが、俺の隣にいたノルンは険しい表情で二人に近づいた。

「すまないが、これが二カ月分の物資の量なのか？」

「は、はい。私たちはそう聞いてますが……」

「……どう見ても、これは一カ月分しかない」

ノルンが鋭い視線で行商人を睨《にら》みつけると、男は顔を青くし「デリーアさん！」と声を上げて小走りで馬車の乗り口へ向かった。

すると、たるんだ大きな体を揺らしながら、男が馬車から降りてくる。彼がデリーアなのだろう。

ノルンが普段着ている騎士の制服とは色違いのものを着ているが、はっきり言って見た目は休日のおっさんだ。

「え〜っと、足りない物でもありましたか？」

気怠《けだる》そうに話しかけてくるデリーアを、ノルンは厳しい表情のまま問い詰める。

「これで二カ月分だとそこの行商人から聞きました。それは本当ですか？」

「あぁ、その通りだよ。これで二カ月分だ」

「私も前線での任務についたことがありますが、これでは少なすぎます。それに、前線の物資補給は最低でも一カ月に一度と決まっています」

「そんなことを言われてもなぁ～、コイツらも今の補給量で間に合ってるんだから別にいいじゃないか。それにこの物資は国王様の善意でいただいているんだぞ。文句があるなら国王様に直談判《じかだんぱん》してはどうだ？　神殿騎士殿」

むちむちの頬肉を嫌味ったらしく上げるデリーアに、ノルンはマジでキレちゃう五秒前な顔をしている。

「おいおい。そんな怖い顔するなよ。そんな顔をされたら……臆病《おくびょう》な俺たちは怖くて二度と前線に物資を運べないぞ」

「――っ！」

脅すようなデリーアの言葉に、ノルンはグッと拳を握りしめる。

一触即発の二人を仲裁するように、ガリウスさんが間に入った。

「はいはいはい。ノルンは少し落ち着け。デリーアさんもこんな若造にムキになんないでください」

「ふん。俺は別にムキになんてなっていない。コイツが、ここのルールを理解していないのが悪いんだ」

「ノルンにはあとで俺から言っておきますから。さぁ、早く出発しないと帰りが遅くなりますよ」

ガリウスさんはデリーアに早く帰るよう促し、ノルンを落ち着かせるように肩を叩く。

デリーアはフンッと贅肉《ぜいにく》を揺らしながら荷馬車に乗り込み、前線都市へ戻っていった。

馬車を見送ると、ガリウスさんは大きなため息を吐く。

ノルンはガリウスさんに詰め寄った。

「ガリウス団長、これはいったいどういうことなのでしょうか？　物資の補給は、前線を守る者に与えられた権利です。なぜ、文句を言わずに黙ったままなのですか？」

「すまんな、ノルン。お前の言ってることは間違いじゃない。だが、まぁ……いろいろと大人の事情っつうもんがあんだよ」

「……その事情とはなんですか？」

真実を知るまでは一歩も引く気がなさそうなノルンは、厳しい表情のままガリウスさんに問いかける。

ガリウスさんは、二度目のため息を吐くと、事情を話しはじめた。

「このキャンプ地は、元々騎士団が所有していた場所だ。俺たちのように魔獣を倒し、前線都市を守っていたが、この劣悪な環境に騎士団の坊ちゃんたちが耐えられるはずもなく、一時的な補充要員として俺たち傭兵が雇われるようになった。それから、少しずつ少しずつ傭兵と騎士団員の比率が変わっていき、今じゃご覧の通りだよ。騎士団は安全な要塞でのんびり過ごし、俺たちはせっせと魔獣退治。毎月来ていた物資の補給も今では二カ月に一度だけ、その上物資の半分近くがくすねられてるときたもんだ」

「そこまでわかっていてなぜ黙ったままでいるんですか！」

ノルンはガリウスさんに抗議する。

「ここにいるのは、市民権を持たないやつばかりだ。つまり、俺たちは国にとっていないも同然の存在なんだよ。そんなやつらが不正を訴《うった》えたところで、耳を貸してくれると思うか？」

「それは……」

「納得いかないだろうが、そんな理不尽も世の中にはあるってことだ。それに、デリーアも俺たちを簡単に切り捨てることはできないから、二カ月に一度でも物資の補給には必ずやってくるし、最低限のことはする。俺たちがいなくなれば、この前線に立つのはあの太った肉ダルマだからな」

ガリウスさんの説明にノルンは悔《くや》しそうな表情を浮かべながらも理解はしたようで、落ち着きを取り戻していた。

本来前線に立つべき騎士団が不在の前線。着服される支援物資。

そして、国を守るための前線で命をかけて戦っているのは、傭兵や前線都市から追いやられた人々。

……国が存在を認めていない、市民権をもたない人たちだ。

あまりにカオスな現状に、俺もどうしたらいいのかわからない。

立ち尽くす俺のもとに、ガリウスさんがなにかを思い出したように寄ってきた。

「アンジェロ。そういえば、お前宛に手紙を預かっていたんだ。ほら、渡しておくぞ」

「え？　僕に手紙ですか？」

誰からだろうと首をかしげながら、高級そうな羊皮紙の封筒を受け取る。

そして、裏に書かれた差出人を見て俺は目を見開いた。

「オレリアン……ベルシュタイン」

オレリアンといえば、アンジェロの八歳上の実兄だ。

——いきなり送られてきた手紙、なんだか嫌な予感がするな。

そんなことを思いながらも俺は封蝋を剥がし、中の便せんを取り出す。

達筆な文字で綴《つづ》られていたのは、いたってシンプルな一文だった。

『数日後に迎えに行く』

「えぇっ⁉」

まさかの内容に思わず叫ぶと、ノルンとミハルがなにごとかとこちらを見る。

「アンジェロ様、どうなさったのですか？」

「すみません、兄様からの手紙で……」

「オレリアン様からですか。なにかあったのですか？」

「そのぉ、兄様が迎えに来る、と書いてありまして」

俺の言葉にミハルとノルンは表情を硬くする。

手紙に書かれていたのはこの一文だけだったので、なにが目的なのかさっぱりわからん。

身内の不幸とかが理由なら一時的に帰らなきゃいけないのだろうが、断罪されて奉仕活動中のアンジェロを連れ戻しにってことはないだろう。

そんなことするくらいなら、前線に来る前に止められてただろうしな。

心配げに眉を下げるミハルに声をかける。

「兄様が来たら理由を聞いてみます。もしかしたら一時的に家に帰る用事ができただけかもしれませんし」

「アンジェロ様は、またここに戻ってこられるのですか？」

「はい。もちろん戻ってきますよ。だから心配しないでください、ミハルさん」

手を握って微笑みかけると、ミハルは少しだけ安心した表情を浮かべる。

俺にとって前線は、もはや王都よりも住み慣れた場所だ。

ようやく自分のできることがわかってきて、前線の皆とも仲よくなったのに、公爵家に戻るなんてもってのほかだ。

それに、俺はまだ傭兵たちとのハーレムエンドを諦めてはいない。

目指すはハッピーハーレムエンドだ！


決意を新たにした次の日。

治療小屋で仕事をしていた俺のもとに、ベルシュタイン公爵家の馬車が来たと知らせがあった。

慌てて向かった俺が見たのは、キャンプ地の入り口にデデンッと停められた豪華な馬車。

そして俺が近づくと、馬車の扉が開く。

降りてきたのは金色の髪をうしろに流し、鋭い碧眼で睨《にら》みをきかす、ちょっぴり強面《こわもて》のイケメン。

体格もアンジェロとは正反対、長身の胸板厚めながっしり系だ。

貴族オーラ全開のオレリアンに、野次馬が注目する。

目が合うと、オレリアンは俺の姿を上から下までじろじろと睨《ね》めつけた。そしてなぜか眉間の皺《しわ》が深くなる。

「オレリアン兄様、お久しぶりです」

「……アンジェロ。久しいな」

目の前にやってきたオレリアンを見上げ、なにを言われるのかと緊張していると、大きなオレリアンの手が伸びてきて……ポンと頭を撫でられた。

「ふぇ……？」

思わず間抜けな声を上げた俺を見て、オレリアンは優しく目を細め、ゆっくりと口を開く。

「こんな場所での奉仕活動など、辛い思いをさせてしまったな。だが、そんな生活も今日で終わりだ。さぁ、屋敷に帰るぞ」

——屋敷に……帰る？

まさかの発言に、俺は口をあんぐり開けた間抜け面を晒《さら》してしまった。

動揺する俺を見て、オレリアンは不思議そうな顔をする。

「……どうしたアンジェロ？　手紙にも迎えに行くと書いていただろう？」

「ほ、本当に屋敷に帰るんですか？」

「そうだが？」

オレリアンはなにを言っているんだというように首をかしげる。

——いやいや待ってくれ。マジで迎えに来たのかよ！

呑気に構えていた俺は慌てふためく。

「その、まだなにも準備をしていなくて……」

「準備など不要だ。必要なものがあれば新しく買いそろえればいい」

——さすが公爵家。一般人の思考とは次元が違う。

「と、とりあえず兄様。まずはお迎えの理由を聞きたいので僕の部屋に行きましょう！　さぁさぁこっちです！」

「……わかった」

オレリアンを部屋へ連れていくと、ノルンが部屋を片付け、お茶の準備をして待っていた。

「ここがアンジェロが滞在している部屋か？」

「はい。そうです」

オレリアンはぐるりと部屋を見渡し、大きなため息を吐きながら椅子へ腰かける。

「公爵家の者をこんな場所に寝泊まりさせるなど……」

「ハハ、見た目よりも過ごしやすいんですよ〜。それで、兄様。どうして僕を迎えに来たのですか？」

「どうして？　弟がこんな場所に連れていかれたと聞かされれば迎えに来るに決まっているだろう。そもそも私が隣国になど行っていなければ、お前をこんなところに来させることはなかった」

──……オレリアンって、アンジェロのことを気にかけてくれる人だったのか？

たしかに、アンジェロの記憶をたどっても嫌なことをされた覚えはない。

そもそも、オレリアンは仕事でほとんど屋敷にいなかったしな。

オレリアンは早く帰るぞと急《せ》かしてくるが、はっきり言って俺は公爵家には帰りたくないのだ。

兄はどうせ仕事で屋敷にいない。屋敷にいるのはアンジェロを腫物扱いする両親とアンジェロを嫌う使用人たち。

それに、貴族社会ではアンジェロは断罪された悪役令息だ。

戻ったところで待っているのは息苦しいだけの生活。

そんな生活なんてクソ喰らえだ。

「オレリアン兄様の気持ちは嬉しいのですが……僕は自分の罪を償《つぐな》っている最中なので、帰ることはできません」

俺がハッキリと断ると、オレリアンは目を見開いた。

断られるなど微塵《みじん》も思っていなかったという顔だ。

「なにを言っているんだアンジェロ！　お前に罪などない！　こんなことはしなくていいんだ！」

「ですが、僕が王太子の恋人を泣かせたのは事実です。それに、国教であるフテラ教を侮辱《ぶじょく》した罪もありますし……」

あえて王太子やフテラ教のことを挙げて、罪を償《つぐな》わないといけない理由を強めにアピールしてみる。これならさすがに引き下がるだろう。

「王太子の恋人は平民なのだろう？　平民を泣かせたところで罪にはならない。それに、裏でなにをやっているかわからないフテラ教を侮辱《ぶじょく》したなど大した罪ではない」

オレリアンはそう言うと神殿騎士であるノルンを鋭く睨《にら》みつける。

ノルンは激昂《げっこう》するかと思ったが、フテラ教を侮辱《ぶじょく》されたのになぜだか澄《す》ました顔をしている。

――くそ～思ったよりもしつこいな。この理由でもダメなら、あとは素直にここに残りたいと主張するしかないか。

背筋を伸ばし、真っ直ぐにオレリアンを見つめる。

「オレリアン兄様。僕は今、この前線で治癒士《ちゆし》として働いています。ようやく自分にもできることを見つけたんです。だから、僕はまだここで頑張っていきたいんです」

「治癒士《ちゆし》？　アンジェロは魔法が使えないではないか」

「今は簡単な治癒《ちゆ》魔法であれば、なんとか使えるようになりました」

「魔法が、使えるようになっただと……」

オレリアンはアンジェロが魔法を使えないことを知っていたのか。

「アンジェロ。背中の傷はもう大丈夫なのか？　触れられても辛くないのか？」

前のめりになり詰め寄ってくるオレリアン。

どうやら彼は、アンジェロの傷のことも知っているようだ。

「はい、少しはよくなりました」

「それならすぐにでも王都へ帰り治療に専念しよう。私が専用の治癒士《ちゆし》を用意する」

話は決まったとばかりにオレリアンは立ち上がり、俺の腕を掴んだ。

このままじゃいけない。俺は頭をフル回転させて言い訳を考える。

「ちょっと待ってください兄様！　背中の傷の治療は……ここにいるノルンさんとイーザム様の二人がいなければできません！」

「……なぜだ？」

「僕は前線に来てから背中の傷の治療をはじめました。傷に触れただけでも息が止まりそうなくらいに辛かった治療は、二人が協力してくれたからできたんです」

「ならばその二人も連れていく」

「それは無理です。ノルンさんは神殿騎士として僕の護衛を任されているだけですし、イーザム様はこの前線で唯一の治癒士《ちゆし》です。ここを離れるなんてできません」

そう説明すると、オレリアンは黙り込む。

――あと一押しか。

俺は瞳をキュルンと潤《うる》ませ、オレリアンを見上げた。

「オレリアン兄様。僕は前線に来て初めて、自分が必要とされていると感じました。兄様が仕事でいない間、僕はずっとひとりぼっちで寂しかった。公爵家の子息として、なに不自由ない暮らしに慣れ、与えられたものをただ手に取るだけの生活。でも、僕は前線での奉仕活動を通して、いろいろなことを学びました。イーザム様とノルンさんのおかげで魔法も使えるようになり、働くことで仲間も友人もできました。前線は、僕にとって大切な場所です。この場所を守り抜くことは、国や大切な家族を守ることにも繋がります。だから僕は、屋敷に戻ることはできません」

――よし！　長文を噛まずによく言えた！

心の中で自画自賛しながら反応を見ると、オレリアンはいまだに険しい顔をしたままだった。

これでもダメか……と、諦めかけていると彼はゆっくり口を開いた。

「私はお前のことを知っているつもりで、なにも知らなかったんだな。弟の寂しさにも気づかないなど……兄として失格だ」

「兄様……」

オレリアンは俺の頭を撫で、申し訳なさそうに眉を下げる。

「まさかアンジェロの口から国や家族を守るなんて言葉が出るなんて、驚いたよ。お前も成長したのだな。お前の気持ちは、よくわかった」

「本当ですか！」

俺はパッと顔を明るくする。

これで屋敷に戻らなくていいっ!!

なんて油断していたら、オレリアンは意外なことを言い出した。

「だが、前線でのアンジェロの生活を把握しておかなければ、私は心配で帰ることができない」

「…………え？」

「まずは、ここがアンジェロにとって最適な場所なのか確かめる必要がある。ここでの生活に問題があれば、連れて帰ればいいしな。よし！　そうと決まれば今日から数日間ここに世話になるぞ。

手始めに、前線を取り仕切っている騎士団に挨拶に行くか。さぁアンジェロ、騎士団長のところまで案内を頼むぞ」

オレリアンはそう言うと、キラキラ笑顔で俺の手を取り外へ連れだす。

予想に反したオレリアンの発言と行動に、俺は心の中で頭を抱えた。

騎士団長のところへ案内しろと言われたものの、この東の前線には騎士団長どころか騎士団は誰ひとりいない。

この際、東の前線の現状を知ってもらうためにも真実を話したほうがいいな。

「あの、兄様」

「どうしたアンジェロ？」

「申し上げにくいのですが……この東の前線には、騎士団はいません」

「なんだと？」

オレリアンは眉をひそめ、怪訝《けげん》な表情をする。

「騎士団の人々は前線都市メンニウスに滞在していて、ここまで来ることは滅多にありません。この前線は、傭兵とキャンプ地一帯にある村の人々によって、どうにか守られているんです」

「それは本当か？」

「はい。僕もつい最近前線の現状を知り、驚きました。僕が来てだいぶ経ちますが、騎士団の姿を見たのは、物資の補給に来た一度きりです。それに、おそらく前線に支給されるべき物資すら、騎士団の人が着服しているようです」

騎士団員が働きもせずぬくぬくと生活している現実を話すと、オレリアンの眉間の皺《しわ》はどんどん深くなる。

「ほ～う。東の前線は魔獣が強く、もっと物資が必要だと騎士団から申し出があったのだがなぁ、そんな現状とは……」

怒気を含んだ重く低い声は腹に響き、チクった俺すら恐ろしくなってくる。

――こりゃぁ、デリーアというおっさんもただじゃすまないなぁ～。

まぁ、ノルンに嫌味を言った罰《ばつ》を受けるがよい。

「では、この前線の責任者は誰になるんだ？」

「キャンプ地全体の責任者は、傭兵を取りまとめているガリウスさんでしょうか。あとは、僕の上司である治癒士《ちゆし》のイーザム様もこの前線を昔から支えてくれている方です」

「では、まずガリウス殿に挨拶し、その後イーザム殿にも挨拶に行くとしよう」

明らかに自分よりも地位の低い前線の人たちを相手に、自ら挨拶に行くと言うオレリアンは結構な変わり者なのかもしれない。

そんなことを思いながら集会所へ向かうと、ガリウスさんがナイスなタイミングで出てくる。

「あ、ガリウスさん！」

「お？　どうしたアンジェロ」

「……アンジェロ？　公爵家の者を呼び捨てとは……」

――そういうところは、やっぱり貴族なんだな！

オレリアンの雰囲気が一気に怖くなるので、慌ててなだめるようにオレリアンの手を取る。

「兄様。僕はこのキャンプ地でお世話になっている新参者です。前線では地位や身分は関係ありません。なので、呼び捨てでも構わないと言ってあります」

「……そういうものなのか？」

「はい！　そういうものなんです！」

どうにかオレリアンをなだめると、俺はガリウスさんを紹介する。

ガリウスさんはオレリアンを前にしても物怖《ものお》じせず、フランクな態度で挨拶を交わした。

次にイーザム爺さんのいる治療小屋に向かうと、爺さんもいつもの感じで、のほほんとオレリアンに挨拶をする。

隣にいたミハルは、緊張した面持ちで丁寧にぺこぺこと頭を下げていた。

バタバタと挨拶回りを終えたときにはもう日が落ち、辺りは暗くなっていた。そして、部屋に帰ると、ノルンとオレリアンの従者が夕食をテーブルに並べていた。

「アンジェロ様、本日の夕食はオレリアン様もいらっしゃるのでこちらに用意いたしました」

「ありがとうございます」

テーブルには食堂のご飯と、オレリアン用に従者が準備したであろう華やかな食事が並んでいた。

今日の食堂のメニューは分厚いステーキがメイン。無骨さ満点だ。

オレリアンは俺に用意された食事を見て、ふむ……と考え込む。

「ノルン。明日からは私もアンジェロと同じものを食す。朝食は二人分準備してくれ」

「……承知しました」

「いいのですか？　兄様の、お口に合うか……」

「いいんだ。アンジェロの生活を知るためには、衣食住を知らなければいけない。食事というものは、とても大切だからな。さぁ、アンジェロ。冷める前に食べてしまうぞ」

「は、はい！」

それから緊張の夕食タイムが訪れた。

腹が減っていたのでステーキを口いっぱいに頬張っていると、オレリアンはそんな俺をじぃ……っと見つめる。

――あ……もっと貴族らしく食べないと、アンジェロの中身が違うことがバレるかな。

そう思い、後半はちまちまと肉を切り分けながらステーキを食べていった。

食事が終わり、ようやく就寝の時間になる。

やっとオレリアンから解放されると思いながら、寝衣に着替えを済ませると、なぜか俺のベッドに寝転がるオレリアンの姿が。

「に、兄様？　もしかして、そのベッドで寝るのですか？」

「あぁ、そのつもりだが？」

――くぅぅ……じゃあ、俺は今日どこで寝ればいいんだよぉ～。

そう思っていると、突っ立っている俺にオレリアンが手招きしてくる。

「さぁアンジェロ。一緒に寝るぞ」

「えぇ⁉　兄様と一緒に寝るんですか？」

「なにか問題でもあるか？」

いやまぁ兄弟だし問題はないけど。

そう思いながらベッドに潜り込む。体格のいいオレリアンが一緒だとぎゅうぎゅうだ。

仰向けに寝るとはみ出してしまいそうなので、オレリアンに背を向けて目を閉じる。

突然の兄の来訪になんだか気疲れしたせいか、目を閉じるとすぐに夢の世界へ落ちていった。

その晩見た夢は、オレリアンの背中を追いかけて楽しそうに走り回る、幼いアンジェロの記憶。

アンジェロよりも大きな背中に追いつくと、兄は優しく微笑んで抱き寄せてくれた。

温かくて大きな腕に抱きしめられる心地よさに、アンジェロは確かに幸せを感じていた。

アンジェロが初めて見せてくれた幸せな記憶に、俺の心もほんわかと温かくなった。

幸せな夢を終わらせたのは甲高い鐘の音。

カーンカーンと鳴り響く音がキャンプ地に響き渡り、朝を伝える。

夢見がよかったせいだろうか、今日はいつもよりよく眠れたので、まだ布団から出たくない。

ぬくぬくの布団に包まれ、俺の体に巻きついているたくましい腕をぎゅっと抱きしめて再び瞼《まぶた》を閉じ……

――って！　この腕誰のだよ！

クラブで浴びるように酒を飲んで酔った勢いでワンナイトした翌朝を思い出すような展開に、カッと目を開く。

俺を背後から抱きしめる腕の主《ぬし》が誰なのか確かめるべく振り向くと、そこには金髪のイケメンがスヨスヨと眠っていた。

──そういえばオレリアンと一緒に寝たんだったな。

昨日のことを思い出し、起こさないように彼の腕の中から抜け出そうとしていると「おはようございます」とノルンの不機嫌な挨拶が聞こえた。

「おはようございます、ノルンさん。えっと、どうかしましたか？」

オレリアンの腕にぎゅうぎゅうに抱きしめられたままの俺を見て、なにをちんたらやってんだとでも言いたげなノルンの視線。

そして、俺の脱出を阻《はば》むようにオレリアンは俺を再び抱き寄せる。

「わっ！　オレリアン兄様！　もう朝なので起きてください！」

「ん……？　あぁ、もう朝か……」

まだ寝ぼけたままのオレリアンはそう言いながらもまた俺を抱きしめて瞼《まぶた》を閉じるので、ペシペシと腕を叩く。

──ほら！　ノルンがどんどん眉間の皺《しわ》深くしてんだから起きろよー！

どうにかこうにかオレリアンを叩き起こすと、部屋の外で待ち構えていた従者に託して身支度をしてもらう。

寝起きでポヤーっとしていたオレリアンの顔は、ようやく目が覚めたのか初めて会ったときのように凛々《りり》しいものになっていく。

「アンジェロ、ノルン、すまない。朝はどうも苦手でな」

「気にしないでください兄様。朝食はどうしますか？　昨日は食堂の食事を食べると言っていましたが……」

「もちろん、そうさせてもらうよ」

「では、準備して持ってきますね！」

「いや、ここではなく、食堂に行きたい」

「えっと、大丈夫ですか？　机も椅子もボロボロですよ？」

食堂の机や椅子は雨風に晒《さら》されているので、はっきり言って綺麗ではない。壊れている物だってある。

「それは構わない。昨日も言った通り、私がここに滞在する理由は、アンジェロが過ごす場所として適切なのか判断するためだ。そのためには日常を知らねばならん」

「そう、ですか」

そうは言うものの、公爵家の坊ちゃんに耐えられるだろうか。心配になりながら、俺はオレリアンを食堂へ案内する。

朝から賑《にぎ》わう食堂を見て、オレリアンは目を見開いたまま周囲を観察している。

驚いているのかなんなのかわからないが、突っ立ってちゃ邪魔なので、手を引いてトレーとプレートやお椀を持たせて列へ並ぶ。

俺たちの順番が来たので、いつものようにダッチさんに挨拶して食事をついでもらう。

「兄様。トレーを出してください」

「わ、わかった」

オレリアンがぎこちなくトレーを出す。ダッチさんはチラリと彼を見て、俺よりも多めに食事をよそってくれた。

「さぁ、兄様。空いてる席に座って、食べましょう」

オレリアンを引き連れて、なるべく目立たない端っこの席についた。

いただきますと心の中で唱えてから、焼きたてのパンを口に運ぶ。オレリアンも俺が食べる様子を見ながら、パンを口にした。

一口食べ、味を確かめたあと、オレリアンはまた一口と進めていく。

どうやら食事は合格点がもらえたのか、なにも言わずに完食していた。

「お口に合いましたか？」

「あぁ、問題ないようだ。しかし、アンジェロの口に入るとなると、もう少し食事のバランスや味付けを考える必要性はあるな」

「ハハ……」

公爵家の食卓と比較して勝てるのなんて王族くらいだぞオレリアン。

食事を済ませたあとは仕事へ向かう。

「兄様。今から向かうのは治療小屋です。部屋にいる人たちは皆、怪我を負《お》っています。治療には心の安静も必要なので、部屋に入ったら静かにしていてくださいね」

「……わかった」

素直に頷くオレリアンを連れ、治療小屋へ到着する。いつものように軽傷部屋の皆に挨拶すると、明るく返事をされる。

体調に変わったことはないか、傷の具合がどうかなど一人ひとりに確認しながら、脈を測り、顔色をうかがう。

傷の具合を見ながら治癒《ちゆ》魔法をかけ、薬で済みそうな傷には軟膏を塗ってガーゼで保護し、包帯を巻いていく。

「アンジェロ様、いつもありがとうございます」

「いえ。痛みが辛いときはすぐに教えてくださいね。痛み止めを処方しますので」

手を取って微笑みかけると、俺より大きく屈強な兵士でも、照れ笑いを見せる。

このギャップがたまんないんだよなぁ〜、なんて不埒《ふらち》なことを考えていると、突き刺さるような二つの視線。

思わずそちらに視線を向けると、オレリアンとノルンが俺のほうに鋭い視線を向けていた。

──雰囲気が怖すぎなんだよ二人とも。

ハァ……とため息を吐きながら、午前中の診察を終える。

空気の入れ替えをしながら掃除をして、次は汚れたシーツを剥ぎ取り、新しいものへ交換する。

それが終わると、今度は山のような洗濯物をノルンと手分けして洗濯場のある川へ運ぶ。

「ここで……洗濯をするのか？」

「はい。洗濯場所は決まっているので、毎日ここで洗濯をしています」

「毎日？　なぜ、毎日洗濯をするんだ？」

「え？　だって汚いシーツでは傷によくないでしょう？　それに、しっかり気が休まらないではないですか。療養をする上で、衛生環境はとても大切です。どんなに腕のいい治癒士《ちゆし》がいても、休む場所が汚れていれば体も心も休まりませんからね」

「たしかにそうだな……」

俺がオレリアンに説明している間に洗濯大臣ノルンは黙々《もくもく》と洗濯に取りかかっていた。

俺もノルンの隣で汚れのひどいものの手洗いをはじめると、オレリアンが覗き込んでくる。

「アンジェロも洗濯をするのか？　他の者に任せることはできないのか？」

「洗濯も大切な仕事のうちのひとつですから。ね、ノルンさん」

「そうですね」

ノルンは当然という様子で頷き、豪快に洗濯を続ける。

オレリアンは俺たちの様子を見ながら、ふ～むと考え込んでいた。

洗濯が終わったら干し上げて、それから備品のチェック。傷の具合が気になる傭兵の診察に回り、あっという間に一日が終わる。

オレリアンは気になることがあればその都度質問しながら、終始大人しく俺のうしろをついてきてくれた。

「前線での生活はどうでしたか？」

「そうだな。アンジェロが滞在するには、まだまだ改善が必要な場面が多いな」

「まぁ、そうですよねぇ」

オレリアンがどこまでのレベルを求めているかはわからないが、頭から否定されることはなさそうでよかった。反応としては、そこまで悪くなさそうだ。

夕食の後、昨日と同じように一緒にベッドに入ると、オレリアンが話しかけてきた。

「なぁ、アンジェロ。ここでの生活は楽しいか？」

「そうですね。楽しいと言ったら前線で命をかけて戦う皆に失礼かもしれませんが、ここでの生活は……とても楽しいです」

「魔獣という脅威があってもか？」

「……はい。魔獣も怖いですが、僕はそれよりも怖い体験を、王都で経験しましたから……」

背中を傷つけられ、呪いをかけられた記憶。断罪を受け、皆に晒《さら》し者にされた記憶。

断罪されたときのことを思い出すと、アンジェロの胸は張り裂けそうなくらいに痛む。

マリアの顔を思い出すときは特にだ。

「そうか……」

オレリアンは俺を抱き寄せ、頭を撫でてくれる。

小さな子をあやすような抱擁《ほうよう》に恥ずかしさを感じながらも、その腕はとても心地がよく、俺は甘えるようにオレリアンの胸に顔を埋めた。

翌朝。昨日に引き続き、たくましき兄の腕と胸板に包まれて目を覚ます。

前線では嗅《か》ぐことなど滅多にできない華やかな香りに、朝からいい気分になる。

つい胸元をスンスン嗅《か》いでしまっていると、オレリアンの体がもぞもぞと動く。見上げると、アンジェロと同じ綺麗な碧色《あおいろ》の瞳と目が合った。

「おはようございます兄様」

「おはよう、アンジェロ」

いつも凛々《りり》しいオレリアンが見せる柔らかな笑顔のギャップがたまらず、なんだか胸がときめく。

――……さすがに実兄に手を出すのはダメだよなぁ。

チラリと脳裏をよぎった邪《よこしま》な考えを振り払いながらも胸筋に顔を埋めて活力を補った。

癒《いや》しタイムが終わると、今日もついて回るであろうオレリアンに声をかけて起こす。

昨日よりもわりとスムーズに目覚めてくれたオレリアンと支度をして、食堂へ向かった。

――今日はどこを案内しようか。俺の行動範囲は昨日ある程度回ったから……村のほうとか？

村に行ったらハンナさんたちから質問攻めにされそうだなぁ～。

なんて、歩きながら考えていたのだが。

「兄様、今日はどうしますか？　見て回りたいところは……」

「いや、もう案内は不要だ。アンジェロ」

「………え？」

案内は不要って……数日は滞在するって言っていたのに？

つまりはこれ以上、見る価値もないってことか？

昨日はいい雰囲気で視察していたと思ったが、違ったのか!?

オレリアンは表情を変えることもなくそんなことを言うので、あたふたしてしまう。

そうこうしていると、いつの間にか食堂へ到着していた。

オレリアンは俺を置いて、トレーやプレートを手に取り、すでに慣れた様子で列に並ぶ。

ダッチさんに食事をよそってもらうと、「ありがとう」なんてサラリと感謝の言葉を述べ、空いているテーブルへ。

俺もあとを追ってオレリアンのいるテーブルへ着座し、食事前に聞きそびれたことを問う。

「あ、あの……兄様。案内が不要っていうのは、どういう意味なんでしょうか……」

「もう王都へ帰るから不要だという意味だ。帰る前にガリウス殿に話をしなければいけないな」

「王都に……帰る……」

それは俺を連れて帰るってことですか?

なんて、怖くて聞けずにうつむいていると、オレリアンが心配そうに俺を見つめた。

「アンジェロ、どうした？　食事が冷めてしまうぞ」

「はい……」

もしかしたら、これが前線での最後の食事になるかもしれない。

パンを口に運ぶが、なかなか食事は喉を通らなかった。

朝食を終えたあと、オレリアンは俺を連れて集会所へ向かう。

ガリウスさんは、朝から傭兵たちの報告を受け、兵の配置決めなど忙しそうにしていた。

「ガリウス殿。少しいいか？　話したいことがあるのだが」

「ん？　あぁ、アンジェロのお兄さんか。どうしたんですか？」

オレリアンが声をかけると、ガリウスさんが俺たちのもとへやってくる。

「視察が終わったので、報告も兼ねて我が弟アンジェロの今後についても話をしておこうと思ってな。昨日この前線を視察させてもらったが、ここの環境はあまりいいとは言えない。私の弟が生活するとなればなおさらだ」

「そうですか……」

ガリウスさんは眉根を寄せ、俺に視線を向けてくる。ガリウスさんにはオレリアンが来た事情を簡単に説明してあるので、オレリアンがなにを言い出すのかなんとなく予想がついたようだ。

「こんな場所に弟を置いておくことなど考えられない、屋敷に連れて帰ろう、と思ったが……視察を経て、考えを改めることにした」

——考えを……改める……？

その言葉に、屋敷に連れ戻されるんだと思い込んでいた俺は驚きに目を見開く。

「アンジェロが治癒士《ちゆし》として奉仕活動を行い、この前線で必要不可欠な存在になっていると聞いた。実際の働きぶりも確認させてもらったが、アンジェロは贔屓目《ひいきめ》なしによくやっていると思う」

オレリアンに褒めちぎられて照れくさくなった俺は、頬をゆるめながら話を聞く。

「魔獣の脅威がある、厳しい前線での生活に文句ひとつ言わず、皆や国を守るために奉仕活動を続ける姿に私は感銘を受けた。ならば兄として私ができることは、アンジェロの生活環境を充実させ、安全な生活を過ごせるようにサポートすることだ」

「あ、あの兄様。それってつまり……僕は屋敷に戻らなくていいってことですか？」

「あぁ。お前がここでの生活を望むのならな」

「僕はここで、この前線でともに戦い、皆を守っていきたいです！」

俺の決意表明を聞いて、オレリアンは目を細めた。

ガリウスさんも、安心したように笑ってくれている。

「ガリウス殿。私の大切な弟をどうぞよろしく頼む」

「ハハ。それはもちろんですよ」

「では、ここからは支援体制について話を進めたい」

「支援体制？」

ガリウスさんはオレリアンの言葉に首をかしげた。

「そうだ。取り急ぎ必要なのは薬や薬草など治療に必要な物資か。それに武器や防具も必要数を準備しよう」

「おぉ……」

「支援物資は騎士団は通さずに運ぶ。今から前線都市メンニウスへ戻り、先に一時的な補給品を調達して届ける予定だが、構わないか？」

「もちろんです！」

オレリアンの提案に、ガリウスさんは目を輝かせる。

思わぬ粋《いき》な計らいに、俺のキュンキュンメーターは爆上がりだ。

最高すぎるぞオレリアンお兄ちゃん！

「兄様！　ありがとうございます！」

「どうということはない。兄としてやるべきことをやっているだけだ」

オレリアンに笑顔全開で近づくと、爽やかイケメンスマイルでポンと頭を撫でてくれた。

それからオレリアンは帰り支度をして馬車へ向かった。俺とノルンも見送りに行く。

オレリアンが馬車の前で俺を呼ぶので近寄ると、そっと抱き寄せられた。

「アンジェロ。もし、ここでの生活が辛くなったら、すぐに私に頼るんだぞ。いいな？」

「はい、兄様」

――そりゃもちろん頼らせていただきますともお兄ちゃん！

わかりましたと返事をしながら頷くと、オレリアンは俺の頭を撫でて馬車へ乗り込み、そして出発していった。

最初はどうなるか不安だらけだったオレリアンの突然の訪問は、終わってみれば俺や前線にとっていいこと尽くめだった。

なんだかんだでオレリアンは弟思いのすごくいいやつだったたな。

そんなことを思いながら、小さくなっていく馬車を見送った。


オレリアンが去ってから一週間後。

大きな荷馬車が三台、キャンプ地へやってきた。

中身はもちろんオレリアンからの支援物資なのだが、その量の多さにガリウスさんやミハルでさえも驚いていた。

「うわぁ、こんなにいただいていいんでしょうか」

「え～っと……『気にせず使ってくれ』と手紙には書いてあるので、いいんでしょうね」

「さすがベルシュタイン公爵家様だなぁ。武器や防具も一級品ばかりで、使うのがもったいないくらいだ」

ガリウスさんは剣を手に取り、うっとりと眺めている。ミハルは大量の薬や薬草に大喜びだ。

オレリアンのチョイスはどれもセンスがあり、前線で必要な物がこれでもかと詰めこまれていた。

「ん？　これはなんだろう？」

『日用品』と書かれた木箱の中に、たくさんの布地が入っている。

着色されていないものからカラフルに染め上げられたものまで、色とりどりの生地に、見ているだけで楽しい気分になる。

生地の上にはメモ紙が置いてあり、この生地は村の皆に渡してくれと書いてあった。

――そういえば、オレリアンは洗濯場に行ったときに村の皆のことも観察していたな。

オレリアンお兄様の心遣いが嬉しくて、俺はニンマリと笑う。

それから俺はイーザム爺さんとともに定期の往診へ向かった。

村への往診は週に一度、キャンプ地まで来られない村の人々たちを、イーザム爺さんは長年診察して回っている。そして少しは役に立つようになった俺も、先週からついていくようになったのだ。

ミカとエイラの母であるハンナの声かけのおかげで、村の人たちは新参者の俺にも優しい。

オレリアンからの支給物資と、診療に必要な荷物をリヤカーに載せると、ノルンが運んでくれる。

しばらく歩くと長閑《のどか》な村が見えてきて、外で遊んでいた子供たちは俺たちの姿を見つけると手を振りながらこちらにやってくる。

その中にはミカもいて、いつもの愛らしい笑顔で出迎えてくれた。

「イーザム様、お兄ちゃん、ノルン様こんにちは！」

「こんにちはミカちゃん」

「あれ？　今日は荷物が多いね～。これはなぁに？」

ミカは持ってきた木箱を見てキョトンとしている。

「これは服を作るための布が入ってるんだよ。村の皆に使ってほしいって送られてきたんだ」

「えぇっ！　この箱全部⁉」

「そうだよ」

俺の言葉にミカは目を輝かせ、「お母さんたちに教えてくるね」と走り去っていった。

村の中心にある寄り合い場には、すでに村の人々が集まっていた。

老人から妊婦さん、子供たちまで、それぞれの症状を確認して、治療を行ったり薬を処方したりしていく。

最初はイーザム爺さんの補助として動いていたが、人数が増えてくると、定期的に訪れている患者への対応を任されるようになった。

イーザム爺さんからカルテを渡され、挨拶をしながら診察をしていく。

一人目は七十代後半のお婆さん。

膝の痛みが続いており、痛み止めの薬を処方されているようだ。

「よろしくお願いしますね」

「おやまぁ～。こんな若くて素敵な人に診てもらえるなんて、長生きはするものねぇ～」

「はは。ありがとうございます」

ニコリと微笑みかける。患者さんと接するときは、第一印象が肝心だ。

痛みがあるという膝に触れると、熱を持って腫《は》れていた。

「腫《は》れがありますね」

「そうなのよ～！　数年前からずっとこんな感じなの。酷いときにはもう、足を切り落としちゃいたいくらい痛むのよ～」

お婆さんは冗談のように笑顔でそう言うが、膝の痛みを抱えながら日常生活を送るのは苦痛なはずだ。特に女性は家事動作で膝を使うことが多い。

少しでも痛みを和《やわ》らげてあげられれば。

「あの、もしよければ治癒《ちゆ》魔法をかけてもよろしいですか？」

「え!?　膝の痛みくらいで治癒《ちゆ》魔法なんていいの？」

「もしかしたら、あまり効果はないかもしれませんが、少しでも痛みが和《やわ》らぐならと思って」

「まぁ！　滅多にないことだもの。私は効果がなくても大歓迎よ～」

お婆さんが嬉しそうに膝を差し出してくるので、患部を優しく包み込むように手をかざす。

――膝の具合から見て、水が溜まって関節が炎症を起こしているんじゃないだろうか。軟骨もすり減って、痛みが慢性的になってるんだろうな。

症状からいろいろと想像しながら治癒《ちゆ》魔法をかけると、お婆さんの膝がキラキラ輝きだす。お婆さんは、子どものような顔をして魔法をかけられた膝を見ていた。

治癒《ちゆ》魔法をかけ終え、お婆さんに痛みの具合を聞いてみる。

するとと、彼女は膝に触れて頭をかしげた。

「ん？　痛く……ない？」

「本当ですか！」

お婆さんは続けてヨイショと立ち上がって屈伸運動をする。その途端、パァァと顔が綻《ほころ》んだ。

「貴方すごいわねぇ、膝が全然痛くないわ！」

お婆さんのキラキラした笑顔に照れていると、俺に突き刺さる無数の視線。

会場にいる他の高齢者たちも、慢性化している痛みをとってくれるのではと期待しているのだろう。羨望《せんぼう》の眼差しを俺に向けていた。

その中にはなぜか治療をしているはずのイーザム爺さんも交ざっており、腰をポンポンと叩きながら熱視線をこちらに投げかけている。

「アハハ……。頑張りま～す」

そうして俺は、村の高齢者に囲まれたハーレム状態で治癒《ちゆ》魔法をかけ続けたのだった。

村の皆の診察が終わったあと、イーザム爺さんからも治癒《ちゆ》魔法をせがまれた。

寄合い場の寝台にゴロリと寝そべり、俺に治癒《ちゆ》魔法をかけられながらイーザム爺さんはポツリと呟く。

「ふ〜む……。お前さんの治癒《ちゆ》魔法は、やはり特殊なんじゃろうなぁ〜」

「なにが特殊なんでしょうか？」

「そうじゃの〜。治癒《ちゆ》魔法を使うとき、お前さんはなにを考えておるんじゃ？」

「えっと……」

なにと言われても、患者の症状や怪我の状態を見て、治るイメージをしながら……って感じか？

「患者さんの症状と、それに合う治療法を想像しながら、ですね」

「ほ〜う。儂《わし》も患者のことを考えながらやっておるが、古傷は治せることが少ない。なぜかわかるか？」

「いえ、わかりません」

「その古傷の原因や状態がわからないからじゃ。治癒《ちゆ》魔法はがむしゃらに魔力を込めても意味はない。村の婆さんの膝の痛みは、儂《わし》には原因がわからん。どうして痛み続けるのか、どうやって治せばいいのか想像ができんのじゃ。じゃから、お前さんが婆さんの膝を治したときはたいそう驚いた。今、こうやって儂《わし》の腰を治療できておるのものぉ……」

イーザム爺さんは起き上がり、腰や足を動かしてふむふむと頷く。

「腰の痛みも、足の痺《しび》れもとれておる。お前さんの魔力が特殊なのか、お前さん自身が特殊なのかわからんが、治癒士《ちゆし》として、お前さんは最高のものを持っておるな」

イーザム爺さんはニッと笑うとポンと俺の頭を撫でてくれる。ここまで手放しに褒められると、なんだか嬉しいやら恥ずかしいやらでニヤケてしまう。

イーザム爺さんの腰の痛みはヘルニアとか脊柱管狭窄症《せきちゅうかんきょうさくしょう》あたりかなぁ～と予想しながら治癒《ちゆ》魔法をかけてみたが、それが当たっていたおかげで効果があった、ということなのだろうか？

まだまだ治癒《ちゆ》魔法については、わからないことだらけだな。

「ありがとうございます。でも、イーザム様が僕の背中の傷を治してくださったから、僕は今こうして治癒士《ちゆし》として働けているんですよ」

「ほほ～。嬉しいことを言ってくれるの～。じゃあ、頑張ってお前さんの傷を治した儂《わし》のお願いごとを聞いてくれんかの～」

いつも勝手に仕事を任せてくるイーザム爺さんが、わざわざお願いしてくるなんて珍しい。

「もちろん構いませんよ」

「お～さすが優しいアンジェロ坊ちゃんじゃ。では、ミハルの右足を治してくれんかのぉ」

「ミハルさんの……」

「そうじゃ。ミハルの右足が悪いのはお前さんも知っておるじゃろ。ミハルがまだ幼い頃、魔獣に襲《おそ》われて儂《わし》が傷を治した。だが、儂《わし》の力不足で治療が不完全でなぁ。あのあとも何度か治癒《ちゆ》魔法をかけたが、完全に治すことはできんかった。ミハルはそれでも儂《わし》に感謝し、懐《なつ》いてくれておるが、できることならあの足を治してやりたいんじゃ」

イーザム爺さんのいつになく真剣な表情に、断る選択肢などなかった。

というか、ミハル先輩の治療なら喜んでさせてもらいたい。

「ミハルさんは僕にとって恩人です。イーザム様の願いは、僕の願いでもあります」

「頼もしいの。それじゃあ頼んだぞ、アンジェロ」

「はい」

力強く頷くと、イーザム爺さんは安心したように柔らかな微笑みを浮かべた。

その後、寄合い場を出ると外には人だかりができていた。

その中心にあるのは、オレリアンが送ってくれた生地の入った箱だ。

箱を取り囲むように、女性たちの明るい声が響く。

「あ！　アンジェロ様！　素敵な贈り物をありがとうございます」

俺の姿に気づいたミカとエイラの母ハンナが声をかけてくる。そして、村の皆も布を手にして、笑顔で感謝の言葉をくれた。

「いえ、僕ではなく兄が、村の皆さんのことを思って贈ってくれたんです」

「はぁ〜アンジェロ様もそのお兄様も人ができてるねぇ〜。アンジェロ様！　今度お兄様が来るときには教えてくださいね！　直接お礼を伝えたいですから」

ハンナはそう言うとニカッと笑顔を見せてくれた。

それからノルンとともに帰り支度をしていると、先ほど治癒《ちゆ》魔法をかけたお婆さんに呼び止められた。

「あ～アンジェロ様！　まだ、いらっしゃったね。よかったよかった」

「どうされたんですか？」

「今日の治療のお礼をと思ってね。うちで作った果実水だよ。帰りにでも飲んでおくれ」

「ありがとうございます！」

綺麗なガラス瓶に入れられた果実水。柑橘系の果物が浮いていて綺麗だ。

お土産までいただいた俺は、嬉しくなってお婆さんに微笑みかける。お婆さんはそっと俺の手を握った。

「アンジェロ様はまるで、フテラ様のような人だね」

お婆さんのなんてことない一言。

そのはずなのに心臓がドクリと脈打ち、握られた手が震えだす。

そして脳裏に響くあの声……

『アンジェロ様。貴方はまさしくフテラ様のようなお方だ』

アンジェロの幼い記憶が蘇り、ヒュッと喉が締まる。息ができない。

お婆さんは俺の様子を見ておろおろと心配しているが、どうしたらいいのかわからない。

――返事しなきゃ……でも息が……

「……アンジェロ様。大丈夫ですか？」

ノルンがそっと俺の肩に触れる。その声を聞くと、震えが少し治まった。

ゆっくりと息を吐き出し、呼吸を整える。

それからなんとか平気な顔で、お婆さんに笑いかけた。

「すみま、せん。ちょっと、治癒《ちゆ》魔法を使いすぎたのかも……」

「あらあら！　ごめんなさいねアンジェロ様。ゆっくり休んでくださいね」

「い、いえ。僕のほうこそ、すみません」

お婆さんに挨拶をして村を出るが、いまだに恐怖が消えない。

よろよろと歩こうとすると、ノルンが腕を支えてくれた。

「アンジェロ様、大丈夫ですか？　少し休みましょう」

「いえ、大丈夫……です」

苦笑いを浮かべながらノルンにそう言い、なんとか部屋に帰りつくと、そのままベッドになだれ込んだ。

頭がズキズキ痛む。

お婆さんの言葉が無意識に頭の中を回り、ゾワリと背中に悪寒が走った。

フテラ様……。俺が、フテラ様に……

違う……違うんだ……

俺は……俺は……僕《おれ》は……

——フテラ様なんかじゃないっ!!

そう心の中で否定した瞬間、俺を押さえつけるように凍《い》てつく声が頭の中を支配した。

『それは違います。アンジェロ様……貴方は……私の……私だけのフテラ様だ』

頭の中に響く、ねちっこくて気味の悪い声は、アンジェロ《おれ》を『フテラ』だと言い続ける。

ムカつくくらいにしつこくまとわりつく声は、かき消したくても簡単には消えてくれない。

嫌だ嫌だと頭をベッドに擦《こす》りつけ、背中の傷の痛みに耐える。

――痛い……辛い……悲しい……痛い……

負《ふ》の感情の押し潰されそうになったとき、俺の体を温かい腕が包み込んだ。

「アンジェロ様、また背中の傷が痛み出したんですか？」

ノルンは俺を抱き起こすと、心配した顔で俺を覗き込む。

そんな彼を見ているだけで、なぜだか心が落ち着いてきた。

ノルンの腕の中にいると、背中の傷の痛みが治まり、息もしやすくなる。

なんとか呼吸を整えながら、俺の腕は自然とノルンを求めるように伸び、ぎゅっと抱きしめる。

「傷……痛い、です……」

「――ッ！　すぐに、イーザム様を」

ノルンが立ち上がろうとするのを、俺はふるふると顔を横に振って止める。

この背中の傷の痛みは、イーザム爺さんの魔法で治るものじゃない。

今、俺が欲しいのは……

「今は、このままがいいです」

「このまま……ですか？」

「はい。ダメですか？」

「いえ、ダメではありません……」

ダメだと言われても離す気などなかった俺は、再度ノルンを抱きしめる。

ノルンはベッドに腰かけ、背中の治療をするときと同じように向かい合う体勢になってくれたので、その胸に顔を埋める。額を擦《こす》りつけ、大きく深呼吸すると、ようやく頭の中の不快な声が小さくなっていった。

ノルンは震える俺を気遣うように、頭や背中を優しく撫でてくれる。

「アンジェロ様、少し落ち着きましたか？」

見上げると、綺麗なヘーゼルグリーン色の瞳と目が合った。

見つめ続けていると、ノルンは小さく微笑んだ。

その笑顔に、俺の胸がキュッと締め付けられる。

無愛想で仏頂面のノルンの笑顔を見ると、たびたび胸が高鳴る。

普段は笑顔なんて見せない真面目なタイプがたまに見せるギャップに萌えているだけだろうか？

そんなことを考えながら、「もう少しこのままで……」と、返事をしてまた胸元に顔を埋める。

この前線に来てから、ノルンにはどれだけ助けてもらっただろうか。

辛い背中の治療のときも、ずっとそばで支えてくれた。俺のわがままに付き合ってくれて、俺を助けるためにゴブリンの巣にも飛び込んでくれた。

いつもそばにいることが当たり前になっていて、今まで深く考えたことはなかったが、『ノルンは絶対に俺を助けてくれる』という安心感は、今では俺にとって大きな心の支えになっている。

特に、過去のアンジェロのトラウマが蘇ったときにはその効果は抜群だ。ノルンがいなきゃ、俺は今頃、過呼吸で意識がぶっ飛んでいただろう。

ノルンには感謝しなきゃなんないよなぁ、と思いながらも、今は辛く悲しい気持ちでいっぱいな俺は、甘えるように彼の大きな背中を抱きしめた。

しばらく温かい腕の中で過ごしていると、傷の疼《うず》きが消えていく。

頭の中の気味悪い声もようやく聞こえなくなった。

顔を上げ、ノルンを見上げると、彼は目尻を下げて「大丈夫ですか？」と優しく聞いてきた。

「アンジェロ様、お腹は空きませんか？　よければ夕食をもってきますが」

「お腹は、あまり空いていないです」

「では、ダッチさんに昨日もらった焼き菓子は食べられますか？　温かい紅茶と甘い菓子は、心の緊張をゆるめてくれますよ」

こくりと頷くと、さっそくノルンはお茶の準備にとりかかった。

椅子に座らせられ、ボーっとしながらノルンの様子を眺める。

紅茶のポットからは、ふわりといい香りが漂っている。

「アンジェロ様、ゆっくり食べてくださいね」

「ありがとうございます」

机には紅茶とクッキーのような焼き菓子が並んでいる。紅茶は口当たりがよく、飲みやすい。体の中まで温まるようで、安心する。

「紅茶、すごくおいしいです」

「それはよかったです。その茶葉は、オレリアン様からアンジェロ様にと渡されたものです。このお茶が好きだったとおっしゃっていました」

——さすが、オレリアン兄様だな。

感心しながら焼き菓子を口にする。優しい甘さに口元が綻《ほころ》んだ。

「お菓子も、すごくおいしいです」

ノルンは安心したように笑った。

ささやかなティータイムを終えると、今日は早く休みましょうとノルンが寝る準備をはじめる。

着替えも手伝ってくれて、いつもより少し早いがベッドに横になった。

「今日も一日お疲れ様でした。ゆっくり休んでくださいね」

「はい、おやすみなさい」

「おやすみなさい、ノルン」

そう言って、ノルンが部屋の灯りを消す。

目を閉じ、しばらくしてウトウトしはじめると、あの気味の悪い声がまた少しずつ少しずつ大きくなってくる。

たまらずパッと目を開くと、部屋の隅にほのかな灯りが見えた。

ノルンが剣の手入れをしている。

切長《きれなが》の瞳、鼻筋の通った、整った顔立ち。

真剣な顔つきで剣と向き合うノルンは、艶《つや》やかな黒髪をきゅっとひとつにまとめており、凛々《りり》しさが際立つ。

小さな蝋燭《ろうそく》の灯りに照らされるノルンを観察していると、視線を感じたのか、こちらを振り向いたノルンと目が合った。

「アンジェロ様、どうされましたか？」

「頭の中に、声が響いてくるんです。さっき、ノルンさんに抱きしめてもらったときは止まってたんですけど、またどんどん大きくなって……」

「では……おそばにいきましょうか？」

頷くと、ノルンは剣を置き、俺のベッドに腰かける。

「どうすればアンジェロ様の不安が取り除けるでしょう。また、抱きしめてもよろしいですか？」

ノルンは少し照れながらそう言ってくれるが、ただ抱きしめてもらうだけじゃ、頭の中の声はきっとまた現れる。

寝てる間にまた聴こえてきたら、そのたびに起きてノルンを心配させてしまう。

それなら……答えはひとつだ。

「あの……ノルンさん。僕と寝てくれませんか？」

そう告げると、いつも冷静なノルンが珍しく慌てた様子を見せる。

「ア、アンジェロ様、それはいったいどういう意味で……？」

「一緒のベッドに寝てほしい、っていう意味です。ノルンさんが一緒に寝てくれたら、すごく安心するなって思って……。ダメでしょうか？」

「ダ、ダメではありませんが……」

うるうると瞳を潤《うる》ませてノルンを見上げると、彼は真剣な顔で悩んでいた。

……そんなに俺と一緒に寝るのが嫌なのか？

なかなか答えを出さないノルンに業を煮やした俺は、強硬手段に出ることにした。

ノルンのほうへ擦《す》り寄り、ピタリとくっついて、手を握る。

「こうやってしていると、心がすごく落ち着くんです」

ふんわりと柔かく微笑み、百点満点のアンジェロスマイルを放った。

握った手を、ノルンが握り返してくる。

「そう、ですね。……わかりました。アンジェロ様のご迷惑でなければ一緒に寝ましょう」

「わぁ～嬉しいです！」

計画通り、と俺はニンマリ笑った。

クラブで培《つちか》った誘い文句で無事ノルンをベッドインさせることに成功した。

抱きつき慣れたノルンの体に腕を回し、むぎゅっと胸に顔を押し当てる。今の俺にとって、ノルンは世界で一番安心できる抱き枕だ。

あの憎たらしい嫌味な声はノルンのおかげで遠ざかり、ホッと一安心だ。

——あ～辛いときはやっぱり人肌に触れるのが一番落ち着くなぁ～。仕事でヘマしたときも、よく男引っかけて慰《なぐさ》めてもらってたっけ。

前世を思い出しながらノルンの体を堪能《たんのう》する。細身に見えるが、服の下に隠された胸筋はなかなかのものだ。

脱いだらすごい系なのかな……？　なんて、妄想しているとノルンが耳元に囁《ささや》く。

「アンジェロ様。そんなに顔を寄せて、苦しくはないですか？」

「いえ、大丈夫です。むしろこうしていると、すごく落ち着くんです」

ノルンの胸元から顔を上げてヘヘッと微笑みかけると、彼は恥ずかしそうに目を逸らす。

最近のノルンは前より感情が顔に出やすいので、なに考えているのかわかるようになってきた。

感謝したり甘えたりすると、ノルンは今みたいに少し眉を下げるのだ。

そんなノルンを少し可愛く思いながら、ちょっかいをかけるように彼の胸に手を当てる。

「ノルンさんの胸、結構筋肉すごいですよね」

「そう、でしょうか」

「はい。僕の胸なんてペラペラで、まったく違います。こういう男らしい体ってすごく憧れます」

指先で胸を撫でると、ノルンはなにかを我慢するように下唇をきゅっと結ぶ。

その表情にムラムラムラ～としてしまったが、ここでへたに手を出したら今後添い寝を断られそうなので今日はこの辺でやめておく。

興奮したせいで、すっかり目が冴《さ》えてしまった。

ノルンもなんだか目がギラついていて、お互い眠れそうにはない。

そこで俺は、今回の発作の原因になった『フテラ様』についてノルンに聞いてみることにした。

「あの、ノルンさん。フテラ様って、どんな方だったんですか？」

「アンジェロ様は、フテラ様のことをなにもご存じではないのですか？」

「知らないというか、無意識にフテラ様のことを忘れているというか……。もしかすると、この背中の傷を受けたときに記憶から消してしまったのかも……」

ノルンの眉間の皺《しわ》が深くなり、ぎゅっと抱き寄せられる。

「そんな事情がおありなら、お聞きにならないほうがいいのでは……」

「また名前を聞いただけで発作を起こすくらいなら、きちんと理解しておきたいんです。それに今ならノルンさんがそばにいてくれるので、安心して聞くことができますしね」

そう言って笑いかけると、ノルンは心配そうにしながらもフテラ様について話してくれた。

「フテラ様は、遠い昔この国を救ったと言われている方で、元々は天界に住む天使でした。けれど天界で暮らしていた頃はとても傲慢《ごうまん》で、他者を傷つけたせいで神の怒りを買い、罰《ばつ》として翼を切り取られて地上へ追放されたのだとされています」

神話などでよくあるパターンの話に、俺はうんうんと頷きながら話を聞く。

「そして、地上でさまよっているところを助けられたフテラ様は人の優しさに触れ、心を入れ替えました。自分のためではなく、人の笑顔のために尽くすようになったのです。それからしばらくして、魔獣が現れるようになりました。人々は国を守るため、魔獣と戦う日々が続きます。フテラ様は、そんな人々の心と体を魔法で癒《いや》したと言われています。その献身的な姿に、民はフテラ様を崇拝するようになり、信仰の対象となったフテラ様の背中には再び翼が生えたそうです。天使となったフテラ様はそれからも民を癒《いや》す存在となり、そんなフテラ様を人々が讃え、教会を作った……これが『フテラ教』のはじまりと言われています」

フテラ様の話を聞いている間、背中の傷がズキズキと痛みを発していたが、ノルンがそばにいてくれるおかげなのか、幾分マシだった。

フテラ様は下心もない、ピュアな本物の天使。

俺なんかと同類だと言われたら腹立てられそうだ。

「すごい方なんですね。僕なんかとは大違いです」

「フテラ様は本当に素晴らしい方です。ですが、村の方がアンジェロ様をフテラ様と重ねた気持ちはよくわかります。アンジェロ様の治療は温く、体の傷だけでなく心まで癒《いや》されます。きっとお婆さんも、そう伝えたかったんだと思いますよ」

ノルンがストレートに褒めてくれるので、なんだか気恥ずかしくなってくる。

「そんな、僕なんてようやく魔法が使えるようになったくらいで、なんの役にも立ってなくて……」

「魔法を使えなくても、アンジェロ様が前線の人々を癒《いや》し支えてきたのを私はこの目で見てきました。それは、簡単にできることではありません。アンジェロ様だったからこそできたことですよ」

ノルンの優しい言葉に、胸がぐっと熱くなる。

誰かに自分の努力を認められるのってすごく嬉しい。

「……ありがとうございます」

「感謝するのは私たちのほうですよ、アンジェロ様」

「いえ、僕ひとりだけの力ではなにもできませんでした。ここまで頑張れたのは、ミハルさんやイーザム様に前線の皆……それに、ノルンさんがずっと僕を支えてくれたからですよ。本当にありがとうございます、ノルンさん」

「私は騎士としての仕事をしただけです。そんな大それたことはなにも……」

謙遜するノルンに、今まで言えなかった感謝の言葉をぶつける。

「ノルンさんは僕のわがままにも付き合ってくれるし、治癒士《ちゆし》としての仕事の手伝いも嫌な顔ひとつせずにしてくれます。そして、魔獣がはびこる中に飛び込んで、僕を助けてくれました。本当に、感謝してもしきれません」

「私にはもったいない言葉ばかりです。これからも私は……アンジェロ様の騎士として、命をかけてお守りさせていただきます」

こんな真剣な瞳に真っ直ぐ見つめられながら、『命をかける』なんて言われる日が来るとは思わなかった。激重《げきおも》な言葉が真面目なノルンらしい。

「では僕はノルンさんの命を守るためにも、治癒《ちゆ》魔法を磨いていきますね。ノルンさんが傷ついてもすぐに治せるように、これからも頑張ります」

「私も鍛錬を続け、アンジェロ様の隣に立つ者としてふさわしい存在になれるよう頑張りたいと思います」

「ハハ。ノルンさんはそのままでじゅうぶんですよ」

互いに互いを褒め合い、励《はげ》ましながら、俺たちは同じベッドで語り合う。

そして、喋り疲れた俺たちは、抱き合ったままいつの間にか眠りに落ちたのだった。

◇　◇　◇

アンジェロ様が寝付いたあと、そっと体を起こす。あどけない顔で眠るアンジェロ様を起こさないようにそっと頬を撫で、私はベッドから抜け出した。

月明かりに照らされた小道を歩き、人気のない森の中へ入ると、通信用の魔道具を取り出した。

「ヨキラス様、アンジェロ様について報告いたします」

『あぁ、頼む』

今日もアンジェロ様の様子を報告する。

ヨキラス様は相槌《あいづち》を打ちながら、楽しそうに聞いている。

この定期連絡はヨキラス様が希望したものであり、私はアンジェロ様の様子や変化について細かく報告するようにと命じられている。

アンジェロ様が魔法が使えるようになったことや、古傷を治す力も持っていることを伝えると、ヨキラス様は感心したようにため息をもらす。

『それはすごいじゃないか。アンジェロは治癒士《ちゆし》として立派に活躍しているようだね』

「はい。アンジェロ様は、今や前線にとってなくてはならない存在です」

ヨキラス様がアンジェロ様のことを褒めるのを聞くと、自分のことのように嬉しくなる。

『他に報告することはないかい？』

ヨキラス様の問いに、私は少し考える。

東の前線の現状は、まだ完全に改善したわけではない。

オレリアン様が持てる力で体制を整えようとしてくださっているのだから、私もできることをしなければ、と思いヨキラス様に進言する。

「ヨキラス様……実は、東の前線には国を守るべき騎士団がいません。今は傭兵たちがなんとか凌《しの》いでいますが、物資もまだじゅうぶんではなく、どうか支援を……」

けれど、退屈そうな重いため息が私の言葉を遮《さえぎ》った。

『ノルン。私が聞きたいのは【アンジェロ】のことだけだ。東の前線などどうでもいいんだよ』

「しかし……」

『何度も同じことを言わせるな。ノルン、君の役目はアンジェロを監視し護衛すること。そして、私にその状況を教えてくれればいい。それ以外のことを考えるのは不要だよ』

「……わかりました」

『では、またなにかあれば報告を頼むよ』

その言葉を最後に、通信が切れる。私はぐっと通信機を握りしめた。

たしかに私の使命はアンジェロ様の護衛と監視だ。だからと言って、このままなにもせずにはいられない。

しかし、私はただの神殿騎士だ。地位もなく、あるのは自分の力のみ。オレリアン様のように地位や名誉……それに、物資を支援できるほどの財力があれば、私もアンジェロ様の役に立つ存在になれたかもしれない。

変えようのない現実に歯がゆさを覚えながら部屋へ帰ると、アンジェロ様が眠たそうに目を擦《こす》りながらベッドに腰かけていた。

「ノルンさん、どこに行っていたんですか？」

「……すみません。忘れ物を取りに外へ出ていました」

「そうですか。早く寝ましょう」

アンジェロ様は寝ぼけた様子で、私に手を伸ばしてくる。その姿はとても愛らしく、吸い込まれるようにその腕を捕まえに行く。

「すみません。さぁ、早く眠りましょう」

「はい……」

甘えたような声と仕草で、アンジェロ様は私の腕に抱かれて眠りにつく。

なにも持ってはいない私にできるのは、こうしてアンジェロ様のそばで心の支えになることくらいだ。

安心したように眠るアンジェロ様の柔らかな髪を撫でる。

――なにがあっても、私が必ず貴方様をお守りします。

心の中で誓いを立てると、私はそっとアンジェロ様を抱き寄せ、白い額に唇を落とした。

第六章

薄明るい部屋。温かな布団と寝心地のいい腕枕。弾力のある胸にぽすんと額を擦《こす》りつけると、頭上から甘い声が降ってくる。

「アンジェロ様、おはようございます」

「おはようございます、ノルンさん」

村のお婆さんに『フテラ様のよう』と言われたことでトラウマな記憶が蘇り、ノルンと一緒に寝た夜から早いもので三日が経つ。

添い寝はあの一晩で終わりだと思っていたのだが、寂しん坊なアンジェロの体はノルンの添い寝を気に入ってしまったのか、ノルンがいないと落ち着かなくなってしまった。

決して俺の意思ではないと言いたいが、ノルンの添い寝はパーフェクトであった。

抱き心地よし！　体温・体臭よし！　寝かしつけよし！　寝相の悪い俺の布団も直してくれる気配りよし！　と、文句のつけようがない。

そんなノルンを手放せなくなった俺は、『一緒に寝てくれないとなんだか寂しいんです……』なんて素直なことは言えず、もうすっかり聞こえなくなったあの気味の悪い声が、まだ聞こえていると嘘を吐いた。

そうすると心配性のノルンは「まだそばにいたほうがよろしいですか？」なんて優しくしてくれる。なので俺は次の日も、また次の日もノルンを抱き枕にして安眠を得ているのだった。

「今日はどうでしたか？　まだあの声は聞こえてきますか？」

「……少し」

「そうですか。早く消えるといいですね」

ノルンは心配そうに俺を抱きしめてくれるが……ノルンよすまない。当分の間、キモ声は消えない予定なので俺の寝かしつけよろしく。

心の中で謝罪しつつ朝の支度をしていると、カンカンカンカン！　とけたたましい鐘の音が響き渡った。

この鐘の音はなにか起きた合図だ！

「ノルンさん！　急いで治療小屋に向かいましょう！」

「わかりました」

大急ぎで到着した小屋の前には、二人の負傷者が担架に乗せられていた。

「どうしたんですか!?」

「アンジェロ様！　村人が森の中でヒポグリフに遭遇して、蹴り飛ばされてしまったんです！　ひとりは頭に傷、もうひとりは胸を強く打ったようなんですが、どんどん顔が青ざめてきて……」

頭に傷を負《お》った人はミハルが止血をしていて、意識はあるようだ。だがイーザム爺さんが診ている、胸を強く打ったという中年男性は浅い呼吸を繰り返し、胸の痛みを訴《うった》えている。

俺はすぐにイーザム爺さんのサポートにまわった。

「イーザム様、遅くなりました」

「おぉ、アンジェロか。ちょうどいいときに来たな。この患者、目立った傷はないのだが顔色がどんどん悪くなっておる。どうしたもんかと悩んでおったところなんじゃが……お前さんならどう対処する？」

「そうですね……」

蹴り飛ばされて胸を強く打ったのなら、肋骨が折れてるかもしれない。息苦しそうにしているから、外傷性気胸《がいしょうせいききょう》も考えられるだろうか。

「肋骨の骨折、それともしかしたら肺が破れているかもしれません。イーザム様、僕が治癒《ちゆ》魔法をかけてもいいですか？」

「あぁ、頼んだぞアンジェロ」

イーザム爺さんに託され、患者さんが痛がっている右胸へそっと手をかざす。

「今から治療していきますからね」

「たの……む……」

ハッハッと短い呼吸をしながら男性は答える。傷ついた肺を治し、膨《ふく》らませるイメージと、肋骨の骨折した部位をくっつけるイメージをしながら魔力を込めていく。

俺の予想が正解だと言わんばかりに、手のひらがキラキラときらめき、光が男性の胸を包み込む。

しばらくすると、男性の呼吸が改善し、苦痛でゆがんでいた表情も和《やわ》らいでいった。

「どうですか？　少しは楽になりましたか？」

「はい、とても……。アンジェロ様、ありがとうございます」

中年男性は安堵《あんど》した表情を見せる。

隣にいたイーザム爺さんも、よくやったと俺の肩を叩いてくれた。

「お前さんもすっかり立派な一人前の治癒士《ちゆし》じゃの〜。いや、儂《わし》よりも優秀な治癒士《ちゆし》じゃな」

「僕なんてまだまだです。経験も少ないですし、治癒《ちゆ》魔法のことも、あまり理解できていませんし」

「治癒《ちゆ》魔法のことは儂《わし》もさっぱりわかっとらんから安心せい。大事なのは患者をしっかり見て、しっかり治すことじゃ」

イーザム爺さんはそう言いながら、もうひとりの村人の頭の傷を癒やしていた。そちらのほうは、頭の傷と蹴り飛ばされたときの衝撃でできたかすり傷だけで済んだようだ。

「ふぅ〜。できる弟子を持つのは大変じゃの〜」

「ハハ。まだまだ頼らせてくださいね、イーザム師匠」

『師匠』と呼ばれてまんざらでもなさそうに、イーザム爺さんは目尻に皺《しわ》を寄せる。

治癒《ちゆ》魔法がそれなりに使えるようになって、俺も一端の治癒士《ちゆし》になれただろうか？

これで、俺もこの前線で皆の役に立てる。

だが、そんな俺の思いを打ち消すように、ある存在が訪れようとしていた。

昨晩知らされた、『新たな治癒士《ちゆし》の派遣』という知らせ。

それがすでに騎士団に護衛されてこちらに向かっているのだとガリウスさんから聞かされたときには、イーザム爺さんと一緒になって喜んだのだが……

そんな喜びをかき消すような甲高い声が、キャンプ地に広がった。

「ちょっと！　なによここ！　ボロ小屋しかないじゃない！　聞いてた話よりひどいわよ！」

「あ～そうですか？　ヴィヴィ様、前線っていうのは、どこもこんな感じですよ」

騎士団の馬車から降りてきたのは、物資補給のときに一悶着《ひともんちゃく》あった、たるんだボディーの騎士、デリーアだ。

そしてもう一人。

彼とともにヒステリックな声を上げながら現れたのは、真っ白な修道服を身にまとった、黒髪ツインテールの美少女だった。

『ヴィヴィ様』と呼ばれた少女は、出迎えた俺たちに不機嫌さ丸出しの視線をぶつけてくる。

デリーアとタメ口で話しているということは、それなりに地位のある人物なのだろう。

俺の直感が『関わると激面倒くさいぞ！』と訴《うった》えかけるので、俺は野次馬たちのうしろにコソコソ隠れてできるかぎり気配を消す。

「デリーアさん。彼女が新しく派遣された治癒士《ちゆし》の方ですか？」

「あぁ、そうだ。彼女はスナッツ公爵家の令嬢ヴィヴィ様。治癒士《ちゆし》としても非常に優れた力を持つ方だ。くれぐれも無礼のないように」

ガリウスさんはその紹介に耳を傾けつつも、偉そうな態度のヴィヴィにチラリと目をやると、面倒くさっ……とでも言いたげな表情をもろに出す。

それは隣にいたイーザム爺さんも同じで、昨日は喜んでいたのに、高慢なヴィヴィの態度にしらけた視線を浴びせていた。

「ねぇ、デリーア。私《わたくし》はどこで仕事をすればいいの？　さっさと終わらせて、こんなむさ苦しい場所から離れたいんだけど」

「あ～はいはい。え～っと……ほら、そこの少年。ヴィヴィ様を治療小屋に案内しろ」

デリーアは傭兵の影に隠れる俺を指を差し、ヴィヴィの案内を命じる。ヴィヴィは俺の顔を見ると軽く目を見張ったあと、ニヤリと目を細めた。

「な～んだ。そんなところに隠れてたんですか、アンジェロ様」

ヴィヴィは近くに寄ってくると、腕組みして俺を見上げてくる。

アンジェロの記憶の中にヴィヴィとの思い出はないが、王子にあんな大々的に断罪された俺は、貴族社会ではある意味有名人だ。

「ど、どうも……」

「ふ～ん……思ったよりも元気そうですね。もっと悲愴な顔してると思ったのに。さぁ、アンジェロ様。早く治療小屋に案内してください。それと、デリーア！　仕事が終わるまでに私《わたくし》の部屋の準備をしておいてよね！」

「……へいへ～い」

ヴィヴィはデリーアを顎《あご》でコキ使い、俺にも当然のように案内を頼んでくる。彼女と絡むのは面倒くさそうだとため息をつきそうになっていると、俺たちの間に入るようにノルンがやってきた。

「アンジェロ様、ヴィヴィ様のご案内は私がいたします」

「ノルンさん……」

ノルンはそう言ってヴィヴィの案内役を買って出てくれるが、指名されたのは俺なので、ヴィヴィが承諾してくれるかわからない。

「貴方が私《わたくし》の世話をしてくれるの？　へぇ……いいじゃない。むさ苦しい男だけかと思ってたけど、神殿騎士なら礼儀作法もわかってるだろうし、顔も申し分ないわ。私《わたくし》の世話役としてじゅうぶんね。ノルンといったかしら？　早く私《わたくし》を治療小屋へ連れていきなさい」

「かしこまりました」

ヴィヴィはエスコートしろと手を差し出し、ノルンはその手を取って治療小屋へ案内する。

俺はその二人のうしろ姿を見ていたら、なぜだか苛ついた。

二人を追うように俺も治療小屋へ向かうと、ツインテールの美少女登場に治療小屋の傭兵たちはざわついていた。

ヴィヴィは治療小屋に入るなり眉間に皺《しわ》を寄せ、ハンカチで鼻を覆う。

「なにこの臭い、最悪。ノルン、さっさと終わらせるから、患者の治療記録を持ってきなさい」

「……わかりました」

ノルンはヴィヴィに言われた通り治療記録を持ってくる。ヴィヴィは記録に目を通すと、傭兵たちのそばに行って手をかざし、治癒《ちゆ》魔法をかけていく。

「え～っと、貴方は足と背中の裂傷。貴方は足の骨折、擦過傷《さっかしょう》に熱傷に……」

傭兵たちの傷を直接確認することなく治癒《ちゆ》魔法をポンポンかけていく様子に、俺も治療を受けている傭兵たちも驚きを隠せない。

「ヴィヴィ様、傷の状態は確認しなくてよいのですか？」

「そんなの必要ないわ。傷の治療法は飽きるくらいに文献で読んでるし、想像がつくもの」

ノルンの質問にそう答え、ヴィヴィはまた治癒《ちゆ》魔法をかけていく。

そして軽傷部屋での治療を終えた彼女は、俺に話しかけてきた。

「アンジェロ様、治療は終わったので、あとはよろしくお願いしますね」

「あ……は、はい……」

ヴィヴィは素直に返事する俺の態度を見て満足そうなドヤ顔を見せる。けれどすぐにノルンの腕を掴み、可愛らしい笑みを向けた。

「さぁ、行くわよノルン」

「……はい」

ノルンは返事をすると、チラリと俺に視線を向けつつ、ヴィヴィをエスコートして去っていった。

その様子に、近くにいた傭兵のキアルが声をかけてくる。

「アンジェロ様。あの子が、新しく来た治癒士《ちゆし》の方ですか？」

「そうみたいです。あ、治癒《ちゆ》魔法をかけていたみたいなので、傷を確認しておきますね」

キアルの足の裂傷を確認すると、切れた皮膚は綺麗に閉じていた。他の傭兵たちの傷も治癒《ちゆ》魔法によって治されており、皆喜んでいる。

「態度はアレだが腕はたしかなようだな～」

「さすが教会推薦の治癒士《ちゆし》様だな」

喜ぶ傭兵たちを見て、彼らの傷が治ったことは喜ばしく感じつつも、俺は焦りを覚えた。

これだけの人数の治癒《ちゆ》をしても枯渇しない魔力と治癒《ちゆ》魔法のセンスは、俺にはない。

ようやく治癒士《ちゆし》として仕事ができるようになったばかりの俺とヴィヴィでは能力に差がありすぎるのではと不安になる。

——ヴィヴィがいれば……もしかして、俺っていらない？

そんなネガティブなことを考えていると、キアルが心配そうな視線を投げかけてくる。

「アンジェロ様、大丈夫ですか？」

「あ、大丈夫ですよ！　キアルさん、傷が綺麗に治ってよかったですね」

「はい、でも……」

「でも？」

「あの方の治癒《ちゆ》魔法、なんだか冷たいんですよね」

「冷たい……？」

キアルの言葉に首をかしげる。

治癒《ちゆ》魔法に、温度の差があるのだろうか？

「アンジェロ様やイーザム様に治癒《ちゆ》魔法をかけてもらうときは、温かくて包まれるような感覚なんですが、あの子の魔法はサッと肌を撫でられるだけって感じで……。あ、すみません、なんか変なことを言っちゃって」

「いえ、いいんですよ」

キアルの言葉に引っかかりを覚えながら、俺はいつものように洗濯したり物品の整理をしたりしながら過ごした。

いつもと違うのは、ノルンがそばにいないことだ。

結局ノルンがヴィヴィから解放されたのは、夜になってからだった。

夕食を済ませ明日の支度をしていると、ノルンが疲れた顔をして部屋に戻ってきた。

「ただいま戻りました」

「お帰りなさい、ノルンさん。なんだかお疲れみたいですが、大丈夫ですか？」

「はい、大丈夫です」

大丈夫と言うわりに、だいじょばない顔をしているノルンに温かいお茶を淹れる。

お茶を口にしたノルンは、ホッと安心したように口元を綻《ほころ》ばせた。

「アンジェロ様、ありがとうございます」

「いえ……。ヴィヴィさんとは、治療が終わったあと、なにをしていたんですか？」

「特になにもしていませんが、話し相手をずっとしておりました」

「そう、ですか」

ヴィヴィの話を優しく微笑みながら聞いているノルンを想像すると、なんだか面白くない。

俺が悶々《もんもん》としている間にノルンは着替えを済ませ、早くも寝床につこうとしている。

「あの、アンジェロ様。明日も早朝からヴィヴィ様の案内人につくようにと言われたのですが……よろしいでしょうか？」

「……別に、構いませんよ」

「わかりました、ありがとうございます」

別に構わないとは言ったが、ノルンは俺の護衛でここに来ているのに、なんでヴィヴィの案内人なんてやるんだと内心思ってしまう。

そんな俺のつんけんした態度に、ノルンはしょんぼり顔になる。

寝る前になんだか変な沈黙が流れ、いや〜な雰囲気になってしまった。

「アンジェロ様、今日はどうされますか？　一緒に寝ないほうがよければ……」

「一緒に寝ます！」

食い気味に言って手を取ると、ノルンはなぜか嬉しそうだった。

今度は「頭が痛い」と嘘をつき、いつも以上に強く抱きしめてもらいながら眠りにつく。

中身は三十八歳のおっさんがなにわがまま言ってんだよと、自分自身でも呆れてしまった。

目が覚めるとノルンの姿はなく、机の上に『おはようございます。先に出ます』と手紙が置いてあった。

「なんだよぉ……」

ムス～とした気分になった俺は、再びノルンの温もりが残るベッドにダイブする。

なんだよこのモヤモヤ。

こんなの、俺がまるでノルンのことを気にしてるみたいじゃないか。

いやいやいやいやそんなわけない。

顔を大きく横に振って、むくっとベッドから起き上がる。

思えば、俺はなんだかんだでノルンをこき使ってきた。

そんなんだからノルンがいないと不安になるんだ。

今日から身支度はひとりで、仕事もサポートなしで、洗濯も自分でするんだ！

魔力管の治療だって痛みは軽くなってきたし、ひとりでもきっと耐えられるはず。

「よし！　今日から俺は……ノルンから自立する！」

俺は朝っぱらからそんな誓いを立てて治療小屋へ向かう。

しかし道中、出鼻をくじかれるようにヴィヴィとノルンに遭遇してしまった。

「あらアンジェロ様、おはようございます」

「おはよう、ございます」

「おはようございます、アンジェロ様」

ヴィヴィは我が物顔でノルンを引き連れ、ノルンのほうは嬉しそうな顔で俺に挨拶してくる。

両手にはヴィヴィの膝かけなどを手に持って。

「アンジェロ様はどちらへ？」

「治療小屋に行こうかと……」

俺の言葉にヴィヴィはクスッと笑う。

「治療小屋の患者は私《わたくし》が昨日全員の治療を終えたでしょう。行っても無駄ではありませんか？」

「それはそうですが、治療以外にも洗濯や掃除もありますし……」

「まぁ！　アンジェロ様は掃除に洗濯もなさるのですね？　な～んだ。ご自分の立ち位置がきちんとわかってるじゃありませんか」

「え？」

「だって、私《わたくし》がこの前線にいれば、少ししか治癒《ちゆ》魔法が使えない貴方は不要ですものね。治癒士《ちゆし》ではなく雑用係が適任だとわかってらっしゃるようで、安心しました」

勝ち誇った顔をするヴィヴィに、フヌゥ――――！　と心の中で中指を立てるが、言ってることは間違っていないので反論できない。

たしかに昨日のヴィヴィの治癒《ちゆ》魔法は完璧だった。

あんなことは、今の俺にはできない。

俺がしょぼくれていると、ノルンが声を上げた。

「ヴィヴィ様。アンジェロ様は治癒士《ちゆし》として立派なお方です。たしかに魔力はヴィヴィ様に負けるかもしれません。ですが、アンジェロ様は……」

「ノルンさん。庇《かば》ってもらわなくても大丈夫ですよ。僕は自分ができることをやるだけなので」

俺がノルンの言葉を遮《さえぎ》ると、ノルンは申し訳なさそうに口をつぐむ。

そんな俺たちのやりとりを見て、ヴィヴィは楽しそうに笑った。

「雑用係に飽きたらいつでも私《わたくし》に声をかけてくださいね。ノルンには護衛と従者の仕事もしてもらっているから大変なんです。いつでも私《わたくし》の従者として仕えていただいて構いませんよ」

ヴィヴィは好き勝手なことを言い捨て歩きだす。

ノルンはなにか言いたげな視線を向けてくるが、俺は無視して洗濯物置き場へ向かった。

我ながら大人げないと思いながらも苛々はつのり、外に積んであったシーツに八つ当たりするように、乱雑にカゴに入れていく。

「アンジェロ様」

「なんですか？」

イラついたまま不機嫌な声で返事をすると、ミハルが困ったように眉を下げて立っていた。

「すみません、洗濯を手伝おうと思って声をかけたのですが、タイミングが悪かったですか？」

「いえ、こちらこそすみません。少し気が立っていて……」

謝ると、ミハルはハッとした顔をする。

「もしかしてアンジェロ様も、新しく来た治癒士《ちゆし》様となにかあったのですか？」

『も』ってことは、ミハルもなにかあったのだろうか？

「実は、少し。ミハルさんもヴィヴィさんとなにか揉めたんですか？」

「揉めたというか……僕の知識と技術では、この治療小屋にいる資格はないと言われちゃいました」

　無理に笑うミハルはとても辛そうで、俺は思わずミハルをぎゅっと抱きしめた。

「あ、え？　ア、アンジェロ様⁉」

「ミハルさんは治療小屋に必要な人です！　昨日来たばかりの人になにがわかるって言うんですか！　こうなったら……僕たちの実力を見せつけてやりましょう！　レッツ下剋上ですよ、ミハルさん！」

「れっつ……げ、げこく……じょう？」

　ミハルは怒りのせいか、耳まで真っ赤にしている。

　自分の居場所を取り戻すためにも、この戦いは負けられない。

　しかし下剋上と意気込んでみたものの、実際なにをすればいいのだろう。

　治癒《ちゆ》魔法の腕前も魔力量も格上の相手に対抗する手段を考えながら、まずはいつもの仕事を片付けようと黙々《もくもく》と洗濯を行う。

　昨日洗濯できなかった分、今日は洗濯物の量が多い。

　こんなとき、洗濯大臣ことノルンがいてくれたら……って、ノルンのことなんて気にしちゃダメだ。俺はノルンから自立するんだ。自立、自立！

　そんなことを考えながら洗濯を干し終えると、治療小屋の前がなにやら騒がしくなっていた。人だかりができており、その中心にヴィヴィの姿が見える。

「なにかあったんですか？」

少し離れたところにキアルとランドルがいるのを見つけたので声をかける。彼らは俺に気づくと、なにやら胡乱な目でヴィヴィのほうに視線をやってから耳打ちしてきた。

「あの子が王都から持ってきた解毒剤や鎮痛剤をばら撒《ま》いてるんです。王都の薬のほうが効果があるなんて言いながら」

「物で釣って俺たちの信用を得ようって魂胆《こんたん》が見え見えなんですよ。それに、イーザム様が調合した薬が悪いみたいなことまで言ってるんです」

「そう、なんですね……」

ヴィヴィは傭兵たちにチヤホヤされるのが嬉しいのか、楽しそうに薬を配っていた。

ノルンがそのうしろで薬が入った籠《かご》を持たされている。

完全にヴィヴィの従者として働くノルンの姿を見ていると、彼は俺の存在に気づいたのか、こちらを見てパッと顔を明るくする。

「ちょっとノルン。薬がなくなったわよ」

「は、はい」

しかしよそ見をしているのを咎められ、ノルンはまたヴィヴィの世話に戻った。

『美少女治癒士《ちゆし》と護衛騎士』という最強カップリングを目の前に、胸がモヤモヤしてしまう。

皆に囲まれた二人から目を背《そむ》けていたら、ランドルとキアルが心配そうに声をかけてきた。

「アンジェロ様、大丈夫っすか？　あんまり元気なさそうですけど……」

「体調が悪いんですか？」

「え？　いや、大丈夫ですよ！　この通り元気いっぱいです」

ニッと笑顔を見せると、二人は少し安心した表情を浮かべる。

「ところでランドルさんとキアルさんは、治療小屋にご用事だったんですか？」

「あ、いや……」

俺の問いかけにキアルは言葉を濁し、その代わりにランドルが理由を説明してくれる。

「そうそう！　アンジェロ様に診察してもらいたくて来たらこの有り様だったんで、すっかり用件忘れてました。実はキアルのやつが、昨日治してもらった足が痛むって言うんです」

「……だから大丈夫だって。そんな大げさに言うなよ」

「明日は魔獣の討伐があるのに、大丈夫なわけないだろ！　ちゃんと見てもらわないと！」

ランドルの圧に負けて、キアルは申し訳なさそうに俺に診察を頼んでくる。

「じゃあ、ここは騒がしいので、集会所で診察しましょうか」

「お願いします！」

キアルの代わりにランドルが返事をして、三人で集会所に向かう。

集会所の隅で、診察をはじめる。昨日ヴィヴィの治癒《ちゆ》魔法を受けた左足のふくらはぎを見せてもらうが、そこにあった傷は消えており、見た目はなにも問題ないようだ。

「少し触ってもいいですか？」

「はい……」

ふくらはぎに触れると、足がピクリと動き、キアルは痛そうに顔をしかめる。

「痛みますか？」

「少し……」

「ほら～治ってないじゃん。アンジェロ様、キアルの足はどうしたらいいんですか？」

治癒《ちゆ》魔法をかけたあとも、痛みを訴《うった》える患者はいるとイーザム爺さんが言っていたのを思い出す。

「傷が治りきっていないのかもしれません。僕が治癒《ちゆ》魔法をかけてみてもいいですか？」

俺の提案にキアルは大きく首を横に振る。

「そこまでしてもらわなくても大丈夫ですよ、アンジェロ様！　傷が少し痛むのなんてよくあることですし、貴重な治癒《ちゆ》魔法を俺なんかに使わないでください」

「いいのかキアル？　せっかくアンジェロ様が治癒《ちゆ》魔法かけてくれるって言ってんだぞ～」

「だから大丈夫だって。明日の討伐で怪我人が出たときのために、アンジェロ様の魔力は温存しておいたほうがいいんだ」

「ですが、傷が痛むのなら治療をしておいたほうがいいと思いますが……」

「アンジェロ様、俺は本当に大丈夫です！　ほら、ランドル。明日の準備も終わってないんだから、早く戻るぞ」

「え、あ～……うん、わかった。アンジェロ様、なんかすみません」

「いえ、僕のことは気にしないでください。キアルさん、もし痛みがひどくなったり腫《は》れてきたりしたら、すぐに来てくださいね」

「わかりました」

キアルはニコリと笑って返事をすると、ランドルとともに討伐の準備へ向かう。

痛みのことは気になるが、傷自体は綺麗に治っていた。

もし、なにかあれば声をかけてくれるだろうと思い、俺も自分の仕事へ戻ることにした。

仕事が終わり、ひとりで夕食を食べに行く気分にもなれず、ミハルを誘うと喜んで付き合ってくれた。

食堂は、仕事終わりの傭兵たちでワイワイとにぎやかだ。

ただ、話題の中心はヴィヴィのことばかりだった。

「あの新しく来た治癒士《ちゆし》の子、可愛いよなぁ～」

「しかも、腕も立つときたもんだ。怪我なんて傷も見ずに治しちまうらしいぞ」

「はぁ～すげえな。ようやくまともな治癒士《ちゆし》が来てくれたんだな」

「性格少しキツそうだな～と思ってたけど、王都の高い薬もタダで配ってるらしくて、意外に優しいとこもあるみたいだぞ」

ヴィヴィを褒める言葉ばかりが飛び交い、俺とミハルはなんだか肩身が狭くなる。

そして、一番聞きたくないノルンとヴィヴィの噂話まで耳に入ってくる。

「ヴィヴィちゃん可愛いけど、底辺の傭兵になんて目もくれないだろうなぁ～」

「ハハ。お前じゃ無理だって。ヴィヴィちゃんの横に立つなら、ノルンさんくらいの人物じゃねーと釣り合わねーよ」

「たしかになぁ～。二人が並んでると絵になるもんな～」

「噂によると、ノルンさんはヴィヴィちゃんに一目惚れしたらしいぞ。アンジェロ様の護衛を放棄して、自分がヴィヴィちゃんの世話をするって名乗りでたってさ！」

「へぇ～ノルンさんって意外に積極的なんだな」

聞きたくないのにそんな会話がそこかしこから聞こえてきて、心の中がモヤつく。

せっかくミハルと楽しく食事をしようと思っていたのに、ミハルも俺もしょぼくれた顔で夕食を済ませた。

食事を終えて、元気のないミハルと明日も頑張ろうと励《はげ》まし合い、別れる。

部屋に帰ってもノルンの姿はなく、薄暗い部屋はシーンとしていた。

「まだヴィヴィと一緒にいるのかよ……」

ムッとしながら部屋の灯りをつけ、着替えを済ませた俺は、ソワソワしながらノルンの帰りをひとり待った。

夜になると冷えてきたので、お湯を沸かして紅茶の準備をする。紅茶を淹れるポットはひとり分には大きいので、仕方なくノルンが帰るまで待つことにした。

しかし、いくら待ってもノルンは帰ってこない。

お湯も冷めてしまって、もう三度ほど温めなおしている。

「……もう寝ようかな」

ぼそりと呟いたとき、部屋のドアが開き、疲れた顔したノルンが帰ってきた。

「ただいま戻りました」

「遅かったですね……。ヴィヴィさんとなにをしていたんですか？」

不機嫌な口調で聞くと、ノルンはふらふらと俺の近くにやってくる。

「明日皆に配る薬の準備をしたあと夕食に誘われて、ヴィヴィ様のこれまでの武勇伝を延々と聞かされていました……」

「うぅ、それは……お疲れ様でした」

嫌味のひとつでも言ってやるつもりだったのだが、あんまりにも疲れた様子のノルンを見て口をつぐんだ。

代わりにお茶でも淹れてやろう。

「お茶でも飲みますか？　ちょうどお湯を沸かしたところなんです」

「いただきます」

コンロのほうへ向かうと、なぜかノルンもついてくる。

不思議に思って振り返ると、ノルンは眉を下げ、捨てられた仔犬のようにこちらを見つめていた。

「ど、どうしたんですか？」

「……アンジェロ様。怒ってらっしゃいますか？」

「え？」

ノルンの言葉に少し戸惑う。苛ついてはいるが、別に怒っているわけではない。

ヴィヴィにノルンを取られた気がして……なんだか不安になっただけだ。

「怒ってはいません。けど……」

「けど？」

「ノルンさんは、ヴィヴィさんと一緒にいるほうが楽しいのかなぁと、思うと、少し……不安になって……」

ポロっと出てしまった本音に、ノルンは目を見開いた。

それから、突然ぎゅっと抱きしめてくる。

「え？　ノ、ノルンさん!?」

「ヴィヴィ様といても私は楽しくありません。本当は……片時もアンジェロ様のおそばを離れたくない」

「じゃあ、なんでヴィヴィさんの案内役を引き受けたんですか？」

「……アンジェロ様を、ヴィヴィ様に近づけたくなかったからです」

ノルンの言葉に俺は目をパチクリさせる。

――俺を、ヴィヴィに近づけたくなかった？

その言葉の意味を理解しようとしていると、ノルンが俺の首筋に埋めていた顔を上げてこちらを見つめてくる。

申し訳なさそうに瞳を潤《うる》ませたノルンの表情に、思わずドキリとしてしまう。

「僕がヴィヴィさんに近づくと、なにか不都合でもあるんですか？」

「そういうわけではありません。アンジェロ様をヴィヴィ様に近づけたくなかったのは……私が、ヴィヴィ様にアンジェロ様をとられたくなかったからです」

真っ直ぐに見つめられかけられた言葉に頬が一気に熱を持つ。

――ノルンさん。その、『とられたくなかった』という言葉には、どんな気持ちが含まれてんだ！

「それは、ヴィヴィさんと僕が仲よくなってほしくないってことですか？」

「……はい」

「それは、なぜですか？」

ノルンの気持ちが知りたくて、ドキドキしながら一つひとつ確認する。

ノルンは俺の問いかけに下唇を軽く噛み、少し間を空けてから口を開く。

「私もヴィヴィ様に嫉妬していたのかもしれません。ヴィヴィ様は美しく、腕の立つ治癒士《ちゆし》です。そんな素敵な方の近くにいれば、アンジェロ様はヴィヴィ様に想いを寄せてしまうかもしれない。そんなアンジェロ様の姿を想像すると……胸が張り裂けそうでした」

んむむむむぅぅ⁉

つ、つまりなんだ⁉

どういうことだ？　ノルンが嫉妬？

俺がヴィヴィのこと好きになっちゃうのが嫌で、身代わりになった？

んで、俺がヴィヴィを好きになったらと想像すると胸が痛んだって……

そりゃつまり……つまり……ぬぇぇぇぇぇ⁉

俺はノルンにかける言葉が見つからず、口をパクパクさせることしかできなかった。たぶん、顔は真っ赤になっていると思う。

するとノルンが俺の肩に手を添えた。

いつも以上に真面目な表情で見つめられ、俺の鼓動が早くなる。

「私はアンジェロ様を……お慕いしております」

「へ？　あ……ぅ……ぁ……は、はぃ……」

――お慕いってことは……俺のこと……ほ、本当に好きってこと⁉

ノルンの言葉に情けない声で返事をすると、再び抱き寄せられた。首筋にノルンの吐息を感じる。

「アンジェロ様……」

「は、はぃ……」

「申し訳ありません。この気持ちを伝えることも、本当はいけないことだとわかっています。それでも……もう抑えておくことができませんでした。それどころか、アンジェロ様をとられたくないという私欲に勝てず、職務を放棄し、アンジェロ様を不安にさせるなど……私は騎士としても人間としても失格です」

「……そんなことないです。誰だって、自分が気になる人をとられたくないのは当然だと思いますし……」

まだ頭も心も状況についていけない俺は内心パニック状態だが、落ち込み反省しているノルンのことは、とりあえずフォローしておく。

ノルンは俺の言葉を聞き、再度俺の体を抱き寄せ耳元で囁《ささや》いてくる。

「アンジェロ様、愛しています」

「ふぇ!?　あ……はぃぃ……」

ノルンの心地いい低音ボイスで『愛してる』なんて言われたら、胸がキュンとして背中がゾクゾクしてしまい、思わず体をよじらせてしまう。

『愛してる』なんて、前世ではベッドの中で何百回と言われたことがあるのに……こんなに胸が高鳴る『愛してる』は、一度もなかった。

けれど、今の俺はノルンの『愛してる』に答えることができるのだろうか。

ノルンを好きか嫌いかと問われれば、嫌いではないと答えるだろう。

そんな中途半端な答えを伝えるべきなのか迷うが、ノルンがそばにいないのは……嫌だ。

答えになるかはわからないが、俺は両腕をノルンの背中に回し、そっと抱きしめる。

俺の手が触れると、ノルンは少しだけピクリと震えて、顔を上げた。

「アンジェロ様、私の気持ちを受け入れてくださるのですか？」

「受け入れるだけ、なら……。突然のことなので、ノルンさんの気持ちに、はっきりとは答えられませんが……」

「それだけでじゅうぶんです。私はまた、アンジェロ様のそばにお仕えしてもよろしいのですか？」

「はい……」

「ありがとうございます、アンジェロ様」

俺の答えに満面の笑みを浮かべるノルン。その背後には花が咲き乱れているようだった。

ノルンの笑顔に不覚にもまたドキリと胸が高鳴った。

それから、俺たちはようやくお茶を飲み、明日に備えて今日も仲よく一緒に眠る準備をする。

ノルンは自分の気持ちをぶつけたことで気が楽になったのか、いつもよりも笑顔が多い。

「ヴィヴィ様の世話については、あとはデリーアさんに任せようと思います。明日からはアンジェロ様のそばを離れません」

「ハハ、それはよかったです」

ノルンの離れません宣言を聞き、一緒のベッドで眠りにつく。

ノルンはいつものように俺を抱き寄せると、安心したのだろう。すぐに穏やかな寝息が俺の頭上から聞こえてきた。

ノルンの静かな胸の鼓動を聞きながら、落ち着かない自分の鼓動を鎮《しず》めるようにゆっくり息を吐く。

――ノルンが俺のことを好き、か……

考えもしなかったノルンの言葉を思い出すと、また胸の鼓動が速くなる。

愛してると言われた相手の腕の中にいると思うと余計にだ。

甘く温かなノルンの腕の中で、いつものように額を胸にすり寄せる。

嗅《か》ぎ慣れたノルンの香りが、今日はやけに強く感じ、興奮して眠れない。

――ってか、なんで俺だけドキドキして、告白した本人はスヤスヤ寝てんだよ。

ムッとしてノルンに視線を向けると、嬉しそうな顔で眠っている。

そんなノルンの寝顔を見ただけで、胸のドキドキが大きくなるのを感じて目を逸らす。

こんな状態で、明日からいつも通りノルンに接することができるだろうか……

そんなことを考えながら、俺はノルンの腕の中で瞼《まぶた》を閉じた。

温かなものがゴソリと動き、俺は重い瞼《まぶた》をゆっくり上げる。

見上げた先には、澄《す》んだヘーゼルグリーンの瞳が慈《いつく》しむように俺を見つめていた。

「すみません……起こしてしまいましたね」

頭上から聞こえる柔らかな声の主《ぬし》は、そう言って俺の頭を優しく撫でる。

「もう、起きるんですか？」

寝起きの俺は、再度ノルンの体を抱き寄せ胸に顔を埋めた。

ノルンは頭上でクスリと笑うと、俺のことをあやすように抱きしめ返してくれる。

「はい。アンジェロ様はもう少し休まれますか？」

「僕も起きます」

胸元から顔を上げ、目が合った瞬間、昨日の出来事が蘇ってドキドキしてしまう。

「……おはようございます」

「おはようございます、アンジェロ様」

そう言うと、ノルンはふわりと微笑んで顔を近づけ、俺の額に慣れた感じでキスをしてくる。

「ふぇ⁉」

「あ……。す、すみません。つい、いつもの癖で……」

「い、いつも⁉」

「…………実は、申し上げにくいのですが、アンジェロ様が目を覚ます前に、いつも……しておりました。申し訳ありません……」

――ノルンよ、お前は俺が知らない間にこんなこともしていたのか！

唇の感触が残る額を隠すように触れてしまう。

だが、よくよく考えれば額にキスするなんて、チンコ触るのに比べたら驚くことじゃない。

なのに心臓は朝から高鳴ってしょうがない。

なんだかデコチューごときにドキドキしてしまう自分が悔《くや》しくなってきた。

「ま、まぁ、額にキスくらいどうってことはありませんよ！」

「そうですか。では、これからも続けてもよろしいでしょうか？」

「――ッ⁉」

猛省するかと思いきや、ノルンは今後も続ける気らしく、大胆にも俺に許可を求めてくる。

――……いいだろう。別にデコチューくらい許してやる。

頬が熱くなるのを感じながら、俺は強気な口調のままノルンに返事をした。

「別に構いませんよ」

「本当ですか⁉　すごく……嬉しいです」

ノルンはそう言うと、額を隠していた俺の両手を解き、再度口付けてくる。

本日二度目のデコチューに、俺の心臓はまた鼓動を速くしたのだった。

朝に新たなルーティーンが組み込まれ、すっかり目が覚めた俺はノルンとともに朝の支度をはじめる。

顔を洗い、服を着替えると、ノルンは首元から取り出したペンダントを握りしめ、朝の祈りをはじめる。

フテラ教では、朝に祈りを捧げ、穏やかで平和な一日が過ごせるように願うのだとか。

もちろん、アンジェロはフテラ教のペンダントも持っていないし、朝の祈りもしない。

最初の頃は、ノルンに祈りをしないことについてやんわりと嫌味を言われたが、それもいつの間にかなくなった。

祈りを終えたノルンはペンダントを大事そうにしまうと、くるりと向き直り俺のほうへやってくる。

「午前中はヴィヴィ様のもとへ向かいますが、引き継ぎが終わり次第アンジェロ様のところへ戻ってまいります。アンジェロ様は、午後からはどのようなご予定ですか？」

「僕は多分、治療小屋にいると思います。今日は魔獣の討伐が予定されているので、怪我人が出たときの準備をしておこうかと」

「わかりました。私もヴィヴィ様の用件が済み次第、すぐに手伝いに参ります」

ノルンの言葉に頷くが、はたしてヴィヴィはそう簡単にノルンを手放してくれるのだろうか？

「もしヴィヴィさんが、ノルンさんが護衛じゃないと嫌だって言ってきたら、どうするんですか？」

「どうするもなにも、私はアンジェロ様の護衛ですので、その通り伝えるだけです。ヴィヴィ様もわかってくださるでしょう」

「そう、でしょうか？」

ノルンはやたらと楽観的だが、ヒステリックな声を上げながらダメだと引き止めるヴィヴィの姿が目に浮かぶ。

心配になって見上げると、ノルンはなんだか自信ありげな表情だ。

「ヴィヴィ様は教会所属の治癒士《ちゆし》なので、私の任務について理解はされています。今回のヴィヴィ様の来訪も教会のご厚意のようですから、理由を説明すれば納得していただけると思いますよ」

「そうなんですか。ヴィヴィさんはこれからもずっと、この前線に滞在されるんですか？」

「どうでしょう。ヴィヴィ様は、すぐにでも帰りたそうな様子でしたが、今回は『ヨキラス様』の勅命《ちょくめい》だったようで断れなかったと嘆かれていました。滞在期間までは伺っていなかったので、あとで確認をしておきますね」

――ヨキラス……

名前を聞いただけで鳥肌が立つ。

最後に見たあの薄ら笑いが脳裏をよぎり、体が震え、背中の傷もズクリと疼《うず》いた。

「どうしましたか、アンジェロ様？　顔色が悪いですが……」

「いや……だ、大丈夫ですよ。少し寒いなと思って……」

「朝も少しずつ冷えてきましたからね。もうすぐ湯が沸くので、紅茶を淹れましょう」

ノルンの言葉に頷き、そのあとはノルンが出発するまでピタリと寄り添うように過ごす。

あまり思い出したくない人物の名前を聞いただけなのに、なんだか嫌な胸騒ぎを覚えた。

朝から機嫌のいいノルンを見送り、俺も少し早めに治療小屋へ向かう。

いつもはベッドで療養している傭兵たちで溢れかえっているのに、ヴィヴィの治癒《ちゆ》魔法でみんな完治したので、治療小屋はガランとしている。

その光景に、治癒士《ちゆし》としてヴィヴィとの実力の差を見せつけられた気がして悔《くや》しくなった。

だが、ここでふてくされていてもなにも解決しない。人がいないうちに、普段は掃除できない場所を綺麗にしようと朝から掃除をはじめる。

普段から掃除はしっかりしているつもりだったが、改めて見ると汚れがこびりついていたり、破損してるものがあったりするのに気づいた。

黙々《もくもく》と掃除をしていると、カーンと鐘の音が響き渡る。傭兵の皆が魔獣の討伐に向かう知らせだ。

そのあとは、薬草などの薬やベッドなどの準備をしていく。

皆が無事に帰ってくるのが一番だが、もしものときのために備えておかなければ。

そして、一通り準備が終わり、フゥ……と一息ついたとき、背後からバンッと扉が開く音が聞こえてビクりとする。

振り向くと、ものすんごく機嫌の悪いヴィヴィと、困り顔のノルンが立っていた。

「アンジェロ様っ！　聞いたわよ。貴方、私《わたくし》が自分より劣る治癒士《ちゆし》だと言ってるそうじゃない！」

「ヴィヴィ様、私《わたくし》はただアンジェロ様は素晴らしいお方だとお伝えしただけで……」

「じゃあ、なんで私《わたくし》よりもアンジェロ様を選ぶのよ！　それはつまり私《わたくし》のほうがアンジェロ様よりも劣っているということなんじゃないの⁉」

「ですから、私は元々アンジェロ様の護衛の任務でここに来ているのでして……」

やはりヴィヴィの説得はノルンが思っている以上に難しかったようだ。

ヴィヴィはノルンを睨《にら》みつけ、俺のほうに詰め寄って威嚇してくる。

「アンジェロ様、私《わたくし》は貴方と違って治癒士《ちゆし》としての知識も技術もあるんです。治癒《ちゆ》魔法も貴方に劣っているとは思いません。ほら、未練たらしく前線に残らずに、さっさと王都へ戻ってヨキラス様とマイク王子に許しを乞《こ》うべきなのではないですか？」

黙って聞いていた俺も、これにはさすがにカチーンときた。

こちとら前世では十数年看護師として勤め、それなりに知識も技術もある。治癒《ちゆ》魔法は今のところヴィヴィには劣るが、伸び代はきっとデカいんだぞコノヤロー‼

「僕に知識や技術がないとおっしゃいますが、実際に治癒士《ちゆし》として働くところをヴィヴィさんは見ていないですよね？」

「ふん！　そんなの見なくてもわかります。治癒士《ちゆし》の学校を卒業したわけでもない上に、今まで魔法が使えずベルシュタイン家の落ちこぼれと呼ばれた貴方がまともな治療などできるはずがありません」

「たしかに僕は学校も行っていませんが、ここではもう一人前の治癒士《ちゆし》として認められています」

「そこまで言うのなら、貴方の働きを今日ここで、しっかり見せてもらいましょう。さぞかし素晴らしい治癒《ちゆ》魔法を見せてくれるんでしょうね」

フンッと鼻で笑い、見下すような視線をぶつけてくるヴィヴィ。俺もガルル、と敵を前にしたライオンのような気持ちで睨《にら》みつける。

ノルンはそんな俺たちを見てため息を吐いた。そして彼が仲裁に入ってこようとしたとき、非常事態を告げる鐘の音がけたたましく鳴り響く。

「えっ⁉　な、なに⁉」

ヴィヴィは鐘の音に驚きうろたえている。

俺たちは慌てて外へ出た。待機していた傭兵たちもなにごとかと外へ飛び出してきている。

「ノルンさん。もしかして、魔獣討伐に向かった人たちになにかあったんでしょうか？」

「わかりませんが、その可能性は高いでしょう。様子を見てきます」

「お願いします。僕はいつでも処置ができるように準備してきます」

「わかりました」

ノルンはそう言って、キャンプ地の入り口へ走っていく。俺もすぐに治療が開始できるようにと治療小屋のほうを振り返ると、ヴィヴィが顔をこわばらせて突っ立っていた。

「ヴィヴィさん。今から怪我人が運ばれてくるかもしれません。準備をしましょう」

「……わ、わかってます」

そう言ってヴィヴィは治療小屋に入っていくが、どうしたらいいのかわからないという様子でウロウロ部屋の中を歩き回る。

その表情には、明らかに焦りがあった。

「ヴィヴィさん？」

「な、なんですか⁉」

ヴィヴィは声を上ずらせて返事をする。

「……包帯とガーゼと洗浄水を一箇所にまとめておいてください。もしかしたら大量に必要になるかもしれません」

「わ、わかってます！　今やろうとしていたところです！」

声を荒らげるヴィヴィ。しかし、包帯とガーゼを取る手は震えている。

もしかして……

「あの……ヴィヴィさん？　もしかして、こういう場面は初めてですか？」

「は、初めて……なんかじゃ……。何度も文献で読んだし……学校で演習だって……」

「アンジェロ様ッッ！　助けてくださいっ！」

ヴィヴィの言葉をかき消すように大声が響く。振り向くと、ランドルが肩で息をしながら駆け込んできたところだった。

その背には、血だらけでぐったりともたれかかるキアルの姿が……

「キアルさんっ！」

「魔獣に襲《おそ》われて……キアルのやつ、足が動かなくて……そのまま攻撃を受けて……それで……それで……」

ランドルは混乱しながらも、俺に状況を説明する。キアルの背中にはガーゼが当てられているが、出血がガーゼの上層まで広がっている。

「ランドルさん、とりあえず奥のベッドに寝かせましょう。うつ伏せに……ゆっくりですよ」

「うん……うん……わかったっす……」

ランドル自身も傷を負《お》っていたが、キアルのことがよほど心配なのか、自分の傷の痛みなど訴《うった》えない。

キアルをうつ伏せに寝かせ、状況を確認していく。

「傷は背中だけですか？」

「はい、でも足が動かないみたいで……」

「足、ですか……」

足を見るが、服に損傷はなく血で汚れた跡もない。

まずは出血が激しい背中の傷の処置からか。

「ありがとうございます、ランドルさん。あとは任せてください」

「俺はなにをしたらいいですか？　まだ、仲間もたくさん傷ついてて、俺はどうしたら……」

パニックになっているランドルの手を握り、落ち着くように声をかける。

「じゃあ、ランドルさんはイーザム様とミハルさんを呼んできてください。もう村の診療からは帰ってきている頃だと思いますので、状況を伝えてください」

「う、うん！　わかった！　すぐに呼んでくるから！　キアル、また戻ってくるからな！」

ランドルはそう言うと、足早に治療小屋を出ていく。

俺はキアルの治療をはじめるべく洗浄物品を手にし、ヴィヴィに声をかける。

「ヴィヴィさん、すぐに次の患者が運ばれてくるので手伝ってください！」

しかし、ヴィヴィからの返事はない。

どうしたんだと振り返ると、ヴィヴィは青ざめた顔のままキアルを見つめ、カタカタと震えていた。顔をこわばらせたまま一歩も動けないでいる彼女は、明らかにこの状況に恐怖を抱いている。

「ヴィヴィさん！　ヴィヴィさんっ！」

声を張り上げると、ようやくヴィヴィは自分が呼ばれていることに気づき、俺と目が合う。

しかし、不安な表情は変わらず、いつもの自信に満ちあふれた高慢な少女の姿はそこにはない。

不安に揺れるヴィヴィの瞳を見て、俺は手に持っていた物品を一度置いた。

本当は今すぐにでもキアルの処置をしたい。痛む傷を治してやりたい。

だが、これから何人も押し寄せてくる怪我人を俺ひとりで処置するなんて到底無理だ。

今はヴィヴィを嫌いだとか言ってる場合じゃない。

彼女の力を借りなきゃキアルひとりすら助けられないかもしれないんだ。

「ヴィヴィさん。……怖いですか？」

「こ、こ、怖くなんか……」

「無理しなくても大丈夫です。こんな状況で、怖くない人なんていません。僕だって……治療がうまくいかなくて、キアルさんを死なせてしまうんじゃないかと恐怖でいっぱいです」

「死ぬ……」

『死』というワードに、ヴィヴィの瞳が陰る。

けれど治癒士《ちゆし》を名乗るなら、『死』を避けることはできない。

それは看護師時代も嫌というほど経験した。

「僕たち治癒士《ちゆし》がなにもしなければ、患者さんはただ死を待つのみです。ヴィヴィさんは人を助けたくて治癒士《ちゆし》になったんですよね？」

ヴィヴィは小さく頷く。

「では……僕に力を貸してください。僕ひとりではキアルさんを助けることができません。ヴィヴィさんがいなければダメなんです。ヴィヴィさんの治癒士《ちゆし》としての力が必要なんです」

ヴィヴィの震える手を包み込むと、彼女は涙で潤《うる》んだ瞳でしっかりと俺を見つめてくる。

下唇を噛み締め、涙が溢れそうになるのを必死に我慢する表情は、恐怖と闘っているようだった。

「私《わたくし》……なにを、したらいいですか？」

「僕が背中の傷を洗浄するので、その間、彼の手を握ってあげてください」

「手を……握る……？」

「はい。処置をするときには、痛みが強くなり、どんなに精神力がある人でも不安になります。そんなときに、人の温もりや声かけがあれば安心します。体の傷だけでなく、心を支えてあげることも治癒士《ちゆし》の役割ですからね」

「……わかりました」

ヴィヴィは返事をして、キアルの手を怖々《こわごわ》握った。

今のヴィヴィに治療の手伝いをお願いしても、緊張して時間がかかってしまうだろう。

それなら、まずはここでの治療の手順を見学してもらうほうがいい。

血と泥で汚れたキアルの手に触れるのを嫌がるそぶりも見せず、ヴィヴィは小さな手でキアルの手を包み込んだ。

その様子に少しホッとして、俺は治療にとりかかる。

「キアルさん。今から背中の傷を洗浄します。痛みますが耐えてください」

キアルは俺の声かけにうっすらと目を開けて小さく頷く。

背中のガーゼをゆっくり外すと、歪《いびつ》に抉《えぐ》られた深い傷が現れる。着ていた服をハサミで裁断し、泥で汚れた傷口を洗浄水で洗っていくと、キアルの呻《うめ》き声が聞こえてくる。

「キアルさん、もう少し頑張ってくださいね。傷を綺麗にしたらすぐに治《ち》癒《ゆ》魔法をかけますから」

しっかり傷を洗浄して泥を洗い落とし、血液混じりの水分を優しくガーゼで拭き取る。拭き取ってすぐに血は溢れてくるので、両手をキアルの背中にかざし治《ち》癒《ゆ》魔法をかける。

傷の状態をよく観察し、引き裂かれた皮膚が再生していく様子を思い浮かべながら魔力を流し込む。

きらめきながら俺の魔力がキアルの体を包み込むと、背中の傷はゆっくり塞《ふさ》がり、数分後には綺麗な皮膚に戻っていた。

俺の治療の様子を、ヴィヴィが目を丸くして見つめる。

「キアルさん、治《ち》癒《ゆ》魔法で傷は塞《ふさ》がりました。背中は痛みませんか？」

「うん……大丈夫……」

キアルの顔色は、治療前よりはいくらかマシになっていた。

ホッとしたのも束の間、慌ただしい足音とともに次の患者が運ばれてくる。

部屋に入ってきたのはノルンだ。彼の背には頭部を包帯で撒《ま》かれていた傭兵がおぶられている。

「アンジェロ様！　今から負傷者が数名やってきます。私も治療の補助に入ります」

「ありがとうございます、ノルンさん！　まず、患者さんはそちらのベッドに寝かせてください。意識はありますか？」

「はい。話はできますが、頭からの出血が止まりません。応急処置はしています」

「わかりました、傷を確認します。……ヴィヴィさん。また、処置の手伝いをしてくれますか？」

俺の問いかけに、ヴィヴィは力強く頷く。

「もちろんです」

ヴィヴィは深呼吸をして、キアルにそばを離れると声かけしたあと、新たに運ばれた患者のほうへしっかりとした足取りで向かった。

ともに処置を行うと、ヴィヴィのほうから積極的に俺に声をかけてくれる。

「アンジェロ様、この傷には治癒《ちゆ》魔法をかけますか？」

「いえ、頭部は血管が多いので傷が浅くても出血が多くなりやすいんです。この方の傷は深くないので、まずは圧迫止血しましょう」

そう説明していると、ノルンがスッとガーゼを渡してくれる。

「アンジェロ様、こちらでよろしいですか？」

「はい、ありがとうございます。ノルンさん、すみませんがこの方の傷を圧迫してもらえますか？」

「わかりました」

ノルンは頷き、圧迫止血をしてくれる。その間に他の傷を確認し、必要な処置を行なっていく。

しばらくすると、待ち焦がれたイーザム爺さんとミハルが治療小屋に到着した。

「アンジェロ様、遅くなり申し訳ありません！」

「なにやら騒がしい感じになっておるの～」

相変わらずのイーザム爺さんと、少し硬い表情のミハル。

ついホッとしそうになるが、ここで緊張を切らしてはいけない。

ふたりに現状を伝えると、イーザム爺さんはミハルに倉庫から洗浄水や薬草を持ってくるように指示をし、今いる患者たちを診察していく。

「ほ～キアルの背中の傷は綺麗じゃな。こっちの頭の傷も、このまま圧迫して出血が止まるのを待つだけでよさそうじゃの～。上出来上出来～」

イーザム爺さんがニッと笑っていると、ガリウスさんたちが負傷者を数名抱えてやってくる。

「おい！　怪我人連れてきたぞ！　このあとまた五人増えるが、大丈夫か？」

「お～連れてこい連れてこい。なんてったって、今は治癒士《ちゆし》が三人もそろっとるからの～」

「わかった！　それと、ノルン。コイツらの血のにおいに誘われてキャンプ地周囲に魔獣が集まってきている。戦力が足りないからお前も手伝ってくれ！」

ノルンは俺に視線を向ける。

「ノルンさん。ここは僕たちに任せてください」

俺の言葉に、ノルンは頷いた。頭の止血を代わると、彼は俺に一言声をかけてくれる。

「アンジェロ様、頑張ってください」

「はい！　ノルンさんこそ気をつけてくださいね」

ノルンは嬉しそうに目を細める。

「魔獣などすぐに倒して戻ってきます」

なんとも頼もしい発言とともに、ノルンはガリウスさんのあとを追い治療小屋から出ていった。

頭に怪我をした傭兵の止血を確認し終わったあとは、ズラリと並んだ怪我人たちへ視線を向ける。

――ノルンに負けないように、俺も気合いを入れて治療にあたらないといけないな。

「ヴィヴィさん。次の患者さんの治療に行きましょう」

「は、はい！」

怪我人の数に圧倒され、また緊張した表情を見せるヴィヴィの肩を軽く叩き、俺たちは治癒士《ちゆし》の戦場へ向かう。

それから治療小屋では、次々と運ばれてくる怪我人への対応に追われて慌ただしく時間が過ぎていった。

最初は緊張していたヴィヴィも、時間とともに要領を掴んできたのか、軽傷の怪我人の手当てならひとりでも任せられるようになった。

重傷者はイーザム爺さんと俺とミハルで処置をしていく。

イーザム爺さんは、「こんなに働かされたら、儂《わし》が死んでしまうぞ〜」なんて弱音を吐きながらも、しっかり治療を行っていく。

ミハルも最初の頃とは違い、すっかり頼もしい。

「アンジェロ様！　こちらの方の呼吸が少しおかしいので、治療が終わったら見てください！」

「わかりました！　すぐにいきます！」

彼の細やかなサポートがあるおかげで、俺も集中して治療ができ、効率はぐんと上がった。

ミハルの成長を感じつつ、俺ももっと頑張らなければと気合いが入る。

怒涛《どとう》の一日はあっという間に過ぎていき、気づけば窓から茜色《あかねいろ》の光が差し込んでいた。

その頃には、運ばれてきた怪我人の治療も一段落し、皆の顔に安堵《あんど》の表情が広がっている。

重傷患者の治療を終えたイーザム爺さんは、老体を労《いた》わるように椅子にもたれかかり、フゥ……と息を吐く。

「それにしても、今回の討伐は怪我人が多かったのぉ〜。こんな大がかりな討伐だとは聞いておらんかったから、呑気に村の診療に行ってしまったぞ」

イーザム爺さんの言葉が聞こえたのか、ミハルに怪我の治療を受けていたランドルが口を開く。

「それが、参加していた数人が急に体の不調や痛みを訴《うった》えて動きが悪くなったんです。そのタイミングで魔獣たちの群れに囲まれてしまい、こんな状況になってしまって」

「ほ〜ん、なるほど。その痛みというのは、前回の傷が治りきっておらんかったからじゃな」

「えっ……？」

イーザム爺さんの言葉にランドルは目を見開く。そして、ヴィヴィがビクリと肩を震わせた。

「治療をしながら全身を確認したが、今回の傷とは違う傷跡があっての～、記録を見たらそれは前回の治療部位だった。ひとりだけかと思えば、他のやつらも同じような状況での～。どうやら、前回の治療が不完全な状態だったようじゃな」

イーザム爺さんの鋭い視線がヴィヴィに突き刺さり、彼女は顔を青くする。

俺もイーザム爺さんの言葉にハッとして、すぐにキアルのもとへ向かう。

新たな傷はないと思ってそのままにしてしまっていた足を見ると、傷口が開き赤く腫《は》れていた。

「キアルさん！　気づくのが遅くなってごめんなさい。すぐに治しますから！」

「アンジェロ様はなにも悪くないですよ。俺が無理したせいなので……」

キアルは困ったように笑うが、俺がもし討伐前にきちんと治療していたなら、キアルはあんな傷を負《お》わずに済んだはずだ。

ぐっと唇を噛み締めながら、俺はすぐに治療をはじめた。キアルの治療を終えると、俺がいない間にヴィヴィは皆からの冷たい視線を浴びていた。

「ご、ごめん……なさぃ……」

「……あんたのせいで皆がこんなに傷ついたんだぞ！」

ランドルが怒りをぶつける。その言葉にヴィヴィは拳をギュッと握りしめ、また謝罪を続けた。

ミハルはじっとヴィヴィを見つめ、イーザム爺さんはどうしたものかとポリポリと頭をかく。

「お前さん、治癒《ちゆ》魔法をかけるとき、どんな傷なのか確認したのか？」

「……していませんでした」

「ここは学校の試験会場じゃないんじゃぞ。治療記録を読んでなんとなく予測した、形式だけの治《ち》癒《ゆ》魔法をかけても治るわけがない」

「……はい」

イーザム爺さんの言葉に、ヴィヴィは目いっぱい涙を溜める。

「まぁ……治癒士《ちゆし》になりたてのお前さんを放置した儂《わし》にも責任があるんじゃがな。だが、治癒士《ちゆし》を名乗る以上、責任は持たねばならん。お前さん、これからどうする？　このまま王都に帰るか？それとも、ここでアンジェロたちとともに学び戦うのか？」

イーザム爺さんの問いかけに、ヴィヴィは肩を震わせてうつむく。

そして、震える声で答えを出した。

「私《わたくし》は……まだ、ここで学びたいです！　そして、今度こそ治癒士《ちゆし》として……皆さんを助け、たいです」

溢れ出しそうな涙を堪えながら、ヴィヴィは真っ直ぐイーザム爺さんを見つめた。

ヴィヴィの決意表明に、イーザム爺さんは、いつものようにニッと笑顔を見せる。

「ならば気合い入れてついてこんといかんぞ～。ここは戦場じゃからな～治癒士《ちゆし》は魔力がスッカラカンになるまで傭兵たちにこき使われるからな～」

「はい」

「あとは……ここの先輩になるミハルとアンジェロを見習って仕事に励《はげ》めば、立派な治癒士《ちゆし》になれるはずじゃ。コイツらならお前さんのことをしっかり面倒見てくれるはずだからの～」

突然振られたヴィヴィの世話係にギョッとしてイーザム爺さんに視線を向けると「よろしく～」と、ウィンクが返ってきた。

どう考えても面倒な案件だ。イーザム爺さんに少しばかりムッとしていると、決意を新たにしたヴィヴィが俺たちのほうに近づいてくる。

「アンジェロ様、ミハルさん。今までの無礼な振る舞いと発言を謝罪させてください。本当に申し訳ありませんでした」

しっかりと頭を下げて謝ってくるヴィヴィに、どうしたものかと反応に困っていると、隣のミハルが真剣な顔をしてヴィヴィに問いかける。

「ヴィヴィ様は、本当にこの前線で治癒士《ちゆし》として働く覚悟をお持ちですか？」

「……本当は、怖いです。でも、アンジェロ様や皆様の姿を見て、私《わたくし》もこんな治癒士《ちゆし》になりたいって思いました。本当の治癒士《ちゆし》に、私《わたくし》はなりたいです」

ヴィヴィの言葉を聞いて、表情を固くしていたミハルはいつものように優しく微笑む。

「そう思ってくださるのなら、僕も微力ですが、ヴィヴィ様に協力したいと思います。治癒士《ちゆし》としては、きっとアンジェロ様が力になってくれると思いますよ！　ね、アンジェロ様！」

「えっ……！　え、え～っと……」

今度はミハルからのキラーパスに言葉が詰まる。ヴィヴィは期待を込めた視線で俺を見つめ、ミハルは俺が断るわけなどないと確信した笑顔を向けてくる。

ここで俺がヴィヴィを突き放したら、完全に悪役だ。

「……よろしくお願いしますね、ヴィヴィさん」

「はいっ！　よろしくお願いします！　アンジェロ様っっ！」

アハハ～と、苦笑いを浮かべると、ヴィヴィは嬉しそうに笑みをこぼす。

しかし、傭兵たちの中には不服そうな者も多く、これは前途多難な案件を引き受けてしまったと、ため息がこぼれた。

ヴィヴィの一件が落ち着いた直後、魔獣の討伐に出ていたガリウスさんとノルンたちが帰ってきた。思ったよりも帰りが遅かったので、なにかあったのではないかと心配していたが、皆軽傷で済んでいたようでなによりだ。

ノルンも腕にかすり傷を負《お》っただけで、俺はさっそく治療を行う。

「アンジェロ様、遅くなり申し訳ありません」

「いえ、無事に帰ってきてくれてよかったです。それにしても、服はすごいことになっていますね」

ノルンの真っ白な神殿騎士の制服は、血で染まってなんとも恐ろしい雰囲気になっていた。

最初に見たときはノルンが大怪我をしたんじゃないかと焦ったが、話を聞いたら魔獣の返り血だという。

「コイツの魔法攻撃、なかなかえぐかったんだぞ～。剣の腕前もさすがだったが、風魔法で魔獣を宙に浮かせて次々に倒していくのを見たら、俺でも震えあがった」

ノルンの隣で治療を受けているガリウスさんが、なんだか楽しそうにそう話す。

「さすがですね」

「いえ、そんな大したことではありません」

俺に褒められたノルンは可愛らしく頬を赤く染めた。

無事に討伐が終わり、治療小屋をあとにしたときには辺りはすっかり暗闇に包まれていた。

イーザム爺さんとミハルは、今晩は治療小屋で怪我人の様子を見るということで、俺とノルンとヴィヴィは一旦自室へ帰ることとなる。

ヴィヴィを小屋に送り届け、俺たちの小屋に戻ると、ノルンに治療小屋での出来事を話す。

ヴィヴィが心を入れ替え、これからは治癒士《ちゆし》として頑張りたいと言ってくれたこと。そして俺とミハルが面倒を見ることになったと話すと、ノルンは着替えをしていた手を止めて、俺のほうへ真顔で近寄ってくる。

「では、ヴィヴィ様はアンジェロ様の下につくということになったのですか？」

「そ、そんな感じですね」

「……やはり私がヴィヴィ様の世話役に戻ったほうがいいのでは」

ブツブツと呟く真顔のノルンはシャツのボタンを留めておらず、はだけた胸を俺に晒《さら》している。

細身に見えるが、やはりノルンは脱いだらすごい系だった。

しっかり鍛えられた腹筋と胸筋に釘付けになる。

――……ちょっと触りたいかも。

そんな不埒《ふらち》なことを考えていると、黙ったままの俺の顔をノルンが覗き込んでくる。

「アンジェロ様？」

「えっ!?　あ、……か、顔に傷が」

突然ノルンの整った顔が目の前に来て、ドキンッと胸が跳ねる。そして、左の頬にうっすら傷があるのに気づいた。

「傷、ですか？　あぁ、今日の討伐のときにいつの間にかついてしまったんでしょうね」

「治しましょうか？」

「こんな小さな傷にアンジェロ様の治癒《ちゆ》魔法はもったいないです」

「この傷くらいなら、ほんのわずかの魔力しか使わないので大丈夫ですよ。それに、ノルンさんの綺麗な顔に傷がついてちゃダメです」

そう答えると、ノルンは嬉しそうに口元をゆるませる。

ノルンは俺が治療しやすいよう前屈みになり、俺も傷がよく見えるように少し背伸びをして、右手をノルンの頬にかざす。

治癒《ちゆ》魔法がノルンの頬を包み込み、傷が治ると、ノルンはかざした俺の手に触れた。

「ありがとうございます」

「はい……」

ノルンの吐息を感じるほど近い距離。なにも喋らず見つめ合うと、ノルンの焦がれるような視線ときらめくヘーゼルグリーン色の瞳に、吸い込まれそうな感覚に陥《おちい》る。

——なんだよ、この雰囲気……

「アンジェロ様」

「ノルン……さん……」

俺を求めるようなノルンの声と視線に、頬が熱くなる。

——あ……やば。すっげーキスしたいかも。

一瞬でもそう思ってしまうと、もう止まらない。

ノルンの頬を両手で包み込み、ぐっと背伸びをして、俺は吸い込まれるようにノルンの唇に自分の唇を重ねた。

薄いノルンの唇は想像していたよりも柔らかくて、前世ぶりのキスの感触はすごく気持ちがいい。

——って！　勢いで俺はなにをやってんだー!?

自分の犯してしまった行為を自覚すると、恥ずかしさで耳まで熱くなってきた。

とはいえ、自分からキスしておいて突き飛ばすなんてことはできないので、ゆっくりと唇を離し、添えていた両手をノルンの頬から離す。

ノルンは突然のキスに固まったままなので、このまま逃げ出して……と、思ったがそうはいかずノルンの手に捕まえられる。

両手を握りしめられ、ノルンを見上げると、真顔のノルンが俺を見下ろしていた。

「なぜ、キスを？」

「あ、え……その～あの～……」

素直に『雰囲気に呑まれてキスしたかったから！　以上！』と言えればいいが、昨晩告白してきた相手にそんなことは言えるはずがない。

はっきりした答えを出さない俺に対して、ノルンは俺の腰に手を回し、抱き寄せてくる。

「キスをした理由は、見つかりませんか……？」

ちょっぴり切ない顔したノルンは、眉を下げこちらを見つめてくる。なんと答えを返せば正解なのかわからず、うつむきながら頭をフル回転させていると、ノルンが俺の頬を撫でて甘く囁《ささや》いた。

「では、もう一度キスをして理由を見つけましょう」

「!?」

うつむいていた顔に手が添えられて、上を向かされる。ノルンの長い黒髪が俺の頬をなで、さっきまで重ねていた唇が再び近づき、ノルンの綺麗な顔が迫ってくる。

俺は抵抗する暇などなく、今度はノルンからキスをされた。

優しく重ねられた唇は、なにかを探すように何度も啄《ついば》んでくる。俺は思わずノルンのシャツをぎゅっと握りしめた。

さっきよりもずっと長いキスのあと、ノルンは名残惜《なごりお》しそうに唇を離す。

「見つかりましたか？」

ふるふると首を横に振ると、ノルンは残念そうな顔をする。

「そうですか。アンジェロ様、私とのキスは……嫌ではありませんでしたか？」

「い、嫌では……なかった、です」

「その答えが聞けただけでも、私は嬉しいです」

柔らかに微笑むノルンの表情に、顔から火が出そうになる。

キスくらいで、こんなにも胸がドキドキするなんて……

キスをして変な雰囲気になるかと思ったが、ノルンは普段と変わりなく接してくる。

着替えを終えたあとはいつものように二人でベッドへ入り、いつものようにノルンは俺を抱きしめてくれる。

——今の俺とノルンって……いったいどういう関係なんだ？

そんな疑問を抱きながら、今日一日の疲れを癒《いや》すようにノルンの鍛えられた胸筋に顔を埋めた。

ヴィヴィがやってきて、嫉妬したりノルンと喧嘩したり告白されたりキスされたりと、いろいろあったがようやく俺の日常は落ち着きを取り戻し……てはいなかった。

ノルンは俺のもとに戻ってきたが、ヴィヴィの世話係になったことによりにぎやかで騒がしい日々が続いていた。

そして、俺とノルンの関係は、以前よりも甘ったるくなっている。

相変わらず夜は一緒に眠り、朝はノルンが優しく起こしてくれる。

「アンジェロ様、朝ですよ」

「ふぁ、は～ぃ……」

ノルンの体を抱き枕にして爆睡していた俺は、寝惚《ねぼ》けた顔で声のするほうに顔を上げた。

今日もご機嫌のノルンが微笑み、額にキスをくれる。

最初こそは不覚にもデコチューだけで胸を高鳴らせていたが、習慣化してしまえばどうということはない。

額へのキスが終われば、二人で起きて支度して朝食を食べて治療小屋に出勤だ。

治療小屋につくと、先に来ていたヴィヴィが箒《ほうき》を片手に手を振ってくる。

「アンジェロ様〜！　おはようございます〜！」

「おはようございます、ヴィヴィさん」

彼女が来てから、早いもので二週間が経つ。

黒髪ツインテールのツンツン美少女は、いろいろあったが今では黒髪ツインテールの心優しき美少女へ変貌していた。

ヴィヴィ自身も、ここに来たときは高慢な態度でたくさん迷惑をかけたと強く反省し、心を入れ替えてからは前線での仕事を立派にこなしている。

はじめは洗濯や掃除をすることに渋い顔をしていたが、患者の環境を整えるのも治癒士《ちゆし》の仕事の一環だと説明すれば納得してくれて、それ以降は嫌な顔ひとつせず作業をしてくれるようになった。

傭兵たちとの関係は、少しずつだが改善しているようだ。

ヴィヴィは自分の非を認め、自分のせいで多くの怪我人を出してしまったことを一人ひとりに謝罪していた。

それでも全員がヴィヴィの言葉に納得したわけではない。中にはまだ、ヴィヴィのことを恨《うら》んでいる者もいる。それは仕方のないことだ。

だが、その関係を修復できるのはヴィヴィ自身しかいない。

なので俺は遠くから見守ることにした。

ヴィヴィのあまりの変わりように、最初は俺も戸惑ったが、治癒士《ちゆし》の仕事に真面目に向き合う彼女の姿を見たら、もう大丈夫なのだと思えた。

今では治療小屋で働く一員として頼りにしている。

ヴィヴィは治癒士《ちゆし》の学校を首席で卒業したというだけあって、治癒《ちゆ》魔法についての知識は豊富だ。

そんな彼女と治癒《ちゆ》魔法やこの世界の医療に対して話をはじめると、いつも熱く語り合ってしまう。

「アンジェロ様、治癒士《ちゆし》にとって一番重要なのは『知識』です。人体の構造は未だ解明されていない部分が多いですが、だからこそ日々更新される情報を頭に叩き込むことが大切なんです」

「情報ですか……」

「そうです。怪我をした傷を治すときには、体の構造を意識して治癒《ちゆ》魔法をかけなければ傷は治りません。けれど、知識だけではダメだってことを私《わたくし》はここで教えられました。『知識』と『経験』、それに、患者さんと真剣に向き合う姿勢が、治癒士《ちゆし》にとってかかせないものなのですね」

「たしかにそうですね」

ヴィヴィは俺のほうへ顔を寄せ、真面目な顔で聞いてきた。

「アンジェロ様は学校にも通わずに、どうやって治癒《ちゆ》魔法を使いこなせているのですか？　怪我人への対応もそうですが、私《わたくし》が今まで教えてもらったことのないものを、アンジェロ様は習得されているように感じます。それはいつ、どうやって身につけたものなのですか？」

ぐいぐい質問してくるヴィヴィに、文献やどこかの治癒士《ちゆし》が書いた自伝を読みあさって妄想していた、といつかノルンに言ったのと同じ嘘をつくと、彼女は目を輝かせて「その話を聞かせてほしい！」と、食いついてくる。

なんだか新人の後輩に懐《なつ》かれている感じがして、俺も嬉しくなって話をするようになっていった。

いつしかプライベートの話もするようになり、ヴィヴィは自らの生い立ちを話してくれた。

スナッツ公爵家は代々治癒士《ちゆし》を輩出しており、ヴィヴィの姉や兄は王家の専属治癒士《ちゆし》なんだそうだ。ヴィヴィも学校を首席で卒業し、将来を嘱望《しょくぼう》されていた。

首席卒業なんてすごいな、と相槌《あいづち》を打つと、ヴィヴィは苦笑いを浮かべた。

そして、スナッツ公爵家では首席など当たり前で、自分の実力は、スナッツ家の中ではむしろ落ちこぼれなんだと視線を落とす。

その表情に、俺はかつてのアンジェロを重ねてしまう。

『ベルシュタイン家の落ちこぼれ』

そう言われ、蔑《さげす》まれてきたアンジェロ。

そう思うと、なんだかヴィヴィを放っておけなくて、気がつけばヴィヴィは俺にとって可愛い後輩になっていたのだった。

それからしばらく経ったある日。

二人でいつものように治療のことなどを話していると、ヴィヴィがなにか言いづらそうに「あの……」と切り出してきた。

「実は昨日、教会から手紙が届いたのです。……王都への一時帰還が命じられました」

「えっ⁉」

ヴィヴィの言葉に思わず大きな声を上げてしまう。

ここに来てまだ数週間。

ようやく慣れてきたところなのに、帰還だなんて。

「なにか訳ありなんですか？　せっかくここの生活に慣れてきたのに……」

「理由は記載されていませんでしたが、ヨキラス様からの勅命《ちょくめい》です。馬車を手配でき次第、帰還する予定です」

ヨキラス。相変わらずその名前を聞くと、ゾワリと背中に悪寒が走る。

「一時帰還ってことは、用件が済めばまた戻ってこられるんですか？」

「はい。私《わたくし》はその予定です。ですが、私《わたくし》は教会に所属する治癒士《ちゆし》なので、もしかしたら違う場所への派遣を命じられるかもしれません」

寂しそうな表情のヴィヴィを励《はげ》ますように、俺は笑顔を向ける。

「僕はヴィヴィさんの帰りを楽しみに待っていますから」

「はい！　私《わたくし》も絶対、ここに戻ってきます……そのときは、またよろしくお願いします！」

「僕のほうこそ、よろしくお願いしますね」

ヴィヴィはなにか決意したような顔をして、イーザム爺さんたちにも報告をしてくると言って去っていった。

そして五日後。

ヴィヴィは教会が用意した馬車に乗って王都へ帰っていった。絶対に戻ってくると言いながら、馬車の窓から身を乗り出してこちらに手を振っていた。

見送りのあと、少し静かになった治療小屋を見て、なんだかしんみりしてしまう。

きっとまた会えると信じて、俺は気合いを入れ直して前線の日常へ戻っていった。

第七章

午前中の診療を終え、今日はミハルとノルンとともに物品庫の整理をしていた。

あれからオレリアンが物資の支給体制を整えてくれたおかげで、近頃は薬品や医療物資が安定して届くようになった。

だが、薬草などの消耗品は状況によって必要な量が違うし、緊急時にも備えておかなければならない。ストックの確認はとても重要な作業だ。

色とりどりのラベルが貼られた瓶を、ミハルと一緒に数えては在庫数を管理表に書き込んでいく。

「傷薬に下痢《げり》止め、それに風邪薬も少なくなっていますね」

在庫数を書き込みながらミハルに伝える。

「季節の変わり目ですし、最近体調を崩す人たちが増えてきましたからね。昨日も腹痛や風邪症状の方が何人も診察を受けに来ていました」

次の支給が来るまであと二週間。

それまで在庫がもつかどうか、不安なところだ。

「アンジェロ様、午後は薬草採取に行きますか？　今日は討伐の予定もありませんから」

「そうですね。ノルンさんも付き合ってくれますか？」

「えぇ。もちろんです」

俺たちでは届かない高い場所の薬品を片付けているノルンに声をかける。

久しぶりの薬草採取に、俺はちょっぴりテンションが上がっていた。

今日は晴天が広がり気温も暖かく、絶好の採取日和だ。足取りも軽い。

森に入った俺はさっそく薬草を見つけて採取にかかる。

薬草採取もこれで五度目となり、だいぶ要領が掴めてきた。

大体どんな場所になにがあるかもミハルに聞くことなく採取できるようになり、俺はひとりで黙々《もくもく》と進んでいく。

「アンジェロ様。また集中しすぎて森の奥深くまで入らないよう気をつけてくださいね」

うしろから聞こえるノルンの声に「は～い」と、軽い返事をして、ズンズン先へ進む。

前に採取に来たとき、夢中になりすぎて二人とはぐれてしまい、ノルンに怒られてしまったのだ。

だが、俺も中身はいい歳したオッサンなのだから何度もそんなドジなことはしない。

――お、こんなところにもレアな薬草が！　あそこには不足がちの薬草がある。あの奥にあるのは……

と、こんな感じで薬草採取に夢中になり、気がつけばまたノルンとミハルとはぐれてしまった。

背負っていた籠《かご》は薬草でパンパンなのだが、褒められるより先に絶対に怒られる。

まぁ、はぐれたところで帰り道はわかっているので、その点は安心だ。

迷わないように、木にチョークでマーキングしてあるので、それをたどっていけば問題ない。

きっと心配しているであろう二人のもとへ帰ろうと歩き出した瞬間、茂みの奥からガサリと音がした。

魔物や獣かと思い、緊張した面持ちで視線を向けると……なんと、ピンク色のスライムがうにょうにょと登場してきた。

ゆっくりと俺のほうへ近づいてくるピンク色のスライム。

だが、俺も以前のようにビビったりなどしない。

ミハルがスライムの倒し方を教えてくれたし、なにより、今の俺には武器もある。

採取用にと渡された小さなナイフをポーチから取り出すと、俺は初めての討伐クエストに挑戦することにした。

「たしか、スライムには核があって、そこを潰せば倒せるんだよな」

そろりそろりとスライムに近づいてみると、ちょうど中心部分に干し葡萄《ぶどう》サイズの黒っぽい核が見える。

「あそこだな。よしっ！」

ナイフを握る手に力をこめ、えいやっと振り下ろす。だがスライムは思ったよりも弾力があり、突き刺したところでナイフの勢いが落ちた。

刃先の位置はバッチリなのだが、核までもう少しというところで止まってしまった。なんとか倒さねばという気持ちで、俺はナイフに体重をかける。

すると、ナイフが核を正確に貫き……パンッッッとスライムが弾けた。

「んにゃぁぁぁ!!？」

まさかスライムが弾けるとは思っていなかった俺は間抜けな声を上げ、全身にスライムの体液を被ってしまった。

「うげぇ、口の中まで入った……」

顔にかかるドロリとした生ぬるいスライムの残骸。

なんというか……これは……顔射されたあとみたいだ。

口の中に入った残骸をペッと吐き出すが、なにやら甘ったるい。

「スライムってこんな味するんだな。てか、食べたら……死ぬとかないよな？」

そんなことを考えると怖くなり、とりあえず水でうがいをして、体についた残骸はタオルで拭う。

そんなこんなで来た道を戻っていくと、俺の名を呼ぶ声が聞こえてきたので慌てて声のするほうに駆け寄った。

「すみません！　採取に夢中になって、はぐれちゃいました。それにスライムにも出くわしちゃって……」

申し訳ない顔をして二人のところに戻る、ミハルはホッとした顔をして、ノルンは表情を硬くしたまま俺のほうへ近づいてくる。

「お怪我はありませんか」

「ない、です」

久しぶりに不機嫌オーラ全開のノルンに、愛想笑いをしてぎこちなく返答する。ノルンははぁ、と小さくため息を吐きポツリと呟いた。

「これからアンジェロ様には、遠くへ行かないよう腰紐をつけていただかないといけませんね」

「うぅ、これからは気をつけます」

これぱっかりは俺が悪いので反省してみせるが……まさか本当に腰紐つけたりしないよな？

そんな不安を抱きながら薬草採取は無事に終了……と、思っていたら、森を出た辺りからなんだか体がポカポカと熱くなってきた。

温かな日差しのせいだろうか？

そんなことを考えながらキャンプ地に戻った。

到着するとノルンは採取した薬草を干しに行き、俺とミハルは洗濯物を取り込んでいく。

柔らかな日差しが今日はなんだか熱く感じて、額にじわりと汗をかく。

タオルで汗を拭っていると、ミハルが声をかけてきた。

「アンジェロ様、顔が赤いですよ。体調でも悪いのですか？」

「いえ、たくさん歩いたせいか暑くなってきて……」

胸のボタンをひとつ外してパタパタと扇《あお》ぐと、少し体が冷えて気持ちがいい。

「そ、そうですか……」

なぜかミハルも頬を赤くして、俺から視線を外す。

しかし、少し冷めた体の熱は、体の奥からたぎってくるように、すぐにまたぶり返してきた。

その熱は風邪による発熱とは違い、下半身がズクリと疼《うず》くものだった。

——なんだかおかしいぞ。なんで俺、こんなに興奮してんだ……？

洗濯物を持ってフラフラと物置小屋へ向かうと、先に行ったミハルが待っていてくれて、受け取ってくれる。

「これで、最後です……」

「ありがとうございます。……アンジェロ、様？　本当に大丈夫ですか？　なんだか呼吸が荒いようですが……」

熱を吐き出すように呼吸をしていると、ミハルが心配そうな顔をする。

「少し……熱くて……」

「やはり熱が上がってきましたか？　今日は無理せず、このまま休んでください」

「そう、です、ね」

ミハルと会話していると、目の前がなんだかぼんやりとしてくる。

部屋に戻ろうと歩き出すが、足がもつれてしまう。

ミハルがよろけた俺を支えようと肩に触れた瞬間、電流が流れるような感覚が俺を襲《おそ》った。

「んぁっっ！」

「ア、アンジェロ様!?」

思いっきり喘《あえ》ぎ声を上げて体がしなる。ミハルは驚いた顔をして頬を真っ赤に染めている。

ミハルに触れられた場所が、なぜだかじわりと快楽に包み込まれていた。

「ごめ、ん、なさぃ……。体……なんか……変で……」

「え⁉　あ、う、ぁ……ア、アンジェロ、様⁉」

ミハルの胸に倒れ込むように体を預けると、戸惑った声が聞こえる。

そんな状態のミハルの首筋に顔を埋めると、なんだかいい香りがする。

本能がもっとミハルの香りを嗅《か》ぎたいと訴《うった》えてきて、鼻先を擦《こす》りつけた。

緊張したミハルの体は、しっとりと汗ばみはじめ、匂いが濃くなる。

たまらない状況に、ミハルの体を強く抱きしめた。

――あー……こりゃダメだ。むっちゃチンコ挿れてほしい。

抑制の効かない性欲が表に出てきてしまい、もう理性なんて吹き飛んでいた。ミハルの首筋にすりすりと額を擦《こす》りつけて、腕を背中に回し、誘うように背を撫でる。

ミハルはかすかに悲鳴を上げ、さらに体をこわばらせるが、表情は興奮していた。

――ミハルにお願いしたら、エッチしてくれるかなぁ？　いや、断られても押し倒せばどうにかなるかもしんないよな。きっとミハルも俺のこと嫌ってはいないだろうし、ワンチャンいける。

もう頭の中が完全に最低な考えに支配されている。

ミハルを見上げると、彼は可愛らしく顔を真っ赤に染めて固まっていた。

「ミハルさん、可愛い……」

「ふぇぇっ⁉」

俺が囁《ささや》くと、ミハルの動揺が大きくなる。

抱きついても拒まれないのをいいことに、俺は顔を近づけた。

ミハルの可愛らしいそばかすまでもが真っ赤に染まり、緊張で半開きになった口からはピンク色の舌が覗き、俺を誘っている。

——キス……しちゃお……

柔らかそうなミハルの唇にロックオンした俺は、舌舐めずりをしてゆっくりと顔を近づけ、瞳を閉じて、チュッと口づけを交わす。

……しかし、想像していた柔らかな感触とは違い、ミハルの唇は骨張って乾燥していて……

——ん？

うっすらと瞼《まぶた》を開くと、男らしくも綺麗な指が俺とミハルの間を遮《さえぎ》っていた。

「アンジェロ様……いったいなにをしているのですか……？」

火照った体も芯から冷えるようなクソ不機嫌な声が背後から聞こえ、振り向くと、ノルンがとんでもない怒りの形相でミハルの唇を押さえていた。

しかし頭の中が『エッチしたい！』で埋め尽くされた俺はノルンのことなど気にもせず、キスできなかったことに腹を立てて唇を尖《とが》らせる。

「……ミハルさんになにをしようとしていたのですか？」

「なにって……キスです」

「「——っ!?」」

ミハルとノルンは二人そろって言葉をなくしていた。俺は早く体の熱を発散したくて、ミハルの体を再度抱き寄せる。

——あ〜早くエッチしたい。ミハルの息子くんはどんな形してんだろうなぁ〜。

なんて思いながら半勃《はんだ》ちした下半身を擦《こす》りつけようとしたとき、ノルンが俺とミハルを引き離した。

「な、なぜミハルさんとキスをしようと……？」

「だって……ミハルさん可愛くて。それに、僕……もう限界なんです。体、熱くて……この熱さどうにかしたくて……」

モジモジしながら火照った顔で答えると、ノルンは一気に頬を染める。

そして、なにかに気づいたように目を見開いた。

「……まさか昼間出会ったというスライムは、ピンク色ではなかったですか⁉」

「ピンク色でした」

「そのスライムの体液が体にかかりましたか？」

「体というか、口にも入っちゃいました」

俺の答えにノルンはブツブツと恨《うら》み言《ごと》のようなものを呟き、ドデカいため息を吐く。

「まさか絶滅危惧種のピンクスライムに出会うなど、どんな確率で……。ミハルさん、申し訳ありませんが今のアンジェロ様は正気ではありません。今日は一旦帰らせていただきます」

「へ？　あ、はい！」

「えぇ！　僕はまだミハルさんと……」

ミハルを求めるように腕を伸ばすが、ノルンはムスッと不機嫌面で俺を背後から抱え上げる。

「アンジェロ様は現在、ピンクスライムの体液により発情状態になっております。こんな体で放ってはおけません。一度お部屋に戻り、治療いたしましょう」

「治療ならミハルさんのほうが……」

「……この治療は私以外の者にさせることができません」

「？？」

そう言うとノルンはミハルに一礼をして、俺たちの部屋へ戻っていく。

俺はミハルを奪われたのがちょっぴり不満だったが、まぁミハルの代わりをノルンがしてくれてもいいかと気持ちを切り替える。

部屋に到着した頃には、俺の体は完全に全身性感帯になっており、ノルンに抱きしめられただけでもう完勃《かんだ》ちしてしまっていた。

ノルンは俺をベッドへ寝かすと、全身の状態を確認する。

なんだか視姦されてる気分になり、俺は下半身をよじらせて甘い声でノルンを誘った。

「ノルンさん、僕……もう……限界です……」

「そのようですね。アンジェロ様、今から行う治療について説明を……っ⁉」

説明なんて聞いていられない俺は、かがみ込んだノルンの頭を捕まえて、そのままキスをする。

唇が触れ合った瞬間、頭の中は気持ちよさでいっぱいになって夢中でキスをした。

そのうち触れるだけじゃ物足りなくなって、ノルンの閉じた唇を開こうと舌先を滑り込ませる。

すると、ノルンは俺のやりたいことを理解したのか小さく唇を開き、俺の舌を招き入れてくれる。

小さなアンジェロの舌がノルンの熱い舌先に触れると、一気に絡め取られ捕食される。後頭部に回された手で押さえ込まれ、息ができないくらい激しく口づけられて、俺は軽くイッてしまった。

「ふ、ぁ……ん……んぐ……」

一生懸命息継ぎしながら、野獣のようなキスを堪能《たんのう》する。軽くイッたとはいえ、いまだに俺の興奮はおさまらず、張り詰めた下半身をノルンの太腿に擦《こす》りつける。

上も下もぐちゅぐちゅと卑猥《ひわい》な音を立てながら、欲望のままノルンを貪《むさぼ》った。

そして体を震わせ、再び下着の中に己の性を吐き出すと、少し体の熱が引いていく。

ノルンも俺がイッたのに気づいたのか、絡めていた舌をほどき、ゆっくり唇を離す。

「アンジェロ様、治療の説明をしてもよろしいですか？」

「はい……」

真面目ノルンは、どうしても説明がしたいようなのでとりあえず許可する。

俺はなんとか体を起こし、惚けた頭のままノルンの説明を聞いた。

「アンジェロ様の体は、ピンクスライムにより強制的な発情状態に陥《おちい》っております。ピンクスライムの体液は、媚薬《びやく》に使われるほど強力な発情効果があります」

「発……情……」

だからこんなに体が熱くてヤリたくてたまらないのか。

状況を理解した俺は、隣でベッドに腰かけるノルンの膝の上に座る。

「ア、アンジェロ様!?」

「ノルンさん、このままお話の続きをお願いします。それで、僕はどうしたらいいんですか？」

「は、はい……。ピンクスライムによる発情効果は一時的なものですが、その間は強烈なほどの性的欲求に襲《おそ》われます。放置しておけば、正気を失うこともあります……」

「へぇ～そうなんですね」

話を聞きながら、ノルンのシャツのボタンをひとつずつ外していく。鍛え上げられた胸筋が現れたので、指先で突いてみる。

「筋肉って……あまり硬くないんですね」

「ッ!?」

ノルンは口をパクパクさせている。顔を真っ赤にした可愛いノルンを見ていると愛おしくなって、ちゅっと頬にキスをした。

「ノルンさん、話の続きは……？」

「あ、う……で、ですので……発情の効果が切れるまでの間、私がアンジェロ様の性的欲求を解消したいと思うのですが……」

「ノルンさんが……僕にエッチなことしてくれるんですかぁ？」

「――っ！　……はい」

「じゃあ、たくさんたくさん気持ちよくなりたいので、ノルンさんの体を貸してください」

「!?」

動揺するノルンを見て、俺はニヤリと口角を上げた。

体格差のあるノルンの体を押し倒して、跨がる。上からノルンを見下ろし、首筋や鎖骨に唇を落としていく。

唇が触れるたびにピクンッと体を震わせるノルンのウブな反応にムラッときてしまう。ずっと触れてみたかった胸筋や腹筋を撫でまわし、ノルンの下半身へ目を向けると、しっかりとテントを張っていた。

「ノルンさんも勃《た》ってますね」

「そ、それは……」

「僕の発情にあてられちゃいました？」

いろいろと我慢しているのか、唇を噛み締めるノルンの姿を見ると、少し虐《いじ》めたくなってくる。

跨ったまま、悪役令息らしく意地悪に笑うと、ノルンの下半身を解放してやろうと触れてみる。

ノルンの欲望で張り詰めた下半身は、解放を待ち望んでいるのかピクピク震えた。

指先で優しくなぞり、布越しに質量を感じる。それだけで俺もまた興奮し、高まってしまう。

欲望を押し込めていたボタンを外してやると、ノルンの猛《たけ》りが勢いよく顔を出した。想像以上のモノに、俺は感嘆する。

「ノルンさんの……大きいですね……」

「――っ！　ア、アンジェロ様、これ以上はもう……」

「なにを言ってるんですか。僕の性的欲求を解消してくれるって言ったのは、ノルンさんですよ？」

張り詰めた先端を包み込むように撫でると、ノルンは体を震わせる。

大きさ、長さ、形、全てが今まで見てきた男たちのモノとは比べ物にならないくらい理想的だ。

ノルンの裏筋をツー……と撫でて長さを確認し、自分の腹に手を当てる。

「これ、奥まで入っちゃうなぁ……」

ペロリと舌舐めずりをすると、ノルンは口を半開きにしたまま顔を真っ赤に染めている。

本当は今すぐにでもノルンの完璧なるチンコを堪能《たんのう》したいところだが、アンジェロの体はもちろん男との交接を経験したことのない処女。

無理をすれば体に負担をかけるだけなので、徐々に慣らしていかなくてはいけない。

ほぐすのは自分でするとして、残る問題はノルンだ。

騎乗位で挿れて主導権を握るのも嫌いじゃないが、できれば最奥をガツガツと抉《えぐ》られる獣のようなＳＥＸがしたいので、ノルンもその気になってほしい。

——まずは、ノルンのヤル気スイッチを探さないと。

俺はパンツと下着をずらし、すでにぐっしょりと濡れた自分のモノを取り出す。

二回も吐精したにもかかわらず、いまだにピョコンと頭を上げていられるのはピンクスライムのおかげだろう。

俺は自分のモノをノルンの猛《たけ》りに擦《こす》りつけ、そのままゆらゆらと腰を上下させる。

「ん、ノルンさんの……熱くて硬い……」

俺の精液が潤滑剤代わりとなり、ノルンの裏筋をヌルヌルと刺激していく。ノルンは必死に耐えているが、俺の行為を穴が空きそうなほど凝視している。

そんな可愛いノルンをもっと気持ちよくしてやろうと、互いの亀頭を両手で包み込み、少し強めに擦《こす》りつけた。

「んっ！　ア、アンジェロ様、これ以上は……」

「んぁ……ふ、ぁ……ノルンさん……一緒に……イキましょ……ん、ンンッ！」

「――くっ！」

俺とノルンの先走りが混じり合い、ぬちゅぬちゅと音を立てる。ノルンのモノがグンッといっそう強く張り詰めたと同時に亀頭部をぎゅっと包み込み最後の刺激を加えると、二人同時に射精した。ドプドプと俺の手のひらに注がれる濃厚な精液。ノルンの射精は長く、量も多いせいで、俺の両手には収まりきらずにノルンの下腹部に垂れ落ちる。

「ふふ、いっぱい出ちゃいましたね」

いつもの天使スマイルは封印して、妖艶《ようえん》な微笑みを向ける。精液で濡れた手を拭い、さぁ次はなにをしてやろうかと余裕の表情を浮かべていると、ノルンがむくりと体を起こした。

俺はノルンの顔を覗き込むように囁《ささや》く。

「ノルンさん、もっとエッチなこと……しますか？」

こてんと首をかしげ、誘うように問いかけると、ノルンは数秒空けてから首をブンブン横に振った。俺の両肩に手を置き、これ以上近づけまいと抵抗する。

「ダメ、です……本当に……これ……以上はもう……」

「なんでですか？　ノルンさんので……僕の中を突いてほしいのに……」

「んなッッ!?」

いまだに硬さを保つ息子くんを撫でてやると、ノルンは初々《ういうい》しく耳まで真っ赤に染める。

そんな姿を見せつけられると、ピンクスライムの発情効果も相まって、もうムラムラが止まらない。

「もう……俺が挿れちゃいますよぉ……」

「あ、ぅ……え？　俺……？」

「あー…………もうなんでもいいのでノルンさんが欲しいです。僕、もう我慢できません」

ついポロリと『俺』なんて言っちゃったが無理矢理ごまかして、半端に履いていた下衣と下着を脱ぎ捨てる。

アンジェロのキュートなお尻で素股しながら、とびきり甘い声でノルンの名前を呼んだ。

「ノルンさん……。挿れて……ください……」

次の瞬間、視界が反転した。

押し倒されて、ノルンが俺に覆いかぶさっている。興奮した荒い息遣い……そして、普段は穏やかなヘーゼルグリーン色の瞳が野獣のようにギラついている。

ノルンのヤル気スイッチを押せたのを確信した俺の顔はパァァと綻《ほころ》んだ。

押し倒されたまま、食らいつくようなキスの雨が降る。唇や舌を甘噛みされ、息ができないほど激しく舌を絡められ、ノルンの唾液で口の中がいっぱいになる。かき混ぜられて溢れた唾液が口角から流れ落ちるのを感じながら、口腔内に残った二人分の唾液を必死に呑み込んだ。

その間にノルンはシャツの間に手を滑り込ませ、俺の腹や胸を撫でる。そして、いつかのお清めをしてもらって以来触れられていなかった、小さな胸の尖《とが》りをピンと弾いた。

「ふっ、ん……ぁ、ん……」

長いキスから解放されたかと思えば、今度は首筋を舐められ、鎖骨から胸へ、唇がどんどん下がっていく。そしてたどりついたのは、さっきからいじりまくっている俺の乳首。

ノルンの熱い舌先がベロリと乳首を舐め上げたかと思うと、次はカリッと歯先で噛む。

絶賛発情中の俺に、この鋭く痺《しび》れるような刺激はとんでもないもので、腰を反《そ》らせ思いっきり喘《あえ》いでしまう。

「ぁ、あああぁぁんっ!!」

その反応を見たノルンは、目を細めて甘噛みしながら反対の先端部をキュッとつねり、快楽を倍増させてくる。俺は胸だけで、またも絶頂を迎えさせられてしまった。

短時間で三回もイッてしまうと、さすがに勢いはなく、タラタラと薄い精液が流れ落ちる。ノルンは俺の精液を指先で拭うと、嬉しそうに微笑んだ。

「アンジェロ様、気持ちよかったですか?」

「ひゃい……すっごく……」

惚けた頭で答えると、ノルンは俺の胸から離れ、体を起こす。

イッたばかりの俺の体を視姦し、そして猛《たけ》りに猛《たけ》ったノルンの先端が俺の後孔に触れた。

その熱を感じた瞬間から俺の下腹部はキュンキュンに疼《うず》き、ノルンのチンコが欲しくて欲しくてたまらない。

「ノルンしゃん……。早く、早く、挿れて……」

はしたなくノルンを求めていると、グッ……とノルンの先端がめり込んでくる。慣らされていない後孔がノルンのチンコで無理矢理開かれていくが、恐怖なんてものはなくて、もっと奥にと求めるばかりだ。

そしてノルンは大きく息を吸い込み……ガンッッ!!　と自分の頭を壁に打ち付けた。

「ひぇっっ！」

突然の奇行に驚いて声を上げると、ノルンは数回頭を壁に打ち付け、何度も深呼吸をしてから俺のほうへ顔を向ける。

「アンジェロ様……申し訳ありません。私は、自分の性欲を抑えることができず、暴走してしまっていました」

「………ふぇ？」

「ピンクスライムにより自我を失っているアンジェロ様を欲望のまま抱こうとするなど、私は騎士として……いや、人として失格です。申し訳ありません」

――えっと……つまり、抱いてくんないの？

いやいやいやいや！　そんなの絶対に許されないぞノルン！

「そんなのいやです。僕、中……物足りない。ノルンさん、お願いです……僕を抱いて……」

早くチンコ挿れろ！　を、アンジェロバージョンに変換し、可愛らしく駄々をこねておねだりするが、ノルンはクッと下唇を噛み締める。

「アンジェロ様は今、魔物の毒によりまともな状態ではありません。それに、交接は……愛する者同士が行う行為です」

——……この大バカ真面目の堅物ノルンっっ！

理性を取り戻したノルンはきっと俺を抱いてくんない。そうなりゃ……抱いてくれる相手を探すだけだ。

俺は頬を思いっきり膨《ふく》らませると、プイッとノルンから目を逸らして起き上がる。

体を起こすと、発熱したときのように体がふわふわしていたが、そんなことよりも早く誰かに挿れてもらいたい。

自分の欲求を満たすべく、俺は脱ぎ捨てた服を手に取る。

「アンジェロ様？　どうされたのですか？」

「………ノルンさんがしてくれないから、他の人に治療をお願いしてきます」

ふてくされた態度で答え、シャツのボタンを閉めていると、手を掴まれた。普段よりも強く握りしめられて、視線を上げると、不穏な雰囲気をまとったノルンと目が合う。

「ノ、ノルンさん？」

「……他の人に治療など……絶対にさせません」

着ていたシャツを再度剥ぎ取られベッドに押し倒されると、ノルンは剥ぎ取ったシャツで俺の手首を縛り上げる。まさかの拘束プレイ突入に、俺の頭の中は大パニック。

「挿れずともアンジェロ様を満足させられるよう最善を尽くします。だから……私から逃げないでください。中が物足りないと言うのなら、私の指で満足させます」

ノルンはそう言って自分の指を舐めると、俺の後孔にゆっくりと埋めていく。チンコがダメで指ならオッケーな理由がいまいちわからないが、ドSノルンの本領発揮に発情アンジェロは大興奮。

骨張った指が中に入ってくる感覚はもちろん最高で、もっともっととノルンの指を中で締め付ける。腹側を優しく撫でるように動かされ、気持ちよくて腰が浮く。

「ぁ……ん、あぁ……気持ちいぃ……」

少しずつ深くに入ってくるノルンの指先が前立腺にたどりつくと、大きく体が跳ねた。軽く触れられただけなのに、ピュクッと吐精してしまう。

——発情状態での前立腺めちゃやばっ。

心の声を表すように、完全に蕩《とろ》けた顔でノルンを見つめると、彼はイッた俺を見て少し優しい表情を浮かべた。

「ここがいいですか？」

「ひゃい……。そこ……好き……」

「好き……ですか。では、もっと好きになってください」

ノルンは悪い顔して微笑むと、前立腺をクンと腹側に押し込む。頭の中が真っ白になり、意識が飛んでしまいそうになるのをどうにか耐えるが、俺の息子は、はしたなくよだれを垂らしっぱなしだった。

「アンジェロ様、これは好きですか？」

「うん……ふぁ、あんっ、好きぃ……」

「では、これは？」

「ひぁぅっ！　好き！　好きぃぃ！」

ノルンは俺の反応を確かめながら、コリコリと前立腺のしこりを撫で回し、いつの間にか二本に増えた指で挟んだり、もどかしいくらいに優しく触れたりと、緩急がついた愛撫をしてくれる。

意識が飛びそうになるたびにノルンが次なる快楽をぶち込んでくるので、俺は飛ぶに飛べずイキっぱなしだ。

中イキも入れれば俺がイッた回数は軽く十を超えたが、それでもまだ足りない。

体は限界を迎え、意識が朦朧《もうろう》としながらも、切ない腹の奥。

――足りない……もっと、奥まで愛してノルン……

「ノルン、しゃん……やっぱり、奥、もっと欲しい……」

「まだ、足りませんか？」

「うん、もっと愛してほしい……ノルンさんので、僕の中をいっぱいにしてほしいです」

俺のおねだりにノルンは眉をハの字にして、困った顔をする。

縛られた腕をほどいてもらって体を起こすと、再びノルンに跨り懇願《こんがん》する。

ノルンの愛撫でトロットロにされた後孔を、愛しのノルンのペニスに擦《す》り寄せる。

「ダメ、ですアンジェロ様……それは、本当に……」

「やだ、ノルンさんのください、大好きなノルンさんのを……」

惚けた顔でそうお願いするが、それでもノルンは下唇を噛み締め、必死に耐えている。

真面目なノルンの理性を壊すべく、『大好き』という魔法の言葉を耳元で何度も囁《ささや》きながら、ゆっくり腰を下ろしていく。

熱い先端を呑み込んでいく感覚がたまらなくて、甘ったるい吐息が漏《も》れた。

大きなノルンのモノを小柄なアンジェロの体で受け入れるのは大変だが、中を満たされると幸福感でいっぱいになる。

半分ほどノルンのモノを咥え込んだところで、様子をうかがう。

ノルンは顔を真っ赤にし、気持ちよさそうに瞳を蕩《とろ》けさせている。

「アンジェロ様……」

俺と目が合うと切なそうに名前を呼んでくるので、キスで答えてやる。

「ノルンさんの、とっても気持ちいいです」

そう言うと、今度はノルンからキスをしてきて、強く抱きしめられた。

熱い抱擁《ほうよう》とともに、ノルンはグンと腰を突き上げてくる。

「――……んぁっ！」

息を止め、ノルンを必死に受け止める。

ピンクスライムの媚薬《びやく》効果も相まって、たまらない感覚が脳天を突き抜けた。

ノルンは甘い声で俺を求め、ゆっくり腰を揺らしている。

「ふ、ぁ、ンッ……あっ……」

ノルンの腰の動きに合わせて声が漏《も》れる。

奥をトントン突かれるたびに、目の奥にチカチカと光が瞬く。

「アンジェロ様……アンジェロ、様……」

抱きしめる腕に力がこもり、ノルンは切ない顔で俺を見つめてくる。

ピンクスライムの強制発情で完全に惚けた状態の俺には、そんなノルンがとても愛らしく見えた。

——ノルン、すごく可愛い……

ノルンの頬に手を当て、優しく何度もキスをして微笑みかけると、彼は理性が吹き飛んだかのように俺を押し倒し、荒々しく腰を打ち付けてきた。

突き上げられるたびに痺《しび》れるような快楽が押し寄せ、気持ちよさで意識が遠くなる。

揺さぶられながらノルンとキスをしていると、頭の中がトロトロに溶けていく。

——もう、気持ちいいで、いっぱい……

「ノルン、さん……きもちぃ……好き……」

「私も大好きです、アンジェロ様」

「うん、好き……すき……」

ノルンにぐちゃぐちゃに抱かれ、あの強烈な体の火照りもなくなり、ピンクスライムの媚薬《びやく》効果が薄まってきたのを感じる。

朦朧《もうろう》とする意識の中、ぐったりベッドに横たわっていると、そのまま抱き起こされる。

膝の上に座らせられ、疲れ切った俺はノルンの胸に頭を預ける。

うなだれる頭を優しく撫でられて顔を上げると、ノルンが柔らかなキスをくれた。

唇を啄《ついば》む程度の優しいキスのあと、ノルンが小さく口を開く。

「私とのキスは……好きですか？」

「…………すき」

なにも考えずにそう答えると、ノルンは嬉しそうに微笑み、またキスをしてくる。

ノルンに抱きしめられながら何度もキスをしていると、疲労感が一気に押し寄せてきた。

ウトウトしつつもノルンにしがみついていると、優しく頭を撫でられる。

「アンジェロ様、愛していますよ」

ノルンの言葉にニコリと微笑み、温かな体温と包容力抜群の腕の中で安心しきった俺は、そのまま深い深い眠りについたのだった。


体の怠《だる》さと二日酔いのような頭の痛さで目が覚めた。

うっすらと目を開くと、いつものようにノルンの腕の中だった。

しっかり抱きしめられて身動きひとつとれないが、疲弊した体にはちょうどいい抱擁《ほうよう》感だ。

——喉、かわいた……

口の中がカラカラで、気怠《けだる》い体を動かすとノルンが声をかけてくる。

「ん……アンジェロ様？　目を覚まされましたか？」

「喉が渇いて……」

「水を用意しますね、少しお待ちください」

俺をそっとベッドに寝かすと、ノルンは水差しとコップを持ってきた。疲労困憊《ひろうこんぱい》の俺はひとりでは起き上がれず、ノルンが体を起こしてくれる。

「コップは持てますか？」

こくりと頷き、腕をぷるぷると震わせながらもどうにかコップを持ち、喉を潤《うるお》す。

渇いた体に水分が染み渡り、ふぅ……と、一息つく。

――昨日はピンクスライムのせいで強制的に発情させられて、ええと、どうしたんだっけ……？

おぼろげながらなんだか妙なことをしてしまったような覚えがあり、気まずい気分でノルンをチラリと見上げた。

目が合うと、ノルンは心配した顔でこちらを見つめてくる。

「体調はどうですか？」

「もう、大丈夫です。少し頭が痛むくらいで」

「他になにか異常はありませんか？　……腰は大丈夫でしょうか？」

「腰ですか？」

ノルンに言われて腰をさするが、少し怠《だる》いくらいだ。

「大丈夫そうですけど……昨日なにかあったんですか？」

「――ッ!?　アンジェロ様、昨夜のことはなにも覚えていないのですか？」

驚いた顔をするノルンには申し訳ないのだが、昨日の記憶はとてつもなく曖昧《あいまい》だ。

ミハルを襲《おそ》いそうになったところをノルンが助けてくれたのは覚えている。

けど、そのあとの記憶はモザイクがかかったようにぼやけている。

残っている感覚は『気持ちいい』だけだ。

いったい、俺はノルンとどこまでしたんだ。最後までヤッちゃったのだろうか……

「昨夜のことは、すごく曖昧《あいまい》で。ミハルさんと別れたあとのことはほとんど覚えていないんです。僕、発情してすごく迷惑をかけましたよね……」

「……いえ、迷惑なことなどなにひとつありませんでした。むしろ……」

「むしろ？」

首をかしげると、ノルンはふっと小さく笑みをこぼす。

「アンジェロ様はとても愛らしかったです」

「ふぇ？」

ノルンの訳ありな笑みに、絶対なにかやらかした感がヒシヒシと伝わってくる。

気になるけれど、発情してとんでもないことをしていそうで、口をつぐんだままうつむく。

そんな俺をノルンは優しく慰《なぐさ》めてくれた。

「ピンクスライムの発情効果により、アンジェロ様の体に大きな負担がかかっています。今日はゆっくり休んでください。ミハルさんとイーザム様には、私から事情を話しておきますので」

ノルンはそう言って俺の額にキスすると、部屋を出ていった。

ひとりになり、いそいそとベッドに潜り込んで昨晩の記憶を必死に思い起こす。だが、思い出せたのはノルンが囁《ささや》く甘い愛の言葉と、俺を求める真っ直ぐな瞳。脳内がノルン一色になると、恥ずかしくなって枕に顔を埋める。

——なんでだろう。ピンクスライムの効果は消えたはずなのに、胸がドキドキしている。いや、まだ媚薬《びやく》効果は完全には消えてないんだ。きっとそうだ……

ピンクスライム効果で燻《くすぶ》り続ける心のモヤモヤ。こんな状態で仕事に向かえば誰彼構わず襲《おそ》ってしまいそうなので、ノルンの言葉を素直に受け入れてよかったと思うことにする。

そして瞼《まぶた》を閉じると、疲労感が残る体はすぐにベッドに沈む。しばらく眠りにつき、次に目を覚ましたときには夕暮れどきになっていた。

ポヤーっと茜色《あかねいろ》の光が差し込む窓を見ていたら、夕食を抱えたノルンが部屋に戻ってきた。

「あ……お帰りなさい、ノルンさん」

「ただいま戻りました。夕食を持ってきたのですが、食べられそうですか？」

「はい」

そういえば、丸一日まともに食べていない。腹をさすりながらベッドから起き上がり、テーブルへ向かう。

今日のメニューはダッチ特製ビーフシチュー。濃いチョコレート色のシチューを口に運ぶと、空っぽの胃に染み渡る美味さだった。

「すごくおいしいです」

「そうですね」

ノルンも目尻を下げ、おいしそうにシチューを口にした。

夕食を食べ終えると、心配性ノルンが今日も俺の世話をしてくれる。体を拭くために服を脱がされていると、ノルンが俺の体を見て動きを止めた。

「……？　どうしました、ノルンさん？」

「いや、その……痕をつけすぎてしまったな、と……」

「痕……？」

自分の体をよく見てみると、真っ白いアンジェロの肌のそこかしこに咲いた真っ赤な痕。

それは昨晩ノルンが俺の体に刻み込んだものだった。ノルンは自分でつけたくせに顔を赤くしてキスマークを見つめている。

「ほんとうだ、たくさんついてますね……」

「す、すみません」

恥ずかしがるノルンを見ていると、なんだか意地悪したくなり、俺はニンマリと微笑んでキスマークに触れる。

「なんだか……僕がノルンさんのものだって感じがしますね」

俺の言葉にノルンは困ったように頬を赤く染め、「申し訳ありません……」と小さな声で謝ってきた。

――キスマークは独占欲の表れというが、ノルンは本当に俺のことが好きなんだなぁ……

最初はあんなに嫌っていたのに、今では俺にこれほどの好意を寄せてくれている。どんなときでも俺のそばにいてくれて、俺のことを守ってくれるド真面目で真っ直ぐなノルン。

ノルンのような堅物タイプの男とは前世で縁がなかったせいか物珍しく、今では可愛らしいとさえ思ってしまう。

そんなことを思いながら、俺はそっとノルンの頬に触れた。

「謝らないでください。これはノルンさんが僕を想ってしてくれたことなんですから。そのおかげで大事にいたらず済んだんです。もし、また僕になにかあったら……そのときも、ノルンさんが助けてくれますか？」

ちょっぴり誘うようにノルンに問うと、耳まで赤くして彼は頷く。

「……必ず、私がアンジェロ様を助けます」

「約束ですよ、ノルンさん」

素直なノルンに微笑みかけ、唇に軽くキスをする。ノルンはさらに真っ赤に顔を染め、俺を抱きしめて何度も俺の名を囁《ささや》く。そんなノルンが可愛くて、俺もノルンを抱きしめてやる。

それから何度かキスをして、ちょっぴりムラッとしたが、体力が万全ではないので今日は大人しく眠ることにする。

ノルンはその晩も俺のことを大事そうに抱きしめながら眠った。

人肌に安心感を感じながら、俺もそっと目を閉じた。

エピローグ

緊張した面持ちのミハルと向かい合い、俺は速くなる鼓動をどうにか落ち着ける。

椅子に腰かけたミハルの足元にかがみ、そっと右足に触れると、周囲を取り囲む傭兵たちの視線も熱を持つのがわかった。

「アンジェロ様、頑張って！」

気の抜けるようなランドルの声援に苦笑いを浮かべ、再度集中してミハルの古傷と対峙する。

ミハルの古傷の治療が、なぜこんなにもにぎやかになったかというと、それは二週間前に遡《さかのぼ》る。

イーザム爺さんから頼まれたミハルの古傷の治療。

ようやく治療を行う目処《めど》が立ち、ミハルに提案していたら、その話を近くで聞いていたランドルが「ミハルさんの足の治療をするんですか⁉」と騒ぎ立ててしまったのだ。

ずっと治すことができなかったミハルの足を俺が治せるかもしれないという噂が広がり、気づけば皆の注目を集める一大イベントになっていた。

こうなるとプレッシャーが半端ではなく、ミハルの足に触れる手が震える。

左足よりも細い右足に視線を落とし、ゆっくりと治癒《ちゆ》魔法をかけて魔力を流し込む。

「ミハルさん、治癒《ちゆ》魔法をかけはじめたのですが、違和感はありませんか？」

「はい、大丈夫です」

皆からの熱視線に、ミハルも緊張しているようだ。

俺は集中力を研ぎ澄《す》ませ、膝から下を中心に半月板の損傷や靭帯《じんたい》の損傷など、ミハルの足を悪くしている原因を思い付く限り想像しながら魔力を流し込む。

そして、ミハルの足が治りますようにと願いを込め、魔法で足を包み込んでいく。

しばらく治癒《ちゆ》魔法をかけ続けていると、治癒《ちゆ》の完了を知らせるように魔力の放出が止まった。

とはいえ見た目ではわからないので、あとは実際にミハルに足を動かしてもらって確認しなくてはならない。

「治療が終わりました。どうでしょうか？」

「……少し動かしてみます」

「はい。お願いします」

ミハルが恐る恐る足を床につけると、少し不思議そうな顔をする。

そして、足を前に踏み出し、歩きはじめる。

その足取りは、以前のように足を引きずってはいない。

「アンジェロ様……すごいです！　足が痛くありません！　それに、すごく動かしやすいです！」

動くようになった足で、ピョンピョンと子供のように飛び跳ねるミハル。

その姿に、俺もすごくすごく嬉しくなって、一緒になって飛び跳ねた。

「もうこの足は二度と治らないと思っていました……アンジェロ様、本当にありがとうございます」

「実は少し不安だったんですが、治すことができてよかったです。でも、本当に完全に治せたかわからないので、しばらく経過を見させてくださいね」

「なにからなにまでありがとうございます、アンジェロ様」

「いえいえ」

エヘヘと二人で笑い合っていると、むさ苦しい歓声が俺とミハルを取り囲む。

「ミハル！　よかったな～」

「アンジェロ様、やりましたね！」

肩を抱かれ、屈強な筋肉に囲まれる癒《いや》しの空間に、思わず顔がニヤけそうになる。

皆はそのままの勢いで「今日はお祝いだー！」と言って食堂へ向かっていった。もちろん俺とミハルも一緒だ。

夕食時で賑《にぎ》わう食堂で、ランドルが先頭を切ってミハルの足が奇跡的に治ったのだと叫ぶ。

それを聞いた傭兵たちは自分のことのように喜び、ミハルに祝いの言葉をかけてくる。

治った足を見せるように何度も歩かされるミハルは困った顔をしながらも、嬉しそうだった。

そんなミハルを遠目で見ていると、ガシッと肩を掴まれる。

振り向くと、ガリウスさんが満面の笑みで俺を見つめていた。

「話は聞いたぞアンジェロ。ミハルの古傷を治すなんて偉業《いぎょう》を成し遂げるとは、やるじゃないか」

「ありがとうございます。自分でもこんなにうまくいくとは思っていなかったので、驚いてます」

「ハハ、相変わらず謙虚《けんきょ》だな、お前は」

うりうりと頭を撫でられ、俺は思わず破顔する。

ガリウスさんの男らしい手のひらに猫のように頭を擦《す》り寄せていると、突然腰に手がまわりグッと体を抱き寄せられた。

ん？　と、抱き寄せられたほうを向くと、そこには不機嫌そうなノルンが。

「ガリウス団長、アンジェロ様をそんな乱暴に撫でないでください」

ノルンはぐしゃぐしゃになった俺の髪を整えてから、ピタリと俺の隣に立つ。

そんなノルンを見て、ガリウスさんはいつものように豪快に笑った。

「すまんすまん。アンジェロの頭の位置は撫でるのにちょうどよくてな」

ガリウスさんの無垢な笑顔に胸をキュンとさせていると、それがノルンに伝わったのか、腰に回された手の力が強くなる。

ムッとした様子のノルンは嫉妬しているように見えて、可愛くてたまらなくなるが、そんなことを言ったら怒られそうだ。

そんなこんなで賑《にぎ》わう食堂に、イーザム爺さんが現れた。

爺さんを見つけたミハルは「イーザム様！」と嬉しそうに駆け寄っていく。

ミハルの声に振り返ったイーザム爺さんは、跳ねるように走るミハルを見て目を見開いた。

「イーザム様！　アンジェロ様が足を治してくれました！」

「ほ〜ミハルがピョンピョン跳ねておるからなにが起きたのかと驚いたぞ。もう痛みはないのか？」

「はい！　すっかりありません」

「うむ。それはよかったよかった」

喜びに溢れるミハルの言葉に頷きながら、イーザム爺さんは俺に視線を向ける。

そしてニカッと笑いかけてからこう言った。

「腕の立つ弟子のおかげで、これからは儂《わし》の出番は減りそうじゃな」

「僕の師匠であるイーザム様がいないと、この前線はすぐに崩壊してしまいますよ」

「ハハ。安心せい。こ〜んな適当な儂《わし》だけでも崩壊しなかったんじゃから、余裕じゃろ」

そんな冗談を飛ばすイーザム爺さんは目尻の皺《しわ》を深くし、本当に嬉しそうに微笑んでいた。

それからは、ミハルの祝いだとダッチが特別に肉とお酒を振る舞う。

そうなると食堂はたちまち宴会場になり、にぎやかさが増していった。

今日は特別だとミハルも珍しくお酒を飲み、終始楽しそうに笑っていた。

「アンジェロさまぁ〜本当にありがとうございます」

ほろ酔いのミハルは可愛らしい笑みを浮かべながらピタリと俺の隣に座ると、楽しそうに俺との思い出話を語りだす。

「出会ったときは、噂で聞いていたアンジェロ様のことを怖い人だと思っていたんですが、一緒に過ごすようになってすぐにそれは違うとわかりました。アンジェロ様は、努力家で真面目で、素晴らしい治癒士《ちゆし》です」

「ハハ、ありがとうございます」

ベタ褒めされるとくすぐったくて、思わず照れ笑いを浮かべる。

そんな俺を見てミハルは柔らかく微笑んだ。

「アンジェロ様は、本当に天使のようなお方ですね」

「天使？　僕がですか？」

「はい。アンジェロ様は、初めて一緒に治療小屋で夜番をした日のことを覚えていますか？」

それは、アドリスやランドルが大怪我を負《お》った日のことだろうか？

「アドリスさんたちを治療した日ですか？　ええ、覚えていますよ」

「あの夜、僕は寝こけてしまって、代わりにアンジェロ様が皆のお世話をしてくれましたよね。そのときのアンジェロ様の姿は、とても輝いて見えました。僕はあのとき、この前線に天使が舞い降りたんだと思ったんですよ」

ミハルの言葉に、嬉しいやらなんやらで頬が熱くなる。

なんと言葉を返せばいいのかわからず、ひたすら照れ笑いを浮かべているとランドルとキアルまで話に加わってきた。

「ミハルさん、俺もあのとき同じこと考えてたんすよ！　あのときのアンジェロ様は、そりゃ～輝いていましたからね。不安な俺にずっと寄り添ってくれて、手も握ってくれて……あんなに優しくされたら普通は惚れちゃいますよね！」

ランドルの『惚れちゃいます』発言に、隣にいたノルンが冷え冷えとした視線を送る。

キアルがその視線に気づき、ランドルを小突くと、彼はノルンを見てハッと口ごもった。

そんな三人の様子がおかしくてクスクスと笑うと、皆もつられて笑い出す。

悪役令息に転生してから、不安だらけだった前線での生活。

苦しいことや辛いこともあったが、皆がいてくれたおかげで俺は乗り越えることができた。

特に、俺の隣で睨《にら》みをきかすノルンには、いつも支えられっぱなしだ。

そんなノルンの機嫌をとるように、皆には見えないようにそっと手を握ると、ハッとしたように俺を見つめて、ふわりと微笑む。

ちょろ可愛いノルンの反応を楽しんでいると、エプロン姿の筋肉男子ダッチが手を振りこちらにやってきた。

「お〜い、ミハル〜。肉が焼けたぞ〜」

「は〜い！　アンジェロ様とノルン様の分ももらってきますね！」

「ランドル、俺たちも行こう」

「うん、そうだな」

三人は仲よくダッチのもとへ駆けていく。

皆の笑顔を見ていると、ここが前線だということを忘れてしまう。

「みんな元気がいいですね」

「えぇ、ランドルは元気がよすぎな気もしますが」

ノルンは、まださっきの一言を根に持っているのか、眉間の皺《しわ》が深くなる。

そんなノルンが愛おしくて、俺はクスリと笑ってノルンの肩に頭を乗せた。

そっとノルンの表情を盗み見ると、すでに眉間の皺《しわ》は伸び、だらしなく眉が下がっていた。

握っていた手をぎゅっと握り返されたので、俺もまた握り返すと今度は口元が綻《ほころ》ぶ。

ノルンの百面相を見ていると、こちらも自然と笑みがこぼれてくる。

夕暮れどきになり、ミハルの快気祝いだと大きな火が焚《た》かれ、皆の顔を明るく照らす。

酒を飲み、肩を組んで楽しそうに笑うミハルたちや傭兵たち。

――俺はこれからも、ここで皆の笑顔を守り続けたい……

そう心に誓い、立ち上がってノルンの手を引く。

「ノルンさん、僕たちも皆のところへ行きましょう」

ノルンは笑顔で頷き、ともににぎやかな輪の中へ駆けていく。

笑顔に満ちあふれた皆のもとに。

ハッピーエンドのその先へ ―

ファンタジックなボーイズラブ小説レーベル

アンダルシュノベルズ

&arche NOVELS

可愛い義弟の執愛に

陥落!?

嫌われ者の俺は やり直しの世界で 義弟達にごまをする

赤牙 ／著

古澤エノ／イラスト

母を亡くした侯爵令息シャルル。彼は、寂しさから父の再婚相手と義弟のジェイドとリエンを冷遇し、不幸の連鎖から非業の死を遂げる。しかし死んだはずの彼が目を覚ますと、そこに広がっていたのは懐かしい光景。なぜかシャルルは義弟たちと出会う前の、幼い頃に戻っていたのだ。突然はじまったやり直しの人生。今度は悲惨な人生を辿るまいと義弟たちを大切にしてみたところ、逆に彼らから溺愛されるようになり―― !?　愛され義兄の逆行転生BL、開幕！

詳しくは公式サイトにてご確認ください。

https://andarche.alphapolis.co.jp

異世界BLサイト“アンダルシュ”

新刊、既刊情報、投稿漫画、ツイッターなど、BL情報が満載!

ハッピーエンドのその先へ ー
ファンタジックなボーイズラブ小説レーベル

アンダルシュノベルズ
&arche NOVELS

化身は一途に想い続ける。
たとえその身が壊れようとも——

三十代で再召喚されたが、誰も神子だと気付かない

司馬犬 ／著

高山しのぶ／イラスト

十代の時に神子として異世界に召喚された澤島郁馬は神子の役目を果たして元の世界へ戻ったが、三十代になって再び同じ世界に召喚されてしまった！　だがかつての神子とは気づかれず邪魔モノ扱いされた郁馬は、セルデア・サリダートという人物のもとに預けられることになる。なんとその人物は一度目の召喚時に郁馬を嫌っていた人物で!?　しかしセルデアは友好的に接してくれる。郁馬はセルデアの態度に戸惑っていたが、とある理由から暴走したセルデアと遭遇したことをきっかけに、彼との距離が縮まっていき——

詳しくは公式サイトにてご確認ください。
https://andarche.alphapolis.co.jp

異世界BLサイト“アンダルシュ”
新刊、既刊情報、投稿漫画、ツイッターなど、BL情報が満載！

ハッピーエンドのその先へ ー
ファンタジックなボーイズラブ小説レーベル

&arche NOVELS
アンダルシュノベルズ

不器用だけど真面目でひたむきな
獣人王子の成長譚

双子の王子に双子で婚約したけど「じゃない方」だから闇魔法を極める 1〜2

福澤ゆき ／著

京一／イラスト

シュリは双子の弟リュカといつも比べられていた。見た目や頭の良さなど何を比べたところでリュカの方が優れており、両親だけでなく国民はシュリを「じゃない方」と見下し続けた。そんなある日、二人は隣国「リンデンベルク」の双子の王子、ジークフリートとギルベルトに嫁ぐため、リンデンベルクの学園に編入することになる。「リンデンベルクの王位は伴侶の出来で決まるのでは」そう耳にしたシュリは、婚約者候補であるジークフリートを王にすべく勉強に身を尽くし始めた。しかし天才の弟との差は広がる一方で——

詳しくは公式サイトにてご確認ください。
https://andarche.alphapolis.co.jp

異世界BLサイト“アンダルシュ”
新刊、既刊情報、投稿漫画、ツイッターなど、BL情報が満載!

ハッピーエンドのその先へ ー
ファンタジックなボーイズラブ小説レーベル

アンダルシュノベルズ
&arche NOVELS

切っても切れない
永遠の絆！

白家の冷酷若様に転生してしまった1〜2

夜乃すてら／著
鈴倉温／イラスト

ある日、白家の総領息子・白碧玉《はくへきぎょく》は、自分が小説の悪役で、さんざん嫉妬し虐めていた義弟・白天祐《てんゆう》にむごたらしく殺される運命にあることに気付いてしまう。このままではいけないと、天祐との仲を修繕しようと考えたものの、元来のクールな性格のせいであまりうまくいっていない。仕方なく、せめて「公平」な人物でいようと最低限の世話をしているうちに、なぜか天祐に必要以上に好かれはじめた！　なんと天祐の気持ちには、「兄弟愛」以上の熱がこもっているようで——!?

詳しくは公式サイトにてご確認ください。
https://andarche.alphapolis.co.jp

異世界BLサイト“アンダルシュ”
新刊、既刊情報、投稿漫画、ツイッターなど、BL情報が満載！

ハッピーエンドのその先へ ー
ファンタジックなボーイズラブ小説レーベル

アンダルシュノベルズ
&arche NOVELS

転生した公爵令息の
愛されほのぼのライフ！

最推しの義兄を愛でるため、長生きします！ 1〜2

朝陽天満／著
カズアキ／イラスト

転生したら、前世の最推しがまさかの義兄になっていた。でも、もしかして俺って義兄が笑顔を失う原因じゃなかったっけ……？　過酷な未来を思い出した少年・アルバは、義兄であるオルシスの笑顔を失わないため、そして彼を愛で続けるために長生きする方法を模索し始める。薬探しに義父の更生、それから義兄を褒めまくること！　そんな風に兄様大好きなアルバが必死になって駆け回っていると、運命は次第に好転していき——？　WEB大注目の愛されボーイズライフが、書き下ろし番外編と共に待望の書籍化！

詳しくは公式サイトにてご確認ください。
https://andarche.alphapolis.co.jp

異世界BLサイト"アンダルシュ"
新刊、既刊情報、投稿漫画、ツイッターなど、BL情報が満載！

ハッピーエンドのその先へ ー
ファンタジックなボーイズラブ小説レーベル

アンダルシュノベルズ
&arche NOVELS

転生モブを襲う
魔王の執着愛

魔王と村人A
～転生モブのおれが
なぜか魔王陛下に
執着されています～

秋山龍央 ／著
さばるどろ／イラスト

ある日、自分が漫画「リスティリア王国戦記」とよく似た世界に転生していることに気が付いたレン。しかも彼のそばには、のちに「魔王アルス」になると思われる少年の姿が……。レンは彼が魔王にならないよう奮闘するのだが、あることをきっかけに二人は別離を迎える。そして数年後。リスティリア王国は魔王アルスによって統治されていた。レンは宿屋の従業員として働いていたのだが、ある日城に呼び出されたかと思ったら、アルスに監禁されて……!?
転生モブが魔王の執着愛に翻弄される監禁＆溺愛（？）ファンタジー！

詳しくは公式サイトにてご確認ください。
https://andarche.alphapolis.co.jp
異世界BLサイト"アンダルシュ"
新刊、既刊情報、投稿漫画、ツイッターなど、BL情報が満載!

ハッピーエンドのその先へ ー
ファンタジックなボーイズラブ小説レーベル

&arche NOVELS

アンダルシュノベルズ

年下執着攻めの
熱烈下克上LOVE

子どもじゃないから、覚悟して。
~子爵の息子、肉屋の倅を追い詰める。~

織緒こん ／著

ヘンリエッタ／イラスト

迷子になっていた貴族の子どもを助けたことがある肉屋のシルヴェスタ。十数年後のある日、その可愛かった少年が立派な青年貴族になって目の前に現れ、熱烈アプローチを始めた!?　年下の、まして貴族の男に口説かれるとは想像もしていなかったシルヴェスタは戸惑うものの、何故か拒めない。周囲から頼られるしっかりもののはずなのに、いつしか彼を頼るようになってしまい、ますます困惑することに。そんな中、シルヴェスタは国家間の争いに巻き込まれる。それを助けてくれたのは、やっぱり年下の彼で——!?

詳しくは公式サイトにてご確認ください。
https://andarche.alphapolis.co.jp

異世界BLサイト“アンダルシュ”
新刊、既刊情報、投稿漫画、ツイッターなど、BL情報が満載!